異世界帰りの勇者は、ダンジョンが出現した現実世界で、インフルエンサーになって金を稼ぎます！ 3

INFLUENCER HERO

Author Y.A　Illustration ぷきゅのすけ

CONTENTS

第1話 ▶ 人生の目標？　ないよ

「恐山《おそれざん》ダンジョンのみに出現する霊人《れいじん》、霊獣《れいじゅう》というモンスターは、この世界で亡《な》くなった人間や動物がアンデッド化したものです。聖の魔法を用いるか、聖の魔力を纏《まと》わせた攻撃をするか。ホワイトメタル製の武具を用いる手もありますが、これは簡単に手に入るものではありません。倒すと、魔石の他に『霊土《れいど》』を得ることができます。色々な使い道がありますが、大量の霊土《れいど》を材料に霊石に精製することも可能です。ただ、霊石は寂寥島《せきりょうじま》のダンジョンで採取した方が……というほど効率的でもないから、やはり恐山《おそれざん》ダンジョンの方が手に入りやすいでしょう」


撮影用のドローン型ゴーレムに、カメラ視線で話すのも慣れてきたな。

恐山《おそれざん》ダンジョンは、寂寥島《せきりょうじま》のダンジョンとも少し違う特殊なダンジョンだ。

過去に日本で亡《な》くなった人や動物の形を模した、動く焼き物のようなモンスターが出現し、倒すと『霊土《れいど》』という特殊な土が手に入る。

使い道が多い資源だけど、これを材料に霊石を作れるのが大きかった。

ただ、一トンの霊土《れいど》から一グラムの霊石しか作れない。

霊石があれば、性能がいいゴーレムが作れる。

製作者の力量に比例してという条件がつくけど、同じ製作者で、霊石を使わないゴーレムの数倍

～数百倍性能がいいゴーレムが作れるようになるのだ。

開放された寂寥島《せきりょうじま》のダンジョンにて運よく霊石を手に入れる冒険者が出てきており、イワキ工業や世界中のゴーレム使いたちが大金で買い取るようになったので、現在霊石の相場が大幅に上がっている。

霊土《れいど》を霊石に精製して販売しても採算が取れる状況なので、滅多にドロップしない寂寥島《せきりょうじま》ダンジョンの霊石よりも、必ず手に入る恐山《おそれざん》ダンジョンの霊土《れいど》を求める冒険者が増えていた。

ところが、霊人《れいじん》と霊獣《れいじゅう》は強いモンスターであった。

さらに性質《たち》が悪いのは、両者は見た目だけでその強さが判断できない。

霊人《れいじん》は同じような形をした人型土偶なのに、その強さがピンキリなのだ。

籠もっている霊の人格……たとえば、元はその辺の一般人だったら弱いが、平将門《たいらのまさかど》、源義経《みなもとのよしつね》など歴史上の偉人ならばとてつもなく強い。

しかも、運が悪いと一階層にだって出現する。

さらに強い霊人《れいじん》は、一度倒しても他の霊人《れいじん》の器に逃げてしまうケースが大半で、何度でも出現する。

霊獣《れいじゅう》に至っては、まず猪《いのしし》、熊、猿、などの種類で強さが分かれていて、さらに個体ごとの強さがまったく違っていた。

このところ霊人《れいじん》と霊獣《れいじゅう》にやられる冒険者に犠牲者が増え始め、恐山《おそれざん》ダンジョンの人気に陰りが出始めているという。

そこで、少しでも攻略の参考になればと、探索がてら恐山《おそれざん》ダンジョン動画の撮影を始めたってわけだ。

「行くぞ！」

すでに顔が割れてしまったため、フルフェイスの兜《かぶと》が必要なくなった俺は、ホワイトメタル製の各種装備をつけ、ホワイトメタルソードで霊人《れいじん》に斬りかかった。

「霊人《れいじん》には人間の魂が入っているので、対人戦闘の経験があると有利……そんな人は少ないかな」

魔族は人型だったし、向こうの世界で魔王と通じた人間とも戦ったこともある俺は、相手の死角を突く戦法で次々と霊人《れいじん》を倒していく。

その様子を、ドローン型ゴーレムがしっかりと撮影していた。

「……」

「くっ！　こいつは防いだか……。この霊人《れいじん》は強いな」

一階層で弱い霊人《れいじん》と霊獣《れいじゅう》を倒し続けていたら、運悪く強い霊人《れいじん》が出現してしまった。

ほとんど見た目が同じなので、素人《しろうと》には判別がつきにくいだろう。

『鑑定』スキルがあればわかるけど、鑑定系のスキルは習得できる人が極端に少ない。

希少なスキルを持つ冒険者にダンジョンで死なれると困るので、各国の政府や企業が囲ってしまうという事情もあった。

俺も『鑑定』はできるけど、それは勇者だったからだ。

冒険者の大半が手の平に表示された初期スキルのみで、複数のスキルを習得できずに終わってしまうのが普通なのだから。

「せめて見た目に違いがあれば、誰の悪霊《あくりょう》が籠もっているのか想像できたのに……。動画では、『できる限り強くなってから恐山《おそれざん》ダンジョンに挑め』としか言えないよなぁ……」

強い霊人《れいじん》は岩でできた刀、俺はホワイトメタルソードでしばらく鍔迫《つばぜ》り合《あ》いを続けるが、俺の方が強いし武器も優れている。そのまま押し切って、強い霊人《れいじん》を一刀両断にした。

いくら強いとはいえ、俺にかかればこんなものだ。

霊人《れいじん》は倒され、焼き物の残骸に似た霊土《れいど》と、魔石が残された。

アンデッドの魔石の品質はいいので、倒せれば稼ぎはそう悪くないと思う。

霊土《れいど》は、焼き物の破片みたいなものだから土ではないという意見もあるかもしれないが、これは粉砕して使用するものなので、砕けば土と変わらない。

実はこの霊土《れいど》、レアアイテムである種子や苗を一代種にしないための土壌改良剤、肥料の材料としても優秀だった。

向こうの世界では、食料生産で大いに活用されていたほどだ。

焼き物のように焼いて、高性能なゴーレムの外装にもできた。

「霊石と霊土《れいど》で作ったゴーレムは性能が段違いだからな。岩城《いわき》理事長に確保を頼まれているし、俺も色々と使うから回収しておこう」

その日は霊人《れいじん》と霊獣《れいじゅう》を倒し続け、大量の霊土《れいど》を確保することができたのでよしとしよう。

ただ、この恐山《おそれざん》ダンジョンは七百階層もある難易度の高いダンジョンであり、運悪く一階層で強い霊人《れいじん》と遭遇してよく冒険者が死ぬので、ダンジョン自体はかなり空《す》いていた。

以前は、砂金、金鉱石を落とすこともあるので大人気だったんだけどなぁ。

「ワガナハ、ムサシボウベンケイナリ！」

一体の霊人《れいじん》を倒す間際《まぎわ》、珍しく霊人《れいじん》が言葉を発した。

「ベンケイ？」

ベンケイって、あの武蔵坊弁慶《むさしぼうべんけい》？

どのみち、霊人《れいじん》に取り込まれた悪霊《あくりょう》は、浄化されるまで数百回も倒され続けなければならない。

俺も悪霊《あくりょう》にならないようにしないとな。

なお、この恐山《おそれざん》ダンジョンの攻略動画も、更新されると大いに人気を博したのであった。


「プロト1、一つ聞いていいか？」

「社長、どうかしたのか？」

「(最近、喋《しゃべ》り方がフランクになってきたな。人工人格がこの世界のことを色々と学習したせいなのか？　まあ俺はその方が気楽でいいけど……）なんか、色々とやってる？」

「オラは新しく手に入った霊石で性能アップしたから、与えられた仕事をすべてこなしても余裕があるのだ。だから古谷《ふるや》企画に損失を与えないよう、極めてローコストで行える事業のみをすべてネット経由で行っているのだ。対人の仕事はオラにはできないから」

「普通にできそうだけどな。お前は高性能だから」

「悲しいかな。この世界においての、ゴーレムであるオラには信用がないのだ。だけどこの世界では、ネット経由でできる仕事が多くて実に助かるのだ」

「りっ、リモートワーク……」


必要のないお金に興味がないためか、プロト1に『会社を赤字にしなければ好き勝手にやって構わない』と指示したら、本当に好き勝手に色々とやって、えげつない収益になっていた。

プロト1は、増強した高性能ゴーレム軍団を用い、様々な動画を撮影し、編集してから公開。

素材として、ドローン型のカメラで裏島での農業、畜産、養殖の様子や景色、自然などの撮影もしているそうだ。

画像やCGを作成し、無料の人工音声ソフトや、ネット内のフリー素材を用いて作成した娯楽動画、教育動画、ニュース解説。

俺が記憶している向こうの世界の『映像』を、『人工異世界』などと銘打って配信するなど。

気がついたらダンジョン探索チャンネルとは別に、数千の動画チャンネルが作成され、毎日動画を更新して視聴回数を稼いでいた。

人間がこの手の動画を作るとなると、コストと時間がかかるが、ゴーレムは整備時間以外はずっと働ける。

エネルギー源は、俺がダンジョンから獲《と》ってくる魔石なので実質無料だ。

人件費もかからないので、簡単に儲《もう》けることができた。

どういう動画がウケるかなども、プロト1は独自に情報を収集、分析しており、その精度も高い。

さらにはＡＩに似た人工知能による、株式、国債、社債、ＦＸ、仮想通貨の取引でも荒稼ぎしていた。

「現金なんて、そこそこあればなぁ……」

ダンジョンに潜ればいくらでも稼げるのだから。

それよりもまだ強くなれそうだし、寂寥島《せきりょうじま》のダンジョンの全階層の撮影とダンジョンコアの入手にも成功した。

富士《ふじ》の樹海ダンジョンの攻略と自身の強化を最優先にしようと思っているから、会社のことはプロト1たちにお任せだな。

「しかし俺はよく知らないが、ＦＸなんてやって大丈夫なのか？」

「株は信用買いを、ＦＸはレバレッジを利《き》かせなければ大丈夫なのだ。仮想通貨は、冒険者特区内で試験運用されるものもあるので、全般的に相場が上がっているのだ。かなりの利益が出ているから、まだまだ頑張るのだ」

「仮想通貨は世界中の冒険者特区で使えて、冒険者から直接魔石や素材を購入できるから、冒険者特区の公用通貨になるって噂《うわさ》もあったな」

「さすがに公用通貨はあり得ないけど、イワキ工業でも仮想通貨を出したし、会社の製品購入で使えたり、冒険者特区内での使用も始まっているのだ。当然古谷《ふるや》企画の資産ポートフォリオにも、仮想通貨を組み込んだのだ」

「ポートフォリオねぇ……」

プロト1の奴《やつ》、段々とこの世界に順応してきているな。

仮想通貨のマイニングもしているんだっけか？

あれは電気代がかかるけど、すでに古谷《ふるや》企画は自家精製した魔液を用いた自家発電に頼っているから、電気代はゼロどころか売電して稼いでいた。

これもプロト1が勝手にやっているけど、損失が出なければ好きにやってくれて構わない。

だって、面倒という理由ですべて任せているんだから。

「俺は金貨や宝石も持ってるし、最悪現金や株、債券がなくなっても困らない。まあ損失が出ないようにしてくれればいいさ」

「損失が出ないように、色々とやっているのだ」

「次は、イワキ工業だな」

俺は大株主だし、モンスターの素材や魔石の通販事業を始めて大好評だとかで、その件で俺に用事があるようだ。

裏島から古谷《ふるや》企画の本社がある高級タワーマンションの一室へと移動し、マンションを出て数分歩くと、イワキ工業の本社ビルがあった。

冒険者高校と隣接している古いビルだが、新築にすると完成まで時間がかかるし、イワキ工業の本社には数十名しか社員がいない。

それほど広い本社は必要ないので、古いビルを買ってリノベーションし、最上階だけ使ってあとは貸し出していた。

イワキ工業は世界でもトップクラスの大企業になったのに、本社ビルがショボいと評判だ。

岩城《いわき》社長……俺からすれば冒険者高校の理事長なので、岩城《いわき》理事長の方がしっくりくるけど……は、『必要もない豪華な本社ビルなんて時代遅れ、いらない』と経済誌のインタビューで答えていた。

イワキ工業は、本社よりも生産設備の方がよほど重要だからな。

リモートワークを進めているそうで、『実は本社なんてなくてもよくないか？』なんて話も社内で出ており、バーチャル本社、なんて未来もあるかも。

「古谷《ふるや》様ですね。社長室へどうぞ」

一応受付はいて、実はイワキ工業を訪ねて来る人が多いので、仕方なしに置いているそうだ。

日本の古い大企業には、仕事の打ち合わせをリモートにすると怒る層が一定数いるそうで、彼らのためだそうだ。

ただ、周囲が冒険者特区になったら受付はかなり暇になったらしい。

たとえ大企業の社員でも、部外者が特区に入るのには手間がかかるからだろう。

それなら、最初からリモートでも問題なかったような……。

受付のお姉さんの案内で社長室に入ると、岩城《いわき》理事長はパソコンのディスプレイをじっと眺めていた。

「岩城《いわき》理事長？」

「古谷《ふるや》君はいつも時間どおりだね。新しく始めた通販事業は好評だよ」

イワキ工業が始めた通販事業では、ダンジョンで手に入れたモンスターの素材、主に食材が売られていた。

肉や内臓を業務用や家庭用にゴーレムたちが加工し、これを通信販売しているわけだ。

モンスターの肉は高価だけど美味《おい》しいので、現在、飲食店や家庭向けによく売れている。

日本の場合、冒険者特区ができても魔石は国が運営する買取所が全量買い取っていた。

だが、他の素材やドロップアイテムなどは、冒険者が各々《おのおの》自由に売却していいことになっており、イワキ工業が一番高く買い取ってくれるので持ち込む冒険者は多かった。

イワキ工業は、モンスターの解体や切り分け、包装、加工でほとんど人手を使わないので、高く買い取っても利益率が高かった。

これを、極力ロスを出さないように販売していく。

肉などは冷凍して販売することが多く、通販サイトで販売し、コストを落とすために販売するアイテム数をかなり絞っていた。

お得な業務用商品は主に飲食店が仕入れ、今世界中で流行している『モンスタージビエ料理』に使われている。

モンスターの肉や内臓の価格は高いから、それで作った食品や料理の単価を上げられる。

世界はますます価格の安いチェーン店と、高級なお店の二極化が進んでいた。

「もっとモンスターの肉を納品してほしいんだよ。できたらでいいけど」

「できますよ」

『アイテムボックス』に在庫が山ほどある。

これまでは、販売価格を落とさないように売りに出す量を調整していただけだ。

大量に出荷して価格が落ちると、既存の農家や畜産家を敵に回すことになる。

そこで、どうせ『アイテムボックス』に入れておけば腐らないのだから、出荷を抑えていたのだ。

特に高価な和牛を生産している畜産家は冒険者を目の仇《かたき》にしているところがあって、それは価格帯が似ており、さらに高級品市場は客数が限られるので、ライバル視されているからというのがあった。

「高くても売れるから問題ないよ。海外にも輸出することが決まったんだ」

「そうなんですか」

「古谷《ふるや》君は倒せても、他の冒険者はまだ倒せなかったり、十分な討伐数を稼げないモンスターっているでしょう？　だから世界中で需要があるから問題ないよ」

「下処理や、解体、パッケージングは大丈夫なんですか？」

「ゴーレムを増やしたからね」

岩城《いわき》理事長に戦闘力で負ける気はしないが、ゴーレム使いとしての実力は彼の方が圧倒的に上だろう。

大企業なのに従業員が千人ほどしかいなくて、その千倍以上ものゴーレムを使っている会社なんてイワキ工業だけだ。

実は俺も、十パーセントほどの株式を持つ大株主だけど、利益率が高いから配当金がかなりいいんだよなぁ。

株価も、すでに購入時の五十倍以上に跳ね上がっていた。

「必要な量を教えてもらえれば、それは責任を持って卸しますよ」

「ありがとう。あと、裏島で栽培している黄金米とかも売ってくれないかな？　ダンジョンから出たレアアイテムを育てたらお米になった、っていうのが人気なんだよね」

すでにダンジョン由来の種子や苗は多数ドロップしており、世界中で栽培実験が行われていた。

収穫された少量が試験的に市場に回ってるけど、珍しいし、美味《おい》しいので高価でもよく売れているそうだ。

「こちらは、それほどの量を出せませんね」

俺やイザベラたちが食べる分くらいなら余裕だけど、裏島はそんなに広くないからなぁ。

「頼むよ。高く買い取るからさ」

今、この世界ではダンジョンから新しいものが出てくると、それが流行して高値で取引されるという状態が続いている。

ただし、レアアイテムである種子や苗には欠点があり、それは普通に栽培してしまうと一代種になってしまうことだ。

次代は普通の野生種に戻ってしまい、そんなに美味《おい》しくない。

再び苗や種子をダンジョンで手に入れるか、特別な栽培をするか。

俺が裏島でこれらの作物を栽培しているのは、種子や苗を得るためと、作物の美味《おい》しさを維持する栽培方法の秘密を守るのと同時に、箱庭世界である裏島で栽培した方がコストがかからずに楽だからだ。

「イワキ工業の通販事業は絶好調でね。ゴーレムたちに作業を任せれば、利益率も高くなるから」

他の大企業も、ゴーレム使いを高給で雇い入れて生産性の向上に努めているが、岩城《いわき》理事長にはそう簡単に勝てないよな。

なにしろ彼は、俺を上回るゴーレム使いなんだから。

「わかりました、岩城《いわき》理事長にはお世話になってるので協力します」

「ありがとう！　じゃあ、さっそく食材の納品をお願いね」

また売上が大幅に上がるけど、稼いだお金は冒険者特区の建設国債と、イワキ工業をはじめとした株と債券、多額の現金預金として古谷《ふるや》企画に貯《た》まっていた。

税金を払うぐらいしか使い道がないけど、そのうち新しい事業でも始めた方がいいのかな？

そんな暇があったら、富士《ふじ》の樹海ダンジョンに潜って最下層のクリアを目指すのが先か。

「古谷《ふるや》君は、富士《ふじ》の樹海ダンジョンをクリアしたらどうするの？」

「なにも考えてないですね。レベルは表示されないけどレベルが上がるから、レベル上げじゃないでしょうか？」

「上げてどうするの？」

「いや、なんか強い方が安心できるじゃないですか」

向こうの世界ではどれだけ頑張って強くなっても、すぐに死を覚悟するような魔王の配下たちが出てきて大変だった。

なるべく強くなっておくというのは、俺の癖……生存戦略だったのだ。

「終わったRPGのレベルを上げている人に、『なにか意味があるんですか？』って聞いても、答えが出ないのと同じかなって」

「モンスターを倒すと、ちゃんと成果があるだけマシなのかな？」

「俺は、この変わってしまった世界で、資源やエネルギーを供給する大切なお仕事をしているんですから」

「なんだけどねぇ……。冒険者特区の件とか、素直に喜べないこともあるけどね。そうだ、私は財界の集まりがあるからこれで」

「そんなとこに行くと、色々と大変そうですよね」

「まだ五十歳になっていない私は完全に若造扱いさ。上から目線でおかしな要求をしてくる人もいる。自分の会社が左前……立て直し中なんだろうけど。だから私は、経団連に入っていないんだよ」

「そうなんですか。あれ？　なにかメッセージかな？」

着信があったのでスマホを見ると、リンダからだった。

「なになに……『ビックハンバーガーの美味《おい》しいお店を見つけたから明日食べに行こう』か……『オーケー』と」

「若いっていいよねぇ。私はいわゆる老害の相手で消耗ばかりしてねぇ。会社にいるゴーレムたちの素直なことと言ったら」

「ははは……」

そういうのは、年を取ってみないと実感できないかもしれないな。

これで午前の用事はすべて終わったから昼食をとって、午後から富士《ふじ》の樹海ダンジョンに潜るとするかな。

「リンダ、手伝ってもらって悪いな」

「私、自宅のハウスキーパー用ゴーレムが欲しかったから」

「あれ？　あの部屋、そんなに汚れるか？」

「埃《ほこり》ぐらいは出るんじゃないかしら？　あとは番犬の代わりね。念のためだけど」

翌日、リンダとの食事の約束の前に俺たちは裏島に来ていた。

動画撮影をしながら採取した霊土《れいど》を微細に粉砕し、純水と魔力触媒を混ぜた水で練ってゴーレムの形にし、これを魔力炉で焼成する。

焼きあがったら、これに霊石を用いて作成した人工人格を埋め込み、最後に色々と企業秘密な作業を終えると、無事に高性能ゴーレムの完成だ。

今回、リンダが手伝ってくれているが、彼女はよく魔銃や銃弾を自作するので、この手の作業はお手のものであった。

「ゴーレムっていえば、この前上野公園《うえのこうえん》で掃除をしていたわね。あれは、ただのケイ素でできていたけど」

「公園の掃除ぐらいなら、性能が低いゴーレムでも大丈夫だから」

冒険者特区に、冒険者でない人が住んだり、働いたりするのは、手続きが面倒だったりする。人手不足になりやすいので、イワキ工業が『ゴーレムを用いたネオシティー実験』という仕事を日本政府から引き受け、可能な限りゴーレムに仕事を任せるようになったのだ。

町中や公園の掃除のような仕事は、すべてゴーレムにやらせている。

イワキ工業や俺、他にもゴーレムが作れる冒険者たちが世界中で、ゴーレムを働かせる企業の経営に携わるようになってきた。

起業する冒険者も増えてきた。

その冒険者の才能にもよるが、ロボットよりも簡単に作れて、性能がよく、製造、管理、維持コストが安いゴーレムにより、人件費を大幅に減らした企業が高い利益を得るようになってきた。

俺の古谷《ふるや》企画も、子会社であるフルヤアドバイスを除けば、人間の従業員は俺だけだからな。

いまだこの世界はゴーレムを従業員とは認めていないので、ゴーレムは備品、設備扱いだけど、特に困ることはなかった。

「アメリカでは、『ゴーレムが人間の職を奪う』って問題になっているわね」

「日本もそうだけど」

だが逆に、低賃金な単純労働や、人気のない労働、危険な労働は減りつつあるのも事実だ。

それに日本は、以前から人口減と労働力不足が問題になり始めている。

ゴーレムがそれを補ってくれるならと、高橋《たかはし》総理がゴーレムの普及を勧めているそうだ。

「俺は仕事だからやっているし、別に法律に触れているわけではない。あまり外野の意見を気にしても仕方がない」

人間が嫌な労働から解放されたと思ったら、職を失《な》くしてしまうなんて、世の中をよくするのって大変だなって思う。

「確かにそうね。他の人の意見を全部受け入れていたら、なにもできなくなっちゃうから」

俺とリンダは、集めた霊土《れいど》と霊石で高性能なゴーレムを作り続ける。

このところ、イワキ工業の規模拡大が著しい。

次々と新しい事業を展開するのにゴーレムが必要なのだが、岩城《いわき》理事長のゴーレム生産力でも追いつかない状態だそうで、俺に高性能ゴーレム作成の依頼がきているのだ。

低性能なゴーレムも、世界中の冒険者に依頼するようになっていた。

「最終的には、冒険者特区の維持、管理をすべてゴーレムに任せる計画みたいだな」

「そして、他の都市や町や村にもゴーレムを普及させていくわけね」

「だろうな」

その結果、この世界がどういう風に進んでいくのか俺にはわからないけど、デメリットばかり考えても物事が進まないので、今はただひたすらゴーレムを作り続ける俺とリンダであった。


「わ―――お！　ハンバーガーショップに人間の店員がいないわ」

「ここは実験店舗らしいよ」


ゴーレムの作成が終わったので、手伝ってくれたリンダに夕食を奢《おご》ると言ったら、上野公園《うえのこうえん》近くのハンバーガーショップがいいと言った。

早速そのお店に入ってみると人間の店員は一人もおらず、ゴーレムたちが販売と接客をしていた。

「このハンバーガーショップ。値段は高いけど、とても美味《おい》しくて評判なのよ。イワキ工業が買収してしまったのかしら？」

「いえ、店舗のオーナーは私のままですよ」

どうやら奥に人間の店員がいたようで、俺とリンダの会話に加わるように声をかけてきた。

「飲食店を経営するために必要なゴーレムのレンタルと保守点検をイワキ工業が始めたのです。このお店は実験店舗ですね。これまでいた従業員たちは全員、冒険者特区の外にある店舗に転勤しました」

冒険者特区だからこそできる実験というわけか。

どうせ冒険者特区には一般人は入りづらいし、冒険者が起こした事件のせいで、冒険者特区内の飲食店が従業員を募集しても、集まりが悪いのだという。

三橋《みつはし》佳代子《かよこ》の件が祟《たた》っているわけだが、そのおかげでゴーレムを使った無人店舗の実験ができるのだから、そう悪いことでもないのか。

「ゴーレムは産業用ロボットよりも安いのですが、もの凄《すご》く安いわけではありませんし、それなら人間を雇おうと考える経営者もまだいるでしょうから、そうすぐには世間に普及しないかもしれません。イワキ工業の場合、経営者が自分でゴーレムを作ってしまうし、修理や保守点検もお手のものだから、あの会社はとても儲《もう》かっているようで羨ましいです」

しかも霊士《れいど》と霊石を用いた高性能なゴーレムなら、人間並みか、仕事によっては人間以上にこなせる。

加えて、ゴーレムは壊れなければずっと使うことができ、霊石を使った人工人格は使えば使うほど学習して賢くなり、同調しているゴーレムたちと知識と経験を共有できた。

実際イワキ工業の人間の従業員は、事業規模は拡大しているにもかかわらず、少しずつ減少しているのだから。

しかもイワキ工業はリストラをしていないので、退職した人は独立するか、さらに高額の待遇で引き抜かれた人たちばかりであった。

とにかく新しい人を入れないのだ。

「もしかしたら私のハンバーガーショップも、人間の従業員は経営者の私だけ、なんて未来になるかもしれませんね」

「冒険者もゴーレムで……は難しいかぁ」

今でも、スライムやゴブリンぐらいなら効率よく倒すということができるだろうが、ゴーレムは優秀な冒険者ほど動きがいいわけではない。

今のところ、上位の冒険者をゴーレムに置き換えるのは難しいかな。

「お勧めのビックハンバーガーをお持ちしました。マツサカの肉を100パーセント使用した繋《つな》ぎナシのハンバーグを使用しております。ではごゆっくり」

オーナーは、俺とリンダが注文したハンバーガーをテーブルの上に置くと、そのままお店の奥へと戻って行った。

客が俺とリンダだから、わざわざ注文した料理を持ってきてくれたのかな？

「デカイなぁ」

「これ、一個二十万円だけど大人気なのよ」

「マツサカの肉を使っているから、このくらい当然かぁ」

以前動画で調理して食べたし、その後もよく食べるモンスターの肉だけど、市場では一〇〇グラム五万円くらいするし、ハンバーガー自体がとても大きいので、特別高いとも言えない。

基本的に、冒険者特区の飲食店はこれくらいの価格帯のお店が多かった。

高額所得者が多い冒険者をターゲットとし、このところ冒険者特区内の土地が急速に値上がりしており、家賃がかなり高騰したからだ。

「頬張ると肉汁が溢《あふ》れて、最高に美味《おい》しいハンバーガーね。食べ応えもあるわ」

「これ一個で、すぐにお腹《なか》いっぱいになりそう」

「付け合わせのポテトも、黄金イモを揚げたものね。外はカリカリ、中はホクホクで最高」

「評判どおり美味《おい》しかったぁ」

「ありがとうございました。またのお越しをお待ちしております」

税込み、二人分で四十四万円のディナーだったけど、ここは俺が出した。

今の俺の収入ならこのくらいどうってこともないし、実はあのお店、普段は冒険者で賑《にぎ》わっているらしい。

稼ぐ冒険者なら、たまにあの店に通うぐらい普通にできてしまうのだ。

そのせいか、最近マスコミで成金《なりきん》冒険者を叩《たた》く風潮も出てきたけど、彼らがバンバン金を使うので、このところの日本は毎年経済成長率が五パーセントを超えており、高橋《たかはし》総理の支持率も高止まりの状態だった。

いまだ冒険者特区内の工事は続いていたし、日本がダンジョン、冒険者大国であるがゆえに、今では資源エネルギー輸出大国となっていて、世相が明るくなってきたのも事実だったからだ。

「さて、今日はもう寝るかな」

「私も、リョウジの屋敷に泊まるわ」

「結局、みんな自分のマンションで寝ない件について」

「いくら冒険者でも、ちゃんとした住所がなければ仕事ができないから仕方ないわ。私の会社の本社もマンションの一室にあるから維持しているけど、普段はリョウジと一緒に寝たいもの」

「俺もそれは否定しない」

「シャイな日本人にしては、リョウジは正直で結構」

「わ――――い、褒められた」

リンダのみならず、イザベラ、ホンファ、綾乃《あやの》は、俺も古谷《ふるや》企画の本社を置いている高級タワーマンションの一室に、自分の資産管理会社の本社と自宅を置いていることになっているが、もうずっと裏島にある俺の屋敷に住んでいた。

「しかしまあ、大統領閣下はなにも言わないのかね？」

未婚の孫娘が、男と同衾《どうきん》しているのに……。

「グランパは、私を応援してくれているわ。なにより、リョウジと一緒にいるのを反対されたら、私、他の誰ともつき合えないじゃない」

「そうか？」

ユニコーン企業の創業者とか、大物政治家の子弟とか。

セレブであるリンダの実家に相応《ふさわ》しい相手がいるものだとばかり思っていた。

「そもそもリョウジは、世界でもトップクラスの大金持ちじゃない」

「それもそうか」

そのあと、俺とリンダは自宅マンションの部屋から裏島の屋敷へと戻り、明日に備えて就寝した。

詳細は、プライベートなことなので割愛させていただこう。

第2話 ▶ よくある新入生の話

「ここが『上野公園《うえのこうえん》ダンジョン冒険者特区』かぁ……」


僕の名前は、三河邦宏《みかわくにひろ》十五歳。

今日から高校に入学する新一年生だけど、僕は普通の高校ではなく、冒険者高校に入学することになった。

なぜなら中学校で受けた『冒険者特性』検査で、僕に冒険者特性があることが判明したからだ。

特に将来の夢なんてなかった僕だけど、せっかく希少な冒険者特性を得られたので、稼げる冒険者を目指すことにしたのだ。

冒険者は稼げるから、本当に好きなことが見つかったら、第二の人生に挑戦できる資金を得やすいってのもある。

四年ほど前、この世界にダンジョンが出現してから、多くの若者にとって冒険者は憧れの職業となった。

現に今の日本では、全国にあるダンジョンとその周辺の土地がすべて特区となり、そこに大半の冒険者とその家族、彼らを相手に商売をする人たちが住む場所となっている。

ところがこれから僕が住む、東京上野公園《うえのこうえん》ダンジョンとその半径一キロほどのエリアに設置された特区はあまりに狭く、住居不足を解消するため現在急ピッチでビルやマンションの建設が進んでいるけど、いまだ冒険者なのに、特区の周辺に住んでいる人たちも多かった。

僕のような新人冒険者が特区内に住めるのは、冒険者高校の寮があったからだ。

寮も冒険者高校の生徒全員が住めるわけではなく、入試で優秀な成績を収め、自宅からの通勤が困難な者のみという規定があった。

僕は栃木県《とちぎけん》の出身で、半ば記念受験で東京の冒険者高校を受けてみたら成績優秀者として合格してしまったので、急遽《きゅうきょ》東京の特区内にある寮へと引っ越してきたのだ。

冒険者高校はすべての都道府県にあるけど、やはり東京上野《うえの》にある本校は別格とされている。

冒険者高校には学区が存在しないので、全国どこの冒険者高校でも受験できるけど、上野《うえの》は日本一、いや世界中にある冒険者高校の中でも群を抜いて競争率が激しかった。

全国から本校に入学したい優秀な冒険者たちが集まり、たとえ都内在住でも本校に合格できず、他の道府県の冒険者高校に通うことになった冒険者は多い。

それに加えて、本校は世界中から優秀な留学生たちを集めており、彼らは学費免除であった。

それは国内の奨学生も同様だけど、その試験は狭き門になって当然だろう。

僕も寮生の試験には合格したけど、奨学生の試験には受からなかったほどだから。

世界中から多くの冒険者たちが上野公園《うえのこうえん》ダンジョンに集う理由。

それは、本校の三年生である古谷良二《ふるやりょうじ》に憧れてだと思う。

彼は一人で世界中のダンジョンをすべて踏破し、その証《あかし》であるダンジョンコアを所持していた。

冒険者なら、死ぬまでに一つは手に入れたいと願うダンジョンコア。

これがあれば、そのダンジョンのどの階層にも一瞬で移動でき、好きなタイミングで地上に戻ることができる。

冒険者として稼ぐのに、これほど便利なアイテムは存在しない。

古谷良二《ふるやりょうじ》が『世界一の冒険者』として世界中の冒険者から評価されているのは、彼が現在攻略中の『富士《ふじ》の樹海ダンジョン』を除き、世界中すべてのダンジョンのダンジョンコアを持っているからだ。

そしてそのことで、僕たち他の冒険者たちにも利益がある。

誰かが一度でもそのダンジョンをクリアしていると、『スキップ』機能が使えるようになるからだ。

五十階層までクリアした冒険者は、次は五十一階層からダンジョンに挑めるようになる。

帰りは自力か、『エスケープ』、帰還アイテム頼りなので、安易な利用はできないけど。

他にも、世界中のダンジョンの詳細な情報、生息するモンスター、倒したあと品質を落とさない解体の仕方、その他ダンジョン攻略に便利な情報、ランダムシャッフルタイムという冒険者に危険な現象を教えてくれたのは彼だった。

その情報はすべて動画配信サイトで無料で見られ、他にもモンスターの素材を料理して食べてみたり、よくわからない素材の便利な利用方法を教えてくれたり。

僕より二歳しか年上じゃないのに、今や世界一の動画配信者としても有名であった。

彼は『古谷企画《ふるや》』という一人法人の社長で、すべての株式を持つ株主でもある。

しかも、現在時価総額で世界一となったイワキ工業の大株主でもある。

イワキ工業の社長は冒険者高校の理事長でもあり、これからの世界は冒険者を中心に動くと言って、早期から冒険者の育成に力を入れていた。

そんな二人に会えるとなれば、世界中の冒険者が上野公園《うえのこうえん》を目指して当然というか。

僕も古谷良二《ふるやりょうじ》に会ってみたいと思ったから、この高校を受験したのだから。

「はい、三河《みかわ》さんは307号室ね。これはカードキーだからなくさないでね」

「わかりました」

到着した湯島《ゆしま》の寮は、いわゆるラブホテルを改装したものだった。

現在特区内のあちこちで高層ビルやマンションが建設中だけど、これが完成するまでは仕方がない。

学生の寮にしてはえらく豪華なので僕は大満足だったけど、一人でラブホテルで暮らすというのは妙な気分だ。

「ピンポーン！」

「は————い！」

呼び鈴が鳴ったのでドアを開けると、そこには同じ学生冒険者だと思われる男性が立っていた。

「三河《みかわ》君だね？　私はこの寮の寮長を務めている桑木《くわき》だ。三年生でA組に所属している」

「よろしくお願いします。A組、凄《すご》いですね！」

本校のA組なんて、他の道府県の学校なら特別クラスに余裕で入れてしまうほどの実力者なのだから。

「いやいや、奨学生や留学生が所属する本校特別クラスを見たら、私なんて全然大したことはないよ。それに私はもう三年生だからね。新一年生の三河《みかわ》君にはまだ可能性が残っているから、頑張ってくれ」

本校A組のエリートが凄《すご》いという特別クラス……努力すれば、僕でもそこに入れるのかな？

「寮長とはいっても、冒険者はダンジョンに潜る時間が多いのでそんなに顔を合わせる機会はないと思う。よくも悪くも、冒険者は個々で動くものだからね。だから今のうちに最低限の注意……留意しておいた方がいいことを教えておこうと思ってね。いいかな？」

「はい、どうぞ」

僕は桑木《くわき》先輩を室内に入れ、二人分のお茶を淹《い》れた。

元々ラブホテルだから、お茶、コーヒー、紅茶などを淹《い》れやすいのは利点かな？

どうして高校生になったばかりの僕が、ラブホテルに詳しいのかって？

それは漫画からの知識だからだ。

自慢じゃないけど、今の僕に彼女なんていないし、彼女いない歴=年齢なんだから。

「お茶を淹《い》れるのが上手だね」

「僕、父子家庭なので」

「なるほど。じゃあ、自炊もできるのかな？」

「ええ、父はそういうのがまったく駄目なので」

だから僕は本校に合格した時、本当は辞退しようと思ったんだ。

でも父は、『せっかく受かったのに勿体《もったい》ないし、古谷良二《ふるやりょうじ》に会いたいんだろう？　俺も自分のことくらいは自分でなんとかするから、お前は俺のことなんて気にせず、東京に行け！』と言ってくれた。

でもあの父のことだから、きっとスーパーの総菜とコンビニ弁当ばかりになるはず。

サラダとかも食べてくれるといいのだけど……。

「三河《みかわ》君は自炊ができるのか。古谷良二《ふるやりょうじ》と同じだな。彼の場合、モンスターの素材を調理して動画にあげると、それだけで数千万～数億円になるけどね」

彼の動画は、視聴回数がすさまじいからなぁ。

どの動画も視聴回数が十数億から数十億に達するから、動画配信会社と特別契約を結んでいると聞くし、無断転載にもすぐに対応してくれるそうだ。

ダンジョンの様子を動画で配信する冒険者は増えつつあり、彼らの副収入源となっていた。

そんな『冒険者動画配信者』の中で、他者を圧倒するトップなのが古谷良二《ふるやりょうじ》なのだから。

「桑木《くわき》先輩は、古谷良二《ふるやりょうじ》と会ったことがあるんですか？」

「何度か話したことあるけど、普段の彼は本当に普通の学生だよ。正直に言うと、とても世界一の冒険者には見えない。冒険者はレベルが上がったり、ジョブが上級職に変化したり、『追加スキル』を得ると、そこはかとなく圧みたいなものが出てしまうものだけど、本物の実力者はその圧を自然に消してしまう。そんなわけで、いかにも強そうな冒険者ってのは、実はよくて一流半だったりする。だから普通に見える彼は、圧倒的な強者というわけだ。

「それは、桑木《くわき》先輩も同じなのでは？」

桑木《くわき》先輩は穏やかな文学系少年に見えるから、多分魔法使い系の冒険者だと思う。それも凄腕《すごうで》のだ。

「だったらいいね。私はそれなりに優秀な冒険者ってところだ。三河《みかわ》君がその壁を破れることを祈るよ。注意事項だけど、大半はすでに貰《もら》っている冊子に書いてあるけど。常識的な行動を心がけてくれ」

「常識的……冊子って、きわめて当たり前のことしか書かれていませんよね？」

冒険者となってレベルが上がると、一般人では歯が立たないような力を得られるが、それを利用して一般人に害を与えてはいけない。

力ある者として節度ある行動を望むなんて、普通のことだと思うけど……。

「三河《みかわ》君は常識的な人間なんだね。だけど、冒険者全員がそうではないんだ。中には、その力で一般人に害を与える冒険者もいる。警察に捕まる奴《やつ》だって、懲役刑を受けてダンジョンに潜っている者もいる。現在、世界中で冒険者特区が作られているのには、我々を隔離する目的というのもあるんだよ」

「隔離……」

「もはやこの世界は、ダンジョンから産出するモンスターの素材、魔石、鉱石がないとやっていけない。だからそれをダンジョンから持ち帰る冒険者が裕福に暮らすのは仕方がないと思われているけど、一般人に迷惑をかけてはいけない。どうしても大人しくできない冒険者も一定数いて、そういう者たちには罰があるってことさ」

「それは理解できます」

冒険者特区は、十六歳から車の免許が取れたり、飲酒、タバコが吸えたり、男性は結婚できたり、税金が安かったりと。

住むには厳しい条件があるけど、冒険者には利点が多かった。

その代わり、特区に住む冒険者には義務があると聞いていた。

それは……。

「冒険者の逮捕は、有志冒険者がするって本当ですか？」

「警察官はおろか、フル装備の自衛隊でも、高レベル冒険者に歯が立たないからね。いざという時にはトップクラスの冒険者が集合して捕まえるわけさ」

特区内の治安維持は、特区に住む冒険者有志が行う。

冒険者特性を持つ警察官も存在するが、実力差を考えると犯罪冒険者に歯が立たないケースが多く、その際には優秀な冒険者が呼び出される仕組みだそうだ。

「優れた冒険者ほど犯罪なんて割に合わないから、滅多なことでは呼び出しはないけどね。基本的に冒険者特区は治安が良くて、冒険者特性を持たない人たちの居住が大きく制限されている。統治コストが少なく済むから、その分税金が安いというのが実情かな」

冒険者特区には基本的に冒険者及びその家族しか住めず、町を維持するのに必要な一般人は、周辺地域から通勤することが多いと聞いた。

よほどのことがなければ、大物冒険者が犯罪を犯して大捕物なんてあり得ないわけだ。

「三河《みかわ》君、しでかして逮捕されないようにね。逮捕された冒険者は、懲役刑を執行されると強制的にダンジョンに潜らされるから。罰金や被害者への賠償を稼がされるわけだ」

冒険者である犯罪者へは、損害賠償をしやすいと聞く。

元々稼ぐのもあるが、懲役刑でダンジョンに潜らせることができるからなのか。

「冒険者特区の成立と、こういう仕組みが作られたのは、三橋佳代子《みつはしかよこ》の事件があってからだ」

三橋佳代子《みつはしかよこ》。

元冒険者高校の生徒にして、詐欺、業務上過失致死、両親殺し、脱走、警察官を複数負傷させた大犯罪人の名前だ。

本当なら彼女は未成年なので、その本名が世間に出ることはない。

だが彼女は、際《きわ》どい水着姿でスライムを退治する動画を配信したり、SNS上で男遊びの様子を晒《さら》したりと。

事件を起こす前から評判が悪かったので、事件後、本名が世間に広がってしまった。

彼女のせいで一般人たちの冒険者を見る目が変わったというか、冒険者が近くに住んでいることに不安を持つ人たちが増え、その世論の高まりを各国の政府が聞き届け、急ぎ冒険者特区が作られたという事情もあった。

「冒険者になって、沢山稼いで、贅沢《ぜいたく》に暮らす。それでいいと思うんだよ。私は」

「そうですね」

冒険者は社会的な地位が高く平均所得も多いけど、一般人から怖がられてしまうこともある。

冒険者特性があることがわかった時点で、僕はもうカタギの世界では暮らせなくなってしまったのか……。

父はそれがわかっていたから、僕に冒険者高校に通えと言ったのだろう。

きっと僕が無理に一般社会に溶け込もうとすると、普通の人たちから迫害されることがわかっていたのだと思う。

「私たちは普通の人たちよりも稼げるようになった。だけど、普通の人たちからは怖がられるようになった。なにかを得ると、なにかを失ってしまう。人間儘《まま》ならないということさ。私も自分の会社を持つくらい稼いでいる冒険者だけど、冒険者高校に入ってからの二年間で家族や友人たちと色々とあったよ。普段この特区の中で過ごすというのは、我々冒険者に与えられた試練なのかもしれないね。まったく気にしないで特区の中でのみ過ごしている人もいるけど、それは冒険者はお金を持っているからだろうね。そのお金目当てに様々な商品やサービスを提供してくれる人なり会社は多い。騒ぎさえ起こさなければ、数日旅行に出るくらいは問題なくできるし。頑張っていい冒険者になってくれよ」

「色々と教えてもらってありがとうございました」

「大したことは話していないから、別に恩に感じなくてもいいよ。じゃあ私は他の入寮者への説明もあるからこれで」

そこまで話し終わると、桑木《くわき》先輩は部屋を出て行った。

大した荷物もないので引っ越しはすぐに終わってしまい、僕は暇つぶしに寮から出て散歩をすることにする。

「建設中のビルが多いなぁ」

冒険者特区は、特にこの上野公園《うえのこうえん》ダンジョン特区は狭いのに、世界中から優秀な冒険者が集まってくるようになった。

住む場所が足りず、今は暫定処置として特区の周辺エリアに住んでいる冒険者の方が多いくらいなのだから。

冒険者特区とその周辺の地価が銀座を抜き、ワンルームマンションで家賃が月五十万円を超え、新築マンションが一部屋十億円を超えるなんて話も。

元々庶民の僕からすると、『高いなぁ』としか思えないけど、桑木《くわき》先輩みたいに本校のＡクラスにいれば数年で購入できてしまう金額だそうだ。

上野公園《うえのこうえん》ダンジョン特区ほどではないけど、全国の他の冒険者特区も地価や不動産価格、家賃が爆発的に上昇し、日経平均がついに五万円を超えたとか。

バブルではないかという懸念《けねん》もあるそうだけど、今の日本はダンジョンと冒険者特区のおかげで、空前絶後の好景気であるのは間違いなかった。

「スーパーもいい値段するなぁ……早くダンジョンに潜って稼がないとな」

散歩の途中でスーパーに入ったが、特区内なので高級スーパーだった。

普通のサラリーマン家庭の子で自炊していた身としては、食材や調味料がこの価格だと、外食に走っても無理はないかと思ってしまう。

ただチェーン店だとかなり安く、単身者ならそれで済ませられるからだ。

僕も、お休みの日以外はそうなるかもしれない。

「あっ！　彼はもしかして……」

「声をかけてみようかな？」

「やめとけ。あの古谷良二《ふるやりょうじ》だろう？　恐れ多いってものだろう」

冒険者たちの会話からして間違いなさそうだ。

まさか、僕が一度会いたいと思っていた古谷良二《ふるやりょうじ》がこのスーパーに買い物に来ていたなんて！

言葉をかけられるかどうかわからないけど、せめて直《じか》に顔を見ようと僕は彼に近づいてみた。

「（本当に全然凄《すご》く見えない……でも、なんか底が知れないような……）」

冒険者特区内でいかにもな冒険者を何人か見かけたけど、古谷良二《ふるやりょうじ》は一見全然大したことない。

でもなんだろう？

言葉で説明しにくいけど、とてつもなく深い底のようなものを感じるのだ。

まるで限界がないような……。

「（本当に綺麗《きれい》な先輩たちを四人も連れているんだな）」

一人目は、金髪碧眼《へきがん》でスタイル抜群の美少女で、彼女は有名人なので僕も知っている。

イザベラ・ルネ・クリニッジさんだ。

イギリス貴族で、今は日本に留学しながら冒険者として大活躍し、世界冒険者ランク一位でもあった。

ジョブはルーンナイトで、ついたあだ名は『白銀の騎士』だ。

二人目は、武紅花《ウーホンファ》さん。

ライトブラウンのロングヘアと、スレンダーながらも出るところは出ていて、引っ込んでいるところは引っ込んでいるメリハリボディーの美少女であった。

彼女の実家は有名な華僑《かきょう》であり、彼女自身は日本に留学しつつ、冒険者としても活動している。

世界の冒険者ランカーの二位であり、ジョブはロイヤルガード。

三人目は、艶やかな黒髪と大和撫子《やまとなでしこ》然とした雰囲気が見る者の注目を集める三千院綾乃《さんぜんいんあやの》さん。

彼女は分家ながらも公家《くげ》の末裔《まつえい》であり、『黒髪のお姫様』と呼ばれて世間でも人気があった。

日本人に黒髪は多いと思うのだけど、有名な冒険者である彼女は欧米の男性たちに人気があった。

ジョブは賢者の上級職であるソーサラー、世界ランカーは三位であった。

四人目は、リンダ・ブルーストーンさん。

アメリカからの留学生にして、現役大統領の孫娘でもあり、ブロンド美少女なので彼女の人気も高かった。

ジョブはガンナーの上級職である狙撃手。

様々な自作魔銃を使いこなす動画は、世界中に多くのファンを生んでいた。

世界ランクは五位。

もう一人、世界ランク四位にしてアークビショップである拳剛《けんたけし》という男性冒険者がいて、この五人は古谷良二《ふるやりょうじ》とよく行動を共にしているという。

彼らは有名動画配信者でもあるので、知らない人はいないはずだ。

今日は、拳《けん》先輩はいないようだな。

古谷良二《ふるやりょうじ》が、四人と一緒になにか買い物していたっ
ネットや一部週刊誌の報道では、古谷良二《ふるやりょうじ》が四人の美少女の誰とつき合っているかという話題が定期的に出てくるが、実は同時に全員とつき合っているのではないかという噂《うわさ》も流れている。

ただ、この冒険者特区内にマスコミの人間が入るには許可が必要で、そう簡単に古谷良二《ふるやりょうじ》の取材はできないのだから、事実かどうかわからない報道はしないようにしている。

というのが、大手マスコミの公式見解だそうだ。

その前に、曲がりなりにも大手マスコミが必死になってゴシップ記事を追いかけるのもどうかと思うわけで、古谷良二《ふるやりょうじ》の私生活は謎が多いという結論に至っていた。

「(美少女四人と一緒に買い物。羨ましいなぁ)」

四人とも綺麗《きれい》だよなぁ……。

僕も冒険者として活躍したら、可愛《かわい》い彼女とかできるのかな?

「こんなものかな？　そろそろ醤油《しょうゆ》が切れるような……」

「まだ大丈夫ですわよ」

「そうだっけ？」

「はい、あと数日は。それに、あまり塩分の取りすぎはよくありませんわよ」

「さすがはセレブ。健康には気を使うね」

「リョウジさんも、今では世間からそういう風に言われる存在ですわよ、さあ帰りましょう」

「そうだね、帰ろうか」

古谷《ふるや》先輩と、イザベラ先輩。

とても仲がよさそうだなぁ。

結局古谷《ふるや》先輩に声をかけられなかったけど、まだ入学する前の僕が声をかけても迷惑なだけだろう。

冒険者として頑張って、いつか古谷《ふるや》先輩に声をかけられるよう頑張ろうと思う。

第3話 ▶ 本音と建前

『古谷良二《ふるやりょうじ》は冷たい人です。彼のどうしようもないクズな従兄《いとこ》と結婚したばかりに不幸に陥った私を一切援助してくれないのですから。この子は、古谷良二《ふるやりょうじ》と血が繋《つな》がっているというのに……私は生活保護で……この子の将来について考えると……ううっ……』

「ほほう、そういう手できたか……」

「刑務所暮らしのクズでDVな元夫のせいで不幸に陥り、今は乳飲み子を抱えて生活保護で暮らしている可哀想《かわいそう》な若い女性。世間の同情は買いやすいかぁ」

「しかし西条《さいじょう》さん、彼女は生活保護というセーフティーネットで守られているじゃないか」

「東条《とうじょう》さん、つまりもっと寄こせってことさ。離婚した自分は古谷良二《ふるやりょうじ》の元親戚でしかないが、子供は古谷良二《ふるやりょうじ》の……男の子だから従甥《いとこおい》かぁ。彼には権利があるだろうと思っているのさ」

「権利って考え方も変だけどな。確かに今は少子化が問題になっているけど、子供は特別優待券じゃないと思うがね。それにだ。生まれたばかりの赤ん坊が古谷《ふるや》企画の経営に役に立つというのか？」

「まさかな。赤ん坊が会社を経営するなんて、物語じゃないんだから。金持ちの親戚や友人が出たら集《たか》ろうとするのは、これはもう人間の性《さが》みたいなものだろう」

テレビをつけたら、以前古谷《ふるや》さんに金と利権を集《たか》ろうとして逮捕された従兄《いとこ》の元妻がワイドショーのインタビューに涙を流しながら答えていた。

どうしようもないクズ夫と離婚をした元妻が乳飲み子を抱え、生活保護に陥っている。

彼女の境遇については同情……いや、生活保護と児童手当がちゃんと出ているのなら問題ないのではないか？

適切に動けば、すぐに生活は立て直せるはずだ。

それなのに、ワイドショーのお涙頂戴なインタビューに答えている意図は、ようは世界でトップクラスの大金持ちになった古谷《ふるや》さんに集《たか》りたいのであろう。

すでに離婚した彼女は古谷《ふるや》さんとはなんの関係もないが、子供は彼と血が繫《つな》がっているからな。

「大金持ちになると大変だな」

「東条《とうじょう》さん、フルヤアドバイスの役員がそんなことを言っていては、その職をまっとうできないと思うがね」

「世間一般の意見を述べたまでさ。彼女の後ろに変なのがくっついているんだ」

やはり、彼女のことはとっくに把握済みか。

衰退激しい地方の過疎地衰冷町《すいれいちょう》において、元夫である古谷良二《ふるやりょうじ》の従兄《いとこ》と彼女は出会った。

荒れに荒れた地元の公立高校で不良、ヤンキー……どっちでもいいか……となって悪事の限りを尽くし、卒業後、子供ができたので仕方なく結婚。

しかしながら元夫は、衰冷町《すいれいちょう》の元町議会議員だった大川《おおかわ》の息子の下で悪事に手を染める半グレ、実質無職で、さらに彼は家にお金を入れなかったから争いが絶えなかったと聞く。

結局、元夫がブタ箱にぶちこまれたので離婚することになったが、そんな彼女がテレビに出て古《ふる》谷《や》さんに支援を求めるなんて、後ろで唆《そそのか》してる奴《やつ》らがいることは確実だ。

「非主流派かな？」

「そんなところだ。フルヤアドバイスに所属している大手マスコミのＯＢ連中が、珍しく真面目に働いているさ」

なにもなければ、年に数千万円も貰《もら》って遊んで暮らせるならな。

フルヤアドバイスは、仕事さえしていれば出勤する必要がないという形態になっており、ＯＢたちは悠々自適で第二の人生を楽しめたり、他の副業に精を出せた。

だがその好待遇も古《ふる》谷《や》さんあってこそであり、彼がいなくなれば、このとても美味《おい》しい天下り先はなくなってしまう。今こそ動いてもらわないと。

「古《ふる》谷《や》さんは極めて普通の人で全然問題起こさないから、ＯＢ連中としては末長く稼いでほしいだろうしな」

このところ稼ぐ冒険者が増え続けているが、当然のごとく問題がある人も交じってくる。

一般人と比べてそういう人が多いという印象もないのだけど、彼らは稼いで目立つので、マスコミの標的になりやすいのだ。

さらによくないのが、三橋佳代子《みつはしかよこ》で有名になった『冒険者系オンラインサロン』、『冒険者実戦指導セミナー』など、インフルエンサー気取りで胡散臭《うさんくさ》い情報商材を発売する自称冒険者が増えたことだ。

一回もダンジョンに潜ったことがないのに、さも自分は冒険者として大活躍していますと自称し、冒険者として稼ぐ方法を高額で売りつける詐欺師が増えていた。

ある仕事が流行して稼げる人が増えてくると、そういう胡散臭《うさんくさ》い人物が次々と現れるものだが、三橋佳代子《みつはしかよこ》の事件以降増えたような気がする。

『冒険者特性がなくても、ダンジョンで年収数千万を稼ぐ方法教えます！』みたいな胡散臭《うさんくさ》い宣伝がネット上に乱立し、なんの疑いもなく数十万円を支払ってしまう人たちが増えていた。

そして大した準備もせずにダンジョンに入り、スライムに殺されたり、大怪我《おおけが》を負わされてしまうのだ。

稼ぐ冒険者でも、金遣いが荒くて莫大《ばくだい》な借金を抱えてしまい、それを返済しないとか。

不倫をしまくったり、暴力沙汰や性犯罪で捕まったりとか。

冒険者としての身体能力を過信し、飲酒事故を起こして人を殺してしまうとか。

実はそういう人の割合は一般人と変わらないのだけど、マスコミが殊更強調して『冒険者の不祥事、犯罪』としてセンセーショナルに報道してしまうものだから、危機感を感じた高橋《たかはし》総理が、冒険者特区を驚異的な早さで成立させたという事情もあった。

もし世間に冒険者排除の動きが出ると、せっかく成長が始まった日本経済が再び停滞期に入ってしまうからだ。

民意に従って冒険者の行動に制限をかけた結果、海外に逃げ出してしまえば、今の好景気がなくなってしまう。

大半の国民はそれを理解しているはずだけど、怖いのは声が大きな残念な人たちだからな。

上手《うま》く、その手の連中の動きを押さえないと。

そんな冒険者の中で、古谷《ふるや》さんは至極普通の人だ。

金銭問題は起こさないし、酒癖は……そもそも彼はお酒を飲まないからなぁ。

女性に関しては……イザベラさん、ホンファさん、綾乃さん、リンダさんの四人と同棲《どうせい》しているが、古谷《ふるや》さんは四人と結婚しているわけではない。

不倫とも言えないいし、彼女たちはそれで納得しているのだから問題ないはずだ。

いわゆるハーレム状態だが、別に古谷《ふるや》さんに何人彼女がいて、何人子供が生まれても。

彼の財力を考えれば問題ないような気がする。

現実問題としてあまり報道もされないが、世界の大金持ちだって実質一夫多妻状態の人が多く、時代が変われど現実なんてそんなものだ。

それよりも、そんなことで古谷《ふるや》さんが世間で大きく叩《たた》かれた結果、古谷《ふるや》さんが国外に出てしまったら……。

むしろそちらの方が、日本にとって大きな損失となってしまうのだから。

とはいえ、それを理論的に説いても話がわからない人は日本どころか世界中にいる。

だからこそフルヤアドバイスが存在し、私も東条《とうじょう》さんも多額の給料を貰《もら》っているのだから。

しかも私は、この仕事を後任に引き継げば内閣府に戻れるし、出世コースを歩むことが決まっている。

いかに、古谷《ふるや》さんに降りかかるアクシデントを未然に防ぐか。

そして、できる限り彼の手を煩わせないか。

彼の活動が一日ストップすれば、それだけで数十億円から、波及効果を加味すれば数百億円の損失が出てしまう可能性もあるのだから。

「裏で彼女を操っているのは、野党の政治家連中と同じ系統の弁護士たちだ。そして今、インタビューを流しているワイドショーを制作しているテレビ局の非主流派の幹部たちもグルなのさ。彼らは反主流派ゆえにフルヤアドバイスに天下れない。だから彼女を使って、主流派を攻撃しているわけさ」

「テレビ局内における主導権争いに勝利するため、彼女をけしかけられたくなければ、フルヤアドバイス利権を、自分たち非主流派にも寄こせというわけか」

「どこにでもある話さ。善意を気取って、内面は俺たちにも一枚噛《か》ませろと」

「連中に利用される人たちはたまったもんじゃないな」

「そんな義理はないのは重々承知だけど、クズな旦那にDVを受けて離婚する羽目になり、シングルマザーになった女性が可哀想《かわいそう》だからなんとかしてあげて。テレビの画面を通じて無料で『いい人になった気分』を味わう視聴者の方々を利用した、テレビ登場以来続く商売方法ってわけさ」

「しかしながら、そういう方法で形成された世論というのが怖いんだよ」

一度火がつくと、たとえそれが間違っていてもそうしなければ許さない。

村八分にするという空気が蔓延《まんえん》してしまう。

それで嫌気がさした古谷《ふるや》さんが日本を逃げ出して大きな不利益が生じたら、彼らはそんなことはすぐに忘れて政府批判を始めるだろう。

経済が落ち込んだのは日本政府の失策だと。

「ゆえに火消しは早く。そして古谷《ふるや》さんを煩わせない」

「そのために、我らは高額のサラリーを貰《もら》っているからな」

「しかしながら、どのように対処するんだ？」

「あまり褒められた手ではないが、このワイドショーのスポンサーに声をかけるしかないな。彼女を攻撃すると、せっかく生活保護というセーフティーネットで子供が生かされているのに、それがなくなってしまう。彼女自身が愚かなのは確かだが、彼女を利用している、自分は頭がいいと思っている性質《たち》の悪い連中がいて、なにより子供には罪がないからな」

「こういう時、なにかの創作物みたいに完全に叩《たた》き潰《つぶ》してしまえば楽なような気がしますけどね」

「それはやはり作り話なのさ。現実なんてものは大半が玉虫色の結果ばかりだし、こういう手合いは増え続ける。古谷《ふるや》さんが活躍すればするほどな。いちいち完全に潰していたらキリがないさ」

このあと、急ぎワイドショーのスポンサー経由で手を回したら、すぐに彼女はテレビに出なくなってしまった。

彼女の裏にいた野党の政治家と弁護士たちが各テレビ局や新聞社に乗り込んでも、『生活保護で暮らせているので問題ないし、扶養義務が生じるほど近縁というわけでもないですからね』と、つれない反応をされてしまったのだ。

そして彼らは、ネット上で古谷良二《ふるやりょうじ》の人間性について攻撃を始めたが、すぐに矛盾点を攻撃されてしまい、そこで彼らが逆ギレしてしまったため、例の彼女は蚊帳《かや》の外に置かれてしまった。

「なんとも締まらない結論だな」

「その締まらない結果に持っていくのが、私たちの仕事なのさ」

「それはわかっているけど、後藤利一《ごとうりいち》って優秀だったんだなぁ」

「才能の使いどころを間違えたのさ、彼は」

これからもこういうくだらないアクシデントが増える一方であろうが、フルヤアドバイスはそれを処理するために存在している。

私も東条《とうじょう》さんも、仕事をすることが日本の国益になると思って頑張るしかないのだ。

＊＊＊

「今日は、上野公園《うえのこうえん》ダンジョン九百二十七階層に生息するクリスタルドラゴンを実際に倒してみせます」

久々に、純粋なモンスター退治をしているような感覚があるな。

とはいえ、俺の周囲にはビデオカメラを搭載したドローン型ゴーレムが飛び回って撮影している。

すでに動画配信は、新たに出現した寂寥島《せきりょうじま》のダンジョンの撮影まですべて終了したので、今度は効率のいいモンスターの倒し方講座を動画配信することにした。

これまでは、俺のレベルとジョブをフルに活用したモンスター討伐動画を配信していたのだけど、『真似《まね》できない』という意見が多く寄せられたため、わざとこの世界で上位の実力を持つ冒険者レベルにまで身体能力を落とし、その状態で効率よくモンスターを倒せる方法を実演、撮影することにしたのだ。

「基本的に大型のドラゴンは、真上から見た頭部を時計に見立てると、四時と八時の方向に死角があります。最初はこの方向から攻撃してダメージを蓄積させると、早く弱ると思います。ですが、ずっとドラゴンにとっての死角に居続けますと、尻尾を振り回して反撃されるケースが多いので、死角を突くのは攻撃する直前のみにして、攻撃時以外はドラゴンに姿を見せて気を引き、いつブレス攻撃がきても回避できるよう、気を抜かないようにしてください」

解説を加えながら、クリスタルドラゴンを倒していく。

クリスタルドラゴンの体はクリスタルでできているが、このクリスタルが性能のいい魔法道具のセンサー素材になるのだ。

素材名はそのまま『クリスタル』なんだけど、水晶とはまるで原子構造が違う透明な結晶であり、高性能なゴーレムや魔法道具作りには必要な素材であった。

現在イワキ工業が強化買い取りをしているので、今日はクリスタルドラゴンを討伐するシーンの撮影と、クリスタル集めを続けていた。

いまだ俺以外の冒険者で、ダンジョンの地下七百階に到達できた人はいない。

死神との戦闘による経験値でさらに強くなったイザベラたちでも、六百八十階層付近というのが現状だ。

上野公園《うえのこうえん》ダンジョンでなければ、彼女たちは五百階層クラスのダンジョンコアを確保できる。

なのでこのところ、俺が週に一回全国のダンジョンに『テレポーテーション』で連れて行っていたため、上野公園《うえのこうえん》ダンジョンの攻略が少し遅れているのは事実だが、この世界の冒険者で五百階層を超えられる冒険者が今のところイザベラたちしかいないので、それほど影響はないと思う。

他国では、自国の冒険者がいくつかある百階層～三百階層のダンジョンをクリアし、無事にダンジョンコアを手に入れたというニュースをたまにやっているが、低階層のダンジョンをクリアーしても、高階層で同じ階層に到達しても、手に入れられる魔石や素材の種類や質に違いはない。

ダンジョンコアを持っていると、一瞬で好きな階層に移動でき、逆にいつでもダンジョンから脱出することができるから、たとえ低階層のダンジョンコアでも手に入れて損はないのだけど。

「ですが、皆さんの場合はまだレベルが全然足りません。多くのモンスターを倒してひたすらレベルを上げてください。レベルが足りないと、いくら動画の解説どおりにやっても体がついていかなくて、ドラゴンに殺されてしまうでしょう。俺はレベルが表示されないので確実にその数値とは言えませんが、最低でもレベル３０００は超えないと、クリスタルドラゴンは倒せないかなと。以上です」

「リョウジさん、今の私たちでもレベル２０００をようやく超えたばかり。レベル３０００を超えるには時間がかかりますわ」

「それも、金色のドラゴンや死神とか。リョウジ君が倒したレアモンスターの経験値を分割してもらったからだしね。ボクたち以外の冒険者で、レベル700を超えた人は一人もいないんだから」

「つまりクリスタルは、現状では良二《りょうじ》様しか手に入れられません」

「ごく稀《まれ》にレアドロップアイテムとして手に入るらしいけど、今のところ世界でたった二例のみ……。高性能なゴーレムにはクリスタルと霊石が必要だから、世界中のゴーレム製造者が大金を積んで買《か》い漁《あさ》っているわ。イワキ工業からしか購入できないけどね」

撮影した動画は、プロト1が編集してから動画サイトに更新した。

恐ろしい勢いで再生数が跳ね上がっていくが、コメントを見ると『お前の真似《まね》はそんな簡単にできない！』、『失敗すれば死ぬんだから、地道にコツコツレベルを上げていくしかない』などと書かれていた。

クリスタルドラゴンは、大型のドラゴンだからなぁ。

霊石とクリスタルは、高性能なゴーレムを作るのに必ず必要だが、技術がない人が無理に高性能ゴーレムを作ると、重たくなり、大量の霊石とクリスタルを使い、コストが爆発的に跳ね上がってしまう。

いくら高性能でも、最新鋭ジェット戦闘機よりも高いゴーレムなんて世間に普及しないだろう。

だが、ゴーレムの本体を軽量化すれば、霊石とクリスタルの使用量が減って節約できる。

その技術を持つのが俺とイワキ工業だけなので、俺は岩城《いわき》理事長に頼まれて毎日一体分のクリスタルと、一日一キロほどの霊石を納品していたが、明日から倍納品してくれとメッセージが入った。

早く他の冒険者たちがクリスタルドラゴンを倒せるようになるといいのだけど、時間がかかるかも。

変に焦《あせ》って死なれると困るし、実際に一グラム百五十万円まで買い取り価格が上がったクリスタルを手に入れるべく、冒険者たちはレベル上げに奔走するようになった。

まずクリスタルドラゴンがいる階層に辿《たど》り着《つ》けるまで強くなるという段階なので、しばらくは俺がクリスタルを納品するしかないな。

霊石の方は、恐山《おそれざん》ダンジョンか寂寥島《せきりょうじま》のダンジョンで手に入れ始めた冒険者が出始めたので、クリスタルほど需要が逼迫《ひっぱく》していないけど。

「しかしまぁ、良二《りょうじ》が頑張っているおかげか、日本の冒険者特区は冒険者特性を持たない人間がほとんどいなくなったな」

段々と冒険者特性を持つ住民が増えていき、例外は冒険者特区内のインフラを維持する人員や、冒険者向けの飲食店のオーナーや数少ないスタッフくらいか。

それもこのところはゴーレムを導入して極力人員を減らすものだから、ますます冒険者特区内で冒険者特性を持たない人は減っていた。

冒険者特区内にある役所にしたって、人員は極力減らし、ゴーレムに作業をやらせているぐらいなのだから。

そんな無茶がいきなりできるのも特区のおかげだが、当然の如《ごと》く新しいことにはすべて反発する層が出ている。

『飲食店、役所、会社に人間がほとんどおらず、ゴーレムばかりなんて人情がない』とか。

『もしゴーレムが暴走したらどうするんだ！』など。

ゴーレムに不都合が出ると動かなくなってしまうのだということを説明しても、連日ワイドショーなどでは自称ゴーレムの専門家を名乗る、冒険者特性がなく、自分でゴーレムすら作れない専門家が愚にもつかないことを言っていた。

冒険者や事情を知る人たちは鼻で笑っているが、マスコミが煽《あお》るおかげで、冒険者特性を持つ人はますます冒険者特区内に集まり、スライム狩りをする冒険者特性がない冒険者やその家族、特区を維持するための人たち、そこで商売をする人たちは通勤に便利な外縁部に住むようになり、そこが『予備冒険者特区』などと呼ばれ、冒険者特区と合わせて富裕層ばかりが住む場所と言われるようになった。

言うまでもなく、『これでは貧富の差が広がるばかり。政府は貧困対策を強化しろ！』という声も増え続けているが、ダンジョンと冒険者のおかげで日本の経済は成長し続けているし、普段ならなにを決めるにも時間がかかるはずなのに、冒険者特区のおかげで先進的な政策を打てている側面もあった。

俺に言わせると高橋《たかはし》総理はよくやっていると思うけど、彼を嫌うマスコミや自称リベラルな知識人はとても多かった。

彼はちゃんと仕事をしていると思うけど、文句ばかり言われて大変そうだから、やっぱり政治家になんてなるもんじゃないな。

「冒険者特区は、いい政策だと思うけどな」

俺も剛《たけし》の意見に賛成だ。

冒険者特性がある冒険者はレベルアップしてしまうため、人間を超越した力を持ってしまう。

それが一般人に向けられた場合、佳代子《かよこ》のような悲劇を生むので、普段は別れて住んだ方が安全なのだから。

強い冒険者が暴れた場合、他の強い冒険者が取り押さえられるという利点もある。

もっとも、冒険者特性を持つ冒険者はレベルが上がると知力が上がる。

犯罪なんて割に合わないという結論に至る人は多く、少なくとも一般人よりも犯罪率が多いなんてないはずだ。

ゼロではないのは、佳代子《かよこ》の暴走を見てもあきらかだけど。

「テレビだと、冒険者は現代の貴族だ王族だと批判する人たちも多いけど、俺の家のポストに毎日婚活パーティの招待状が入っているんだよ。俺はまだ十七歳なのにな」

「俺も毎日入ってくるな。無料でいいから参加してくれって」

「俺は十八歳になったら結婚するのに、婚活パーティなんか出ねえよ」

剛《たけし》は、現時点で幼馴染《おさななじみ》と同棲《どうせい》している、究極のリア充にして勝ち組だからな。

「ボクたち女性冒険者にも、婚活パーティのお誘いがくるよ。医者とか、弁護士とか、会社経営者専門パーティとか」

「だと思った」

最近、格差と貧困の戦犯のようにマスコミで言われている冒険者だが、実は結婚したい男性、女性の職業ランキングで冒険者が一位となっていた。

まさに本音と建前の典型例で、ちなみに二位は安定の公務員である。

そのせいか、冒険者との婚活パーティを開催する業者が非常に増えていた。

この場合、冒険者側はパーティへの参加費用は無料で、冒険者でない人たちは男女共に数千円から数万円の参加費用を支払うのだそうだ。

ただ、このようなパーティに参加する冒険者特性がある冒険者は非常に少なかった。

大半が、冒険者特性がなくて一階層でスライムを倒している冒険者ばかりだ。

それでも高収入なので、パーティはとても盛況らしいけど。

酷《ひど》い婚活パーティだと、売れない役者に冒険者を演じさせたりして、参加費用を荒稼ぎしている詐欺のような業者もいるそうだ。

「女性冒険者を狙う、ヒモみたいな男も多いわよ。私は、そういう貧弱な男は嫌い！」

「今の世は男女平等だから、そういう人がいても仕方がないんじゃないの？」

「リョウジ、自分が主夫になって、家事や子供の面倒をすべて見る覚悟がある男性ならいいけど、大半は奥さんの稼ぐ金で遊ぼうと考えているクズばかりよ。アメリカにもそういう男は沢山いるわ」

「リンダ、そういうのに国籍は関係ないって。香港《ホンコン》にも、本土にも沢山いるよ」

「イギリスの駄目な男は、本当に働きませんからね」

「日本もその駄目夫に、まさにその駄目夫を産んで育てたんだなと理解できる、おかしな両親が奥さんを追い込むケースが多いですね。だから順調に離婚率は上がっています。昔の女性は我慢したのでしょうが……」

結婚って難しいんだなぁ。

俺はまだ結婚できる年齢じゃない……冒険者特区ではできるけど、まだ結婚はいいよな。

「冒険者の仕事は男女ほぼ同数ですし、極めて現代に合った職業かもしれませんね」

イザベラの言うとおり、男女平等というか、実力のみで評価される世界であり、冒険者特性も男女で比率が偏っていなかった。

冒険者特性がない冒険者は圧倒的に男性が多いはず……というのが最初の世間の予想だったのだけど、実はそれほど男女差がない。

女性でもグループを組めばスライムを倒せるので、女性パーティもかなり多かった。

「冒険者が批判されない唯一の項目ですわ。男女が平等に働いていますから」

「冒険者のトップランカーは、男性だと俺と良二《りょうじ》。女性はクリニッジ、ウー、三千院《さんぜんいん》、リンダの四名だ。どういうわけか冒険者の上位陣は、女性が多いよな」

「それにはちゃんとした理由があるんだ」

俺は剛《たけし》に説明を始めた。

強い冒険者に女性が多い理由とは、女性の方が平均魔力量も多く、魔力を使って戦闘力を増やせるスキルを持っている割合が多いからだ。

男性冒険者は、戦士、武闘家などの物理攻撃が得意なスキルを獲得することが多く、ダンジョンの低階層では男性の方が活躍しやすかった。

物理攻撃に強いスキルのレベルが上がりやすいので最初は男性が有利なのだけど、階層が深くなっていくと、物理攻撃に特化したスキルを持つ冒険者は、よほど大量に回復アイテムを用意しなければ生き延びることが困難になってしまう。

もしくは、攻撃、回復、補助魔法の使い手がパーティメンバーに入っているかだが、実は魔法使いは女性の方が多い。

そして女性特有のトラブルを防ぐため、女性同士でパーティを組むことも多かった。

イザベラたちもそうだが、ただ一人の例外としてパーティメンバーに入っている剛《たけし》はすでに婚約者がいるリア充であり、自分の婚約者以外の女性に興味がないタイプなので、特に問題はないようだ。

週に一回俺もパーティに加わっているけど、俺は四人の恋人なので問題なかった。

それに、男性魔法使いが極端に少ないというわけでもないので、実は男女混合のパーティは少なかったりする。

世界的にも同じ傾向が見られ、同じパーティに男女が交じってると、色恋沙汰……人間関係の崩壊により、パーティ自体が空中分解してしまうケースがあとを絶たなかったからだ。

それなら最初から、男性同士、女性同士の方が問題も少ないのではないかと。

一部、冒険者パーティにおける男女比の割合を気にする、その手の方々が現れて問題になったことがある。

『パーティの男女比を一対一にしろ！』と騒いだのだが、当の冒険者たちから『ダンジョンに潜らないくせに、上から目線でわけのわからないことを言うな！』と批判され、無視されていた。

俺も一部のテレビ番組で、そういう方々が声を荒らげていたのを見たことがある。

実は冒険者特性のある冒険者自体は、ほんのわずかだけど女性の方が多い。

「冒険者特性がなくて一階層でスライムを倒している人たちは男性の方が少し多いけど、平均すればほぼ男女同一なんだけどなぁ」

冒険者は、いかに魔石と功績、素材、アイテムを獲得するかで評価される。

性別なんて関係ないんだが、冒険者特性がない人の中にはそれがわからない人がいるようだ。

「さらに日本の場合、不思議なのは年寄りの冒険者特性持ちがほとんどいないことですわ。他国ではそれがネックになることもあるのに、日本にはそれがない。不思議だと思われています」

「……そうだね」

実は俺が、暇さえあればダンジョンに潜らない年寄りから冒険者特性を取り上げ、有望な若い人に分け与え続けているからだけど。

どうせ冒険者特性を持っていても、年金を貰《もら》っているような年寄りは、家でテレビを見て病院に行くくらいしかしないのだから、必要ないと思って取り上げていた。

そもそも冒険者特性を持っていても、レベル1なら一般人となんら変わらない。

とはいえ、今さら年寄りがダンジョンに潜るとは思えず、ごく一部の例外を除き、次々と俺が冒険者特性を巻き上げていた。

ただ冒険者特性は、低レベルの人からしか取り上げられない。

俺が佳代子《かよこ》の冒険者特性を取り上げられなかったのは、それが理由だったのだ。

「(誰にも言えないけど)」

「ジパング、フジヤマ、ゲイシャ、サムライ、ニンジャ、ボウケンシャ。いかにもテンプレなアメリカ人が言いそうよね」

「リンダ、ニンジャとかサムライのスキルはそのうち出てくるかもよ。ゲイシャは、ジョブっぽくないか……。でもわからないよね」

ホンファ、ゲイシャのスキルが出てもどうやって戦えばいいのかわからないじゃないか。

「リンダさん、冒険者は日本とあまり関係はないのでは?」

「でもアヤノ。日本は冒険者大国だから、そのうち冒険者といえば日本と言われるようになるかもしれないわ」

そんな話をしながら上野公園《うえのこうえん》ダンジョンへと向かい、その日もレベルアップと素材集めに奔走したわけだが、冒険者向けの婚活パーティってどんなんなんだろう?

どうせ、俺はまだ十八歳になっていないから参加する気はないけど。

第4話 ▶ 冒険者とクレジットカード

「ご馳走《ちそう》さまです、リョウジさん」

「悪いね、リョウジ君」

「次は私が出しますから」

「あっ、私も出すわ」

「良二《りょうじ》、俺まですまんな」


今日は、一週間に一度の合同パーティによる活動日であった。

世界のトップランカーであるイザベラたちが俺の指導を受け、大分階層を進めることができたお祝いに、今夜はとある焼き肉屋で一緒に夕食をとった。

その代金は俺が出している。

俺が一番金を持っているし、税理士の木島《きじま》先生から『少しは経費を使いなさい』と言われていたからだ。

「代金は、二百五十六万六千五百円ね……ええと」

俺は普段、財布を持たないことにしている。

アイテムボックスにお金が仕舞ってあり、必要に応じてそれを取り出して支払っていた。

「あっ、領収書をお願いします。宛名は『古谷《ふるや》企画』で」

この冒険者特区内にある高級焼き肉店は、ダンジョンに住む様々なモンスター肉の様々な部位を提供しており、その値段は目玉が飛び出るほど高かった。

昔だったら絶対に食べに行けなかったけど、今なら毎日通っても問題ないと思う。

毎日通うと飽きるから、たまにしか来ないけど。

「リョウジさん、一つよろしいでしょうか？」

「どうかしたの？ イザベラ」

「あの……リョウジさんは、クレジットカードを持っていらっしゃらないのですか？」

「ああ、未成年だから持てないんだ」

俺はまだ十八歳になっていないので、クレジットカードは作れない。

もし両親が生きていたらファミリーカード対応するのだろうけど、今の俺は天涯孤独だからなぁ。

「現金は最強だと思うんだ」

「不便ですわよ」

「そうだよね。冒険者特区内のお店って高いもの。多くの現金を持ち歩くと大変だから、リョウジ君もカードを持てばいいのに」

そう言われると確かにホンファの言うとおりかもしれないけど、クレジットカードがなくても、『アイテムボックス』内に現金を入れておけばなんとかなるので問題ないと思う。

「私は伯爵家の当主なので、問題なく作れましたが、日本のクレジットカードの審査は冒険者に厳しいような気がします」

冒険者には、未成年が非常に多い。

全国の冒険者高校に通っている生徒たちは下手な大人たちよりも稼いでいる人が沢山いるのに、『クレジットカードが作れない』という話はよく聞く。

家族がいてファミリーカードを使っている冒険者も多いが、未成年者が個人でカードを作ることも、法人カードを作ることもできなかった。

未成年者は、審査で弾《はじ》かれてしまうからだ。

不都合があるのでなんとかならないのかという意見は出ていたが、日本という国はなにを決めるのも遅い。

しばらくはこのままだと思うので、俺も十八歳になるまで現金生活が続く予定であった。

「冒険者特区でも、未成年者はクレジットカードを持てませんからね。十八歳になれば持てますが、それにしても親権者の同意が必要ですから」

「日本はそういうところが固いわよね。私はクレジットカードを持っているわよ」

そう言いながら、リンダが自分のクレジットカードを見せてくれた。

「ブラックじゃないんだね」

「飛行機で世界中を頻繁に旅行する人ならともかく、ブラックカードなんて必要ないわよ。名の知れたセレブだって、実は普通のカードしか持っていない人も多いし。これで十分よ」

「そうなんだ。確かに、ランクの高いカードの年会費を払う意味ってなんなんだろうね？」

「見栄《みえ》じゃないの？」

「なるほど」

リンダの推察を聞き、ホンファは納得したような表情を浮かべた。

「良二《りょうじ》、デビットカードでよくないか？」

「なにそれ？」

「「「「……」」」」

あれ？

みんな黙ってしまったな。

デビットカードを知らないと、なにかマズイことでもあるのかな？

「お前は凄《すご》い奴《やつ》だが、どこか浮世離れしているよなぁ……。銀行の口座と連動したカードがあるから、それを使えばクレジットカードがなくても一度に多額の支払いができるぞ」

「別に今でもこうして現金で払えてるから困ってないよ」

なぜなら、『アイテムボックス』に収納してあるからだ。

しかも俺はちゃんとお金の出し入れを訓練したから、たとえば『お会計は十六万三千五百七十四円です』と言われても、すぐにピッタリの金額を出すことができる。

細かい金額でもピッタリ出せるように、ちゃんと小銭も大量に用意していたからだ。

「そこで無駄に器用になる必要ないだろうが。デビットカードを作れ」

「やはりそうするべきか」

剛《たけし》の言うとおりだと思い、俺はすぐに銀行へと向かった。

冒険者特区内にもちゃんと銀行がある。

このところ、銀行は経費削減のため店舗を減らす傾向にあるようだが、冒険者特区のみは例外で、次々と、新しい銀行の支店ができていた。

「いらっしゃいませ……古谷《ふるや》様ですね。奥の応接室へどうぞ」

「別に窓口でも……わかりました」

そのまま窓口でデビットカードを作ってもらえばよかったのだけど、受付のお姉さんに奥の応接室に通されてしまった。

すぐにお茶とお菓子が出てきて、月夜《つきよ》銀行上野公園《うえのこうえん》ダンジョン冒険者特区支店長を名乗る中年男性が、名刺を差し出しながら挨拶してくる。

「支店長の大下《おおした》です。本日はどのようなご用件でしょうか？」

「デビットカードを作りに来ました」

「クレジットカードでなくてですか？」

「俺はまだ十七歳で両親も亡《な》くなっているため、家族カードにも該当しませんしね。クレジットカードが作れないんですよ」

「そうですね……私としては古谷《ふるや》様のクレジットカードを発行しても全然問題ないと思うんですけど、なぜか申請で撥《は》ねられてしまうんですよね。古谷《ふるや》様は、いつ十八歳になられますか？」

「来月です」

「それなら今日は申し込みをせず、今はデビットカードでしのいだ方がいいですね。実はクレジットカードの審査は、一度落ちてしまうとその後半年は申請を出せないんですよ」

「へえ、そうなんですか」

クレジットカードの審査に落ちるような奴《やつ》はあかん、ということなのかな？

「今ですと、当行のデビットカードに入会されますと、三千ポイントの新規ポイントがサービスされますし、クレジットカードと同じように、使用金額の1パーセントのポイントが付きますから」

「それはいいですね。じゃあ、それでお願いします」

「畏《かしこ》まりました」

剛《たけし》の忠告に従っておいてよかったな。

数日後、無事に俺のデビットカードが手元に届いた。

「クレジットカードとは違って、口座の金額以上は使えないのか。ちょっと不便？」

「いや、お前の銀行の口座、いくら入ってるんだよ？」

「個人の口座だからそれほどでもないよ。一億円ぐらい」

俺は給料取りだから、個人口座にはさほどお金が入っていない。

両親の遺産や、家を売ったお金とかが主だった。

「十分だろう！　マンションでも買うのか？」

「まさか。二つもいらないよ」

確かに、よくよく考えてみたら俺がそれなりの金額を使うのって、イザベラたちや剛《たけし》とダンジョンを出たあと外食に行ったり、たまにイザベラたちに服とかアクセサリーを買ってあげるぐらい。デート費用もそうだけど、基本的に冒険者が特区の外に出ると嫌がられるので、デート費用自体はあまりかからなかった。

そしてなにより、俺はあまり贅沢《ぜいたく》する性質《たち》でもないし。

「じゃあ問題ないのか」

「そもそも、古谷《ふるや》企画の法人カードすらないってどういうことよ？」

「どういうもこういうも、作れないから仕方がないんだよ。いつもニコニコ現金払いで」

「世界で三本の指に入る資産家が、わけのわからないことを言ってるな」

会社のオーナーである俺が十八歳未満なので、クレジットカードの審査に通らないのだ。

別にそれでなにか困ったことがあったわけでもないし、来月になれば作れるから問題ないんじゃないかな。

デビットカードも手に入ったことだし、あとは今日の仕事をこなすことにするかな。

「ふふふっ、この俺は将来陽光《ようこう》銀行の頭取になる男。そのためにも功績を稼いでおかなければな」

東大を優秀な成績で卒業して陽光《ようこう》銀行に入行した私は、言うまでもなく上を目指していた。

今の時代、銀行が危ういなんて話も出てきているが、そう簡単に潰れるわけがない。

なによりこの私が、陽光《ようこう》銀行の改革を進めていけばいいのだから。

今、陽光《ようこう》銀行は日本一のメガバンクではなくなり、第二位に転落してしまった。

これも、クビになったバカな支店長が世界で三本の指に入る資産家となった世界一の冒険者にして、動画配信者である古谷良二《ふるやりょうじ》と揉《も》めたからだ。

動画配信をしているニートの息子を有名にするため、古谷良二《ふるやりょうじ》にコラボを要求。

断られたら、陽光《ようこう》銀行の名前を出して脅したと聞く。

せっかく東大を出て陽光《ようこう》銀行の支店長になったのに、バカというのは一生治らないものだな。

古谷良二《ふるやりょうじ》は、海外からの送金と振り込みが陽光《ようこう》銀行指定という案件があったため、古谷《ふるや》企画の口座は残していたが、多額の預金を月夜《つきよ》銀行に移してしまった。

そして月夜《つきよ》銀行が世界各国からの報酬振込み対応可能になった瞬間、古谷良二《ふるやりょうじ》は陽光《ようこう》銀行との取引をすべて中止した。

さらに、イワキ工業やその関連会社や取引先、さらには多くの優秀な冒険者たちが、陽光《ようこう》銀行の口座を解約して月夜《つきよ》銀行に新規に口座を開設。

その結果、陽光《ようこう》銀行は日本で二番目の銀行に転落してしまう。

古谷良二《ふるやりょうじ》と古谷《ふるや》企画の口座解約を阻止できなかった前頭取以下経営陣は、全員が総退陣となってしまった。

とはいえ、退陣したはずの旧経営陣はちゃっかり相談役や顧問となっており、週刊『サマーセンテンス』から『老害の極み』と批判されてしまったがな。

ともかく、今の陽光《ようこう》銀行に求められていることは、古谷良二《ふるやりょうじ》との和解であろう。

ではどうすればいいのかといえば、私はちゃんと情報を集めているぞ。

「古谷良二《ふるやりょうじ》も、古谷《ふるや》企画も、クレジットカードが作れない。ならば作れるようにしてやればいい」

それにしても、世界で三本の指に入る資産家に未成年だからという理由でクレジットカードを作らせないとは……。

ここまで杓子定規《しゃくしじょうぎ》だと、ある意味感心してしまうというか、いくら大富豪相手でもルールは絶対に曲げない公平性を保っているというか……。

「とにかく。今すぐ古谷良二《ふるやりょうじ》にクレジットカードを作ってやれば、主要取引銀行を陽光《ようこう》銀行に戻してくれるだろう」

あの元バカ支店長め！

今では元ニートだった息子と某地下帝国で働いているが、その程度で罪が償えるものか。陽光《ようこう》銀行が二位に転落したニュースを聞いたＯＢで、ショック死した者までいる。

逆にそのおかげで、これまで相談役を名乗っていつまでも銀行にへばりつき、金やリソースを毟《むし》り取《と》っていた多くの老害たちを追い出せたので、すべてが悪い話ではない。

数は減ったが、前経営陣が相談役や顧問になっている点については、私も将来はその席に座る予定なので無理に追い出すのはよくないか。

これから私の大活躍が始まるので、将来功労者となった私には必要な地位なのだから。

「古谷良二《ふるやりょうじ》の問題だけではない！　冒険者業界において彼の力は大きいし、冒険者特区への進出が上手《うま》くいっていない要因でもあるのだ」

いくら古谷良二《ふるやりょうじ》が世界有数の大金持ちだとしても、陽光《ようこう》銀行に彼の口座がないという理由だけでメガバンク二位に転落していない。

彼と陽光《ようこう》銀行とのトラブル内容が徐々に世間へと浸透した結果、現在、世界で最も稼げる職業となっている冒険者たち。

それも日本の冒険者たちが、陽光《ようこう》銀行から預金を引き上げたり、口座を持たなくなったことが問題なのだ。

冒険者特区には富裕層が多いので、世界中のどの銀行も冒険者特区への進出を急いでいる。

ところが、冒険者特区内にある陽光《ようこう》銀行のどの支店も客足は鈍く、赤字の店舗も多かった。

現在、稼げなくなった銀行が全国の支店を整理している中、唯一冒険者相手の商売には未来があった。

冒険者は稼げる人が多いが、肉体労働なので一生その仕事を続けられるとは私も思わない。

冒険者稼業《かぎょう》を引退した人たちの資産運用を手助けする金融機関は多いが、残念ながら日本の銀行は完全に出遅れていた。

冒険者特区では投資に関する規制が緩く、外資の金融機関が活動しやすい。

彼らは冒険者たちをターゲットとして、その資産管理業に手を出しており、業績は右肩上がりだった。

日本の銀行はとにかく動きが遅いので、この私がなんとかしなければ。

まずは千里の道も一歩からということで、古谷良二《ふるやりょうじ》のクレジットカードの審査を通してしまおう。

「というか、なぜ審査が通らないんだ？　まあいいか。陽光《ようこう》銀行カードの審査を通せば、彼個人も会社も、メイン口座を陽光《ようこう》銀行に戻してくれるはずだ」

私はそれから頑張った。

『クレジットカード？　あと一ヵ月で十八歳になるから、そうしたら月夜《つきよ》銀行が作ってくれるって言っているから』

『そこをなんとか！　一週間とかからずに作りますから』

『本当に、審査は大丈夫なの？』

『任せてください！』

私は、ありとあらゆる方法と努力を使って、古谷良二《ふるやりょうじ》のクレジットカードの審査を通した。

陽光《ようこう》銀行は古い体質の会社だ。

業界二位に転落してしまったのに、頑《かたく》なに変化を嫌う連中が上にひしめいている。

『前例がない』と、古谷良二《ふるやりょうじ》のクレジットカードの審査を通さなかったが、苦労してようやく、家族がいない未成年者のクレジットカード審査を通すことに成功した。

こういう時こそ政治家や官僚の仕事だと思うのだが、あいつらも上にいる老人たちに睨《にら》まれたくないんだろう。

強引なやり方をした私には敵が増えたが、同時に志を同じくする同志も増えた。

人がなにかを成す時、他人に嫌われることを恐れてはいけない。

誰にも嫌われないようにするということは、なにもしないのと同意義なのだから。

「本当にクレジットカードだ」

「どうぞ、私が審査を通しておきましたので」

「助かるなぁ。これで外食する時とか便利になるよ」

「今後とも陽光《ようこう》銀行をよろしくお願いします」

これで古谷《ふるや》良二《りょうじ》も、陽光《ようこう》銀行を見直すはずだ。

とても疲れたが、大きな仕事を終えた達成感に私は包まれていた。

「今日は、一杯やって帰るか」

明日からもまた忙しい日々が始まるが、今日一日くらい勝利の美酒に酔っても問題ないはずだ。

「この近くに居酒屋はと……あった！」

たとえメガバンクの行員といえど、若造の給料などたかが知れたもの。

勝利の美酒は居酒屋チェーン店であげることになったが、私は高級シャンパンでも空けたかのような気分を味わったのであった。


「このカードでは枠が足りません」

「あれ？　そういえば、このクレジットカードの使用限度額は……十万円！　使えねえ！」

「良二《りょうじ》、だから言ったじゃないか。冒険者ってのは、いくら稼いでも社会的な信用がないんだよ。

素直にデビットカードにしておけって」

「日本って、ある意味凄《すご》いですわね。数億円の口座に紐付《ひもづ》けされたクレジットカードの使用限度額が一ヵ月十万円って……」

「イザベラ、日本だと、大企業の正社員とか公務員じゃないと社会的な信用が低いんだよ。ボクは海外のカードを使っているから大丈夫だけど」

「私も今はファミリーカードですけど、十八歳になって自分のカードの審査を受けたら、使用限度額が十万円の可能性もありますね。ファミリーカードのままでいいような気が……無理でしょうけど」

「アメリカでは、稼いでる人はちゃんと相応のカードが持てるから。むしろ、カードを使いすぎて破産する人が多いくらいだし。リョウジ、今日は私が奢《おご》るから」

「……支払いは、デビットカードで！」

やっぱりクレジットカードは不便だよな。

現金か、デビットカードで問題ないや。

第5話 ▶ 週刊真実報道と自粛

『古谷企画《ふるや》』は、今世界で一番と称される冒険者である古谷良二《ふるやりょうじ》が100パーセント株式を保有している合同会社である。主な事業としては、冒険者として得た魔石、鉱石、素材の売却。自身がダンジョンに潜り、ダンジョンを攻略したり、モンスターと戦っている様子を世界的な動画サイト『ミーチューブ』で配信し、莫大《ばくだい》なインセンティブ収入を得ている。無料で世界中のダンジョンの情報を投稿している彼の人気は非常に高い。他にも、数千チャンネルとも言われる様々な動画を制作、編集、配信しており、その収入も莫大《ばくだい》なものとなっている。あとは、様々な投資にも手を出していて、こちらもすさまじい収益をあげているな」

「よくそんな時間的な余裕があるな。数千もの動画サイトを運営するなんて……」

「それに関しては、彼はAI、ロボットに類するゴーレムを多数運用し、彼らに事業の大半を任せているようだ」

「ゴーレムとは、そこまで高度なことができるのか」

「ゴーレムを作れるスキル『ゴーレム製作者』の力量次第ですね。たとえば、今では時価総額が世界一となった『イワキ工業』のオーナーは、古谷良二《ふるやりょうじ》をも超えるゴーレム製作者であり、イワキ工業の業績については言うまでもありません」

「確かに、今となってはイワキ工業の株に手は出せないかな」

「優れたゴーレムを作るには、ダンジョンから産出する霊石とクリスタルが必要で、しかも現状ではなかなか手に入らない。いまだ、世界中で動いているゴーレムの大半が低性能であり、高性能なゴーレムは、ほぼ古谷良二《ふるやりょうじ》とイワキ工業の独占状態ですね」

「確かに、ゴーレムを多数工場に配置して極力人を使わないイワキ工業は稼ぎに稼いでいるな。批判もあるようだが……」

「ゴーレムが人間の職を奪うですか？　ゴーレムがなくても、ロボットとＡＩも発展しているので時間の問題ですけどね。話を戻します。他にも、古谷良二《ふるやりょうじ》は『箱庭』なる異次元の広大な空間を有しているそうで、そこで栽培される高品質の農作物、畜産品、養殖品をイワキ工業に卸しており、大変に高価ですが、大きな利益を稼いでいるとか」

「それもゴーレムがやっているのか？」

「はい。そうでなければ、古谷良二《ふるやりょうじ》がこの二年ほどで世界中のダンジョンをすべてクリアーし、その様子を動画として配信できるわけがありません。見やすい動画には高品質な編集が必要であり、それもゴーレムがやっているのでしょうね。その技術を用いて、ありとあらゆる動画を編集して、その配信収入でも荒稼ぎしていますよ」

「そこまでできるのか……ゴーレムで」

「みたいです。古谷《ふるや》企画は投資もしているようですが、株価や為替相場の予想をゴーレムに任せている節があります。かなりの高精度なようで、ますます古谷《ふるや》企画の資産が膨れあがっています」

「しかし、それだけの会社が上場しないとはな」

「必要ありませんからね。そもそも企業が上場するのは、規模拡大に必要な資金を市場から得るためです。すでに恐ろしい額の内部留保を貯《た》め込《こ》んだ古谷《ふるや》企画が上場する意味がないどころか、株主に配当しろと強く要求され、富が流出するだけですから」

「俺が古谷《ふるや》企画のオーナーでも、上場なんてしないだろうな」

「そんなわけで、証券会社は歯ぎしりしているわけですよ」

「圧力をかけて、古谷《ふるや》企画に人間の社員を雇わせるか？　政治家たちが、自分や支持者たちのバカ息子をコネ入社させたくてウズウズしている。マスコミを使って、雇用を増やすのが成功者の社会的義務だ、とか特集を組ませて世論を喚起する策だ」

「その方法はお勧めしませんね。フルヤアドバイスという会社を知っていますか？」

「子会社なのか？」

「ええ、古谷《ふるや》企画の１００パーセント出資子会社です。そこに所属しておられる方々は、純粋培養の天下りばかりですよ。各省庁の天下り、元総理経験者を含む政治家、大手マスコミのＯＢ連中も多数在籍しております」

「手を出せないか……」

「普段は、天下り批判で勇ましい野党もなにも言いません」

「だろうな」

「ボカして、冒険者批判、ゴーレム批判に舵《かじ》を切りつつあるようですが、終着点はゴーレムに税金をかけて、その税収を雇用創設や労働者の再教育、社会保障にあてるという線でしょうか」

「そんなところだな。それにしても古谷良二《ふるやりょうじ》は凄《すご》いな。未成年の若造が、世界で三本の指に入る大富豪とか。ワシの娘を嫁にしたいな」

「お嬢様では相手にされないと思いますが……」

「今、なにか言ったか？」

「いえ、彼は骨の髄まで冒険者で、つき合っている女性たちも冒険者ですよ」

「冒険者『たち』ねえ……」

「今の世情だと批判……はされるんですかね？　彼は未婚者ですけど」

「さあな。誰かが焚《た》きつけて燃え上がれば、その可能性もあるかな」

「そうなった場合、彼が活動自粛をしてしまう可能性がありますけど」

「それは駄目だろう」

「ですから、フルヤアドバイスなのですよ。ぶっちゃけ、古谷良二《ふるやりょうじ》は再び経済成長し始めた日本にとって重要な人物です。不倫ならともかく、未婚の彼が未婚の女性何人とつき合おうと関係ないじゃないですか」

「ワシもそう思うが、マスコミが炎上させれば、世論が古谷良二《ふるやりょうじ》の活動停止を強く望むかもしれない」

「そうならないよう、フルヤアドバイスがあるんですけどね……」

「だろうな。しかしやりにくい世の中になった。昔なんて、成功した人物に愛人がいないと、逆に不安に思われたような時代なのに」

「まあ、今でもそれなりの財力がある方々は、奥さん以外の女性と『お突き合い』しているケースが多いですけどね。表沙汰になっていないだけで」

「……なんか、妙にトゲのある言い方だな。まあいい。冒険者特区の建設はまだ途上だ。そっちで利益を得るとするか」

「そこが無難なところだと思います。ただ……」

「ただなんだ？」

「週刊『真実報道』が、古谷良二《ふるやりょうじ》を追っているんですよ。『複数の女性冒険者とつき合う、世界トップ冒険者。その奔放な性を糾弾する！』みたいな感じで」

「別によくないか？　誰しも若い頃は色々と……今は駄目か……。記事の掲載は避けられないのか？」

「ええ、なので燃え上がらなければいいなって思っています。もし古谷良二《ふるやりょうじ》が、しばらく謹慎して反省しますなんて言ったら……」

「あ――株、利確しておこうかな」

「それがいいかもしれませんね」

せっかく日経平均株価が五万五千円を超えていたのに、どのくらい下がるかな。

空売りしておくか？

ワシも投資の世界で長年生きてきたが、まさかこんな時代が訪れるとは。この非公式の会合に集まった同業者たちも、オブザーバー役の証券会社の社員も、これからの相場の動きに注目せざるを得ない。

それよりも、できれば世間が変に騒がない方が嬉《うれ》しいのだが。

『この度、世間をお騒がせしたことをお詫《わ》びし、私、古谷良二《ふるやりょうじ》は冒険者活動及び動画の更新を休止させていただきます。復帰の時期は今のところ決めておりません。禊《みそぎ》が済んでからということになりますので』

『やめてぇ――――！　株価があ――――！』

『今日の経済ニュースです。週刊真実報道で四股疑惑が報じられた古谷良二《ふるやりょうじ》さんが冒険者としての活動を休止するとのコメントを受け、日経平均株価が一気に八千円以上も下落。ストップ安で売買停止となった銘柄が続出し……』

『イワキ工業の岩城紘一《いわきこういち》社長兼会長は、『一年半から二年程度なら、素材、鉱石の在庫があるので古谷良二《ふるやりょうじ》さんの活動休止の影響は少ない。ただ、まったく影響がないとは言えず、商品やサービスの納品に遅れが出るのは避けられないと思います』と発表し、イワキ工業及び取引がある会社の株価のみは続伸しております』

「いやあ、世界中が大パニックですね。東条《とうじょう》さん」

「それはそうでしょう。現在、高性能なゴーレムを作るのに必要な霊石とクリスタルは、ほぼ古谷《ふるや》さんしか手に入れられないのですから。奇跡的な確率で出現するドロップアイテムだけでは、到底需要を満たせるものではありませんよ」

「そういえばイワキ工業は、メンテナンス込みで高性能ゴーレムのレンタル事業を開始するんでしたっけ？」

「中止になるんじゃないかって、市場が大騒ぎになったんですよ。どうやら古谷《ふるや》さんは、事前にかなりの量の霊石とクリスタルをイワキ工業に納めていたみたいですね。高級食材の通販も影響なし。だからイワキ工業の株価が続伸したみたいですね」

「それにしても、週刊真実報道め。週刊誌は時にやらかすよなぁ……で、古谷《ふるや》さんはいつ復帰する予定ですか？」

「一ヵ月くらいのはずです。それ以上はさすがにねぇ……高橋《たかはし》総理が血相変えて電話してきました。世界中から猛抗議が来ているようで……」

「でしょうね……」

「欧米は不倫なら文句を言いますけど、未婚の古谷《ふるや》さんが何人とつき合っていても問題ないですし、彼らの建前を必要以上に斟酌《しんしゃく》して大騒ぎする日本の週刊誌と、それに乗るマスコミに激怒しているみたいです」

週刊真実報道という、まあアレな週刊誌が、古谷《ふるや》さんの記事を書いた。

イザベラさん、ホンファさん、綾乃《あやの》さん、リンダさんと同時につき合う、男性として誠意の欠片《かけら》もないクズ人間古谷良二《ふるやりょうじ》というニュアンスで、自分たちが彼に正義の鉄槌《てっつい》を下すと、記事には書かれていたのだ。

随分と軽薄で独りよがりの正義感だが、その正義感のおかげで週刊真実報道はすでに廃刊が決まっていた。

それはそうだろう。

記事を受け、古谷《ふるや》さんがしばらく活動を休止すると発表したら、日経平均株価がフリーフォールしてしまったのだから。

世界中で、いったい何人の投資家たちが物理的にフリーフォールして、投資会社が潰れてしまったか……。

株価なんてものに正義はまったく関係なく、これからの世界を支え、成長させるのに必要な物資を独占的に供給していた古谷《ふるや》さんが活動を停止しただけで、慌てて投資家たちが株を売ってしまった。

ただそれだけのことなのだから。

そして週刊真実報道は、広告を出している企業からの猛抗議を受けるのと同時に、全広告の引き上げを宣告され、出版事業を継続できなくなってしまった。

正義というのは、実に儚《はかな》いものだ。

それに最初こそ世間も大騒ぎしたが、古谷《ふるや》さんが未婚だという事実が広がったら、『まったく問題ないとは言わないが、不倫じゃないんだから別によくない？』という意見が多くなり、日経平均株価の暴落で大損をした投資家や企業からも嫌われ、ついには週刊真実報道のみならず、週刊誌を刊行していた出版社も経営危機に陥り、会社の倒産が噂《うわさ》されているそうだ。

「僕は絶対に許さないぞ！　報道の自由が、新しい横暴な権力者になりつつある冒険者と、そのシンパたちによって侵害されている！　僕は戦うぞ！」

「戦うのは自由ですが、その前に古谷《ふるや》さんは未婚ですよ。不倫じゃないですし、『ふしだらな関係』の定義も不明ですね。私は、古谷《ふるや》さんとイザベラさんたちは結婚していないという認識ですが、どうして不倫をしていない古谷《ふるや》さんが批判されるのでしょうか？」

「結婚していなくても、一人で四人もの女性とつき合ってふしだらじゃないか！　恋人とは一対一で対等につき合うものなのだ」

「はあ……（小学生かよ！）」

今、フルヤアドバイスの本社に週刊真実報道で古谷《ふるや》さんの記事を書いた記者が抗議にやってきた。どうやら彼は、私たちが出版社に圧力をかけたから雑誌の廃刊が決まり、出版社が経営危機に陥ったと思っているようだ。

だが、それは違う。

週刊誌は広告費がないと出版を続けられないのに、その広告費を出している企業に大きな損失を与えてしまったからだ。

売り上げを上げるために広告を打ったのに、逆に損失が出たら広告費なんて入れるわけがないじゃないか。

目の前の記者は……もう元記者か……報道の自由が侵害されたと大騒ぎしているが、高校生の恋愛模様が報道の自由の範疇《はんちゅう》に入るとは思わなかった。

それと彼の憤《いきどお》りの理由が、『男女は一対一でつき合うべき！』的な幼稚な考えからきていることに気がついた。

古谷《ふるや》さんとイザベラさんたちのことは私も東条《とうじょう》さんも把握しているが、別に双方に不満がないのならそれでも問題ない……この記者君はそう思わなかったのと、最初記事が出た時には、その意見に同調する人たちが多かった。

だからこそ古谷《ふるや》さんは自粛を決めたのだけど、可哀想《かわいそう》なことに彼が冒険者としての活動を自粛してももう一生生活に困ることがないが、困る人や企業は世界中に沢山いる。

すぐに考えが変わったというか、世界中からの批判に耐えられなかったんだろうな。

どうせなら、古谷《ふるや》さん批判を意地でも続ければよかったのに、世間の目を気にする正義ってどうなんだろうと思ってしまう。

結局、どうでもいい記事で古谷《ふるや》さんを活動自粛に追い込んだ週刊真実報道は廃刊となり、このいかにも女性に縁がなさそうな記者が速攻でクビを刎《は》ねられたわけだ。

無職になって暇になった彼だが、もう同業種では仕事ができないだろう。

下手に雇い入れると、その雑誌なり出版社に広告費を出す企業がなくなってしまうからだ。

そうでなくても、今は雑誌が売れない時代だからな。

それに私に言わせると、彼がフルヤアドバイスに苦情を申し入れても意味はないと思う。

週刊真実報道から広告を引き揚げた企業に対し、報道の自由の侵害を訴えるべきではないのか？

「実際問題、あなたの記事のせいで雑誌に広告費を出したスポンサーたちは損をしたのですから、それは広告を下げられて当然と言いますか……」

「僕は間違ってない！　古谷良二《ふるやりょうじ》は悪なんだ！　僕が必ず社会的に抹殺してやる！　上野公園《うえのこうえん》ダンジョンの女神たちを、僕が悪の古谷良二《ふるやりょうじ》から救い出すんだ！　そして僕が、君たちをお嫁さんに貰《もら》ってあげるからねぇ」

「……（キモっ！）」

段々と、この元記者の魂胆が見えてきた。

つまり彼は、イザベラさんたちに邪《よこしま》な感情を抱いていたわけか。

彼の視点だと、古谷良二《ふるやりょうじ》は四股するクズ男であり、それを救うのが記者である自分の役目だと。

あきらかに三十歳を超えてると思うこの元記者が、女子高生であるイザベラさんたちに性的な感情を抱く方が、今の世情ではアウトな気がするが、世の中には多いんだよなぁ……。

他人のどんな些細《ささい》なミスでも許せないくせに、自分には極端に甘い人が。

しかも、イザベラさんたちって……。

自分は四股してもいいのかよ……。

「（駄目だ……話が通じない。こいつをどうにかするまでは、古谷《ふるや》さんには自粛してもらわないと）」

古谷《ふるや》さんが有名になるにつれて、段々と変な連中に絡《から》まれるようになったな。

これも有名税だから仕方がないけど、それを防ぐのも私たちの仕事だ。

それにしてもこの元記者は、自分はイザベラさんに懸想《けそう》しても問題ないどころか、それに相応《ふさわ》しい男だと本気で思っているようだ。

自分に自信があるのは結構だが、第三者的な視点で見れば、この元記者がイザベラさんたちにそういう感情を抱いている事実の方が気持ち悪い。

だいたい、これまで散々週刊誌で未成年者に淫行を働いた人物を糾弾、社会的に抹殺してきたのに、お前は例外なのかと。

まあ、この手の人たちは無意識に自分は特別だと思っているから、別に不思議には思わないけど。

「とにかく、古谷《ふるや》さんは自粛中です。お引き取りください」

「僕を誰だと思っているんだ！　あの週刊真実報道の出部位《でぶい》記者だぞ！　僕が社会正義をなそうとするのを邪魔するなんて、古谷《ふるや》良二《りょうじ》を糾弾することこそが、日本社会全体の利益になるというのに！」

「とにかくお引き取りください。出部位《でぶい》元記者さん」

「僕をバカにするのか？　むきぃ――――！」

ある意味、驚愕《きょうがく》に値する人物だな。

すでに出版社をクビになっていて記者ですらないのに、どうしてこんなに偉そうなのか？

「(イザベラさんたちにも注意喚起しておくか……)」

「僕は第四の権力として正当な行動をだなぁ……おいっ！　僕の話を聞いているのか？」

イザベラさんたちになにかあると、古谷《ふるや》さんの機嫌を損ねるどころの話ではないからな。

すぐに出部位《でぶい》元記者の件を伝えておくか。

＊＊＊

「はぁ……『ゴールデンコーヒー』のアイスは美味《おい》しい」

「普通のコーヒーよりもはるかに芳醇《ほうじゅん》な香りが堪《たま》らないですわ」

「これ確か、特区内のお店で一杯三万円だったよね。リョウジ君、お金持ちぃーーー」

「お抹茶とは違う美味《おい》しさがあります」

「アメリカンにしても美味《おい》しそうね。それにしても、段々と『裏島』は広がっていくのね」

「『裏島』の広さはレベル準拠だから。俺のレベルはいくつかは知らないけど、レベルは上がっているからさ」

週刊誌で女性関係を批判された俺は、自粛期間に入っていた。

俺は未婚だから不倫じゃないんだが、複数の女性とつき合うのは倫理的に駄目なのだそうだ。

俺が一般人なら世間の言うことを守っただろうが、すでに一般人の枠を外れているからなぁ。

これは冒険者あるあるで、優れた冒険者ほど隔離された冒険者特区で過ごすことが多いから、外からの批判を無視できるようになっていた。

それに、今のこの世界が文明的な生活を維持するためには、ダンジョンから獲得したエネルギーと資源が必要だ。

一人でも多くの優れた冒険者が必要であり、それは強さであり人格ではない。

いくら人間的に優れていても、弱い冒険者なんて大した価値がないのだから。

『優れた精神は、健全な肉体に宿る』は、『だったらいいな』という意味の誤訳だそうだ。

冒険者の強さと人間性に関連性がないからこそ、高橋《たかはし》総理は冒険者特区を作ったのかもしれない。

下手に世論が冒険者を排除するような方向に進めば、世界は、日本は、ただ衰退するしかないからだ。

とはいえ、世間の多くの人たちはそんな事情がよくわかっていないのかもしれない。

不倫した有名人が、活動を自粛することが当たり前という国民性を持っているのだから。

俺は不倫なんてしていないし、慕ってくれている四人と真剣につき合っているんだけどなぁ……。

とにかく俺は世論に配慮して自粛するので、その間は他の人格に優れた冒険者たちに頑張ってほしいものだ。

イザベラたちも俺の自粛につき合ってくれるそうで、レベルアップにより広がった『裏島』の砂浜で水着になり、チェアーに寝転がって、俺がダンジョンでゲットした種をゴーレムたちが栽培した『ゴールデンコーヒー』を、アイスで楽しみながらノンビリと休憩を楽しんでいた。

レベルアップにより、箱庭『裏島』は段々と広がっていく。

俺が今でも、レベルアップを欠かさず行っている理由だ。

ダンジョンで手に入れた種子と苗をゴーレムたちが広大な農園で育て、それは俺たちの食料にもなるし、最近ではイワキ工業の食品通販部門に卸しており、非常に好評であった。

超のつく高級品だが、希少性と品質の高さ、なにより箱庭やイワキ工業の農業工場では農薬や除草剤を使っておらず、世界中のセレブな方々に人気となっている。

一定以上の品質で、安定して栽培できるのは俺かイワキ工業なので、今ではその多くが輸出されていた。

「自粛しても問題なし」

「私たちは、このまま冒険者を引退しても問題ないでしょうね」

俺もイザベラたちも、もう一生全力で遊び尽くしてもなくならない資産を持っているからだ。

稼ぐ冒険者たちに対し、貧富の格差が広がった元凶かの如《ごと》く批判する人たちがいるが、冒険者が命懸けでダンジョンからエネルギーと資源を持ち帰らなければ文明が維持できない以上仕方がないと思うんだ。

まさか、『冒険者たちは世界の人々のために、全員無料で働け！』とは言えない……実際にそう言って、冒険者たちから鼻白まれる自称知識人もいるけど。

「冒険者としての稼ぎだけじゃなくて、ボクたちみんな、不動産とか投資の運用益だけで食べられるしね」

俺もイザベラたちも、持っている資産管理法人で不動産や株式、債券などを運用し、このところのダンジョン特需もあって莫大《ばくだい》な運用益を出していた。

優れた冒険者ほど、もうダンジョンに潜らなくても悠々自適で生活できるというのが現実なのだ。

それでも優れた冒険者たちがダンジョンに潜り続けるのは、信じてもらえないかもしれないが、自分たちがダンジョンに潜らなければエネルギーも資源も不足して今の国なり社会が崩壊してしまうと思っているから。

以前のダンジョン不況のせいで経済的に困窮したままの人たちは、冒険者を恨むケースが非常に多く、マスコミやネットで『冒険者追放論』を唱える人もいる。

勿論《もちろん》それを実行した国は詰むが、彼らは数が少なくても声が大きいケースが多い。

世界の国の中には、ダンジョンを封鎖してダンジョンに頼らずに生きていくため、冒険者の活動を禁止している国もあった。

結論は言うまでもないが、その国は経済力と国富が減少し続けているそうだ。

エネルギー源は原発を廃止……ダンジョンの出現と共に世界中のウラン鉱脈もすべて消滅してしまい、原子力発電は今あるウランしか使えないので元々将来はないいけど……。

自然エネルギーのみで、ダンジョンがなかった頃の経済と生産力を保つのは非常に困難だ。

多分その国にも、『封印されているダンジョンに、冒険者を潜らせればいいのでは？』と考える人たちもいるはず。

だがそれを口にすれば、彼らは迫害されてしまう。

空気に従ってみんなが不幸にならないよう、高橋《たかはし》総理は決断したのであろう。

好景気なのもあって彼の政権の支持率は高いけど、それでも一部マスコミや言論人からはえらく嫌われているようだ。

「今では、三千院《さんぜんいん》本家よりも私の方が資産家なので、そのせいでやっかみを受けるようになってしまいまして、特に今回の報道で『家の名を汚すふしだらな娘』という評価をいただいてしまいました。私も良二《りょうじ》様と仲良く自粛する予定ですから。あとで、『黄金茶』を用いたお抹茶を点《た》てて差し上げますね」

「綾乃《あやの》の点《た》てるお抹茶は美味《おい》しいよな。なぜか俺が点《た》てると苦いだけなのに」

「私は元々、グランパから好きにやっていいって言われているから。リョウジ、いつまで自粛するの？」

「ああ、それなんだけど……」

この日は早めの海水浴をみんなで楽しみ、そして翌日……。


「待ち合わせに間に合ったようだな。剛《たけし》」

「やっぱり自粛なんてしないんだな」

「当然、昨日は俺が休みたかったから。イザベラたちの水着姿も見れてリフレッシュできたぞ」

「リョウジさん、恥ずかしいではないですか」

「ははは、で、剛《たけし》はなにしてたんだ？」

「臨時で、前に組んでいた友人たちのパーティに参加してた」

「タケシは、週刊誌で叩《たた》かれなかったものね。四股に入っていなかったから」

「俺がそこに入っていたら、また別の意味で問題だろうな。で、この機会を利用して俺たちを鍛えてくれるってわけか」

「ああ、いい機会だからな」

俺は変装できるから、同じく魔法で変装したイザベラたちと上野公園《うえのこうえん》ダンジョンに堂々と入り、深い階層で剛《たけし》と待ち合わせをした。

どうせなので、イザベラたちが上野公園《うえのこうえん》ダンジョンを一階層でも深く攻略できるよう、指導を強化しようというわけだ。

俺も、深い階層で多くのモンスターを倒してレベルを上げる予定だ。

自粛しますとは言っておいたが、マスコミが俺の動向など探れるわけがないので、部屋や『裏島』に閉じこもらなくてもなんの問題もなかった。

ダンジョンに潜って取材するマスコミ関係者なんて、まずいない。

たまにそこそこ強い冒険者に謝礼を支払って、一階層か二階層を取材するのがせいぜいだった。

そんな取材でも、テレビ番組だと『撮影スタッフとレポーター、決死のダンジョン潜入取材！』とか、大々的に宣伝して番組を流す。

俺の動画を見ている人からすれば、『大したことしてないじゃないか』と鼻白むレベルだが、テレビはネットなんて繋《つな》がないお年寄り向けの娯楽だ。

安定して視聴率は稼げるそうで、お客さんがいるのなら好きにやればいいさ。

それに、たとえ一階層や二階層でも、モンスターを狩ること自体は命懸けなのだから。

ただ、せっかくイワキ工業からダンジョン内でも撮影できるビデオカメラを高額で入手しても、宝の持ち腐れのような気がしなくもない。

『報道の真実のため、俺はダンジョンの深い階層に潜る！』なんてマスコミ人は、特に日本のマスコミ人では一人もいなかった。

外国だと、高レベルの冒険者パーティに同行する人がちょこちょこいるんだけど。

実際それで死者も出ており、その点では、外国のジャーナリストって凄《すご》いと思う。

でもそのおかげで、俺が配信するダンジョンの動画は大人気なんだけど。

最近、テレビ番組などで俺の動画を使いたいらしく、よく依頼が入ってくるそうだが、かなり高額の使用料を支払ってくれるそうだ。

テレビしか見ない層が、今、ダンジョンの様子を流す番組をよく見てくれるらしい。

「それはありがたいぜ！　上野《うえの》公園《こうえん》ダンジョンの最下層を二十歳になる前に攻略したいからな」

「その意気だぜ、剛《たけし》」

俺は一旦後ろに下がり、イザベラたちが前回攻略した階層からのスタートだ。

「俺はダンジョンコアを持っているから、ギリギリまで戦ってくれ」

「了解！」

「帰りの魔力や体力を考えないで済むのはいいですわ」

「本当だよね」

いくら到達階層のレコードを手に入れても、帰り道で力尽きたら意味がない。

それも、俺以外の冒険者がなかなか深階層に辿《たど》り着《つ》けない理由だけど、ダンジョンコアがあれば好きな階層を行き来できる。

しばらくは、毎日限界までダンジョン攻略が可能になるというわけだ。

「上野公園《うえのこうえん》ダンジョンのダンジョンコアを持つのは、リョウジだけだものね」

「千階層は厳しいよなぁ」

すでに世界中にある百階層から三百階層くらいのダンジョンでは、ダンジョンコアを入手する冒険者が徐々に出始めていた。

だが、低階層のダンジョンで手に入る魔石の質、鉱石の種類、モンスターの素材、ドロップするレアアイテムは大したことない。

それでも、毎日最下層付近でモンスターを倒し続け、限界になったら一瞬で地上に戻るといった効率のいい稼ぎ方ができるダンジョンコアは、冒険者垂涎《すいぜん》の品となっていた。

ダンジョンコアを持つ人とパーティを組めばその利点を共有できるため、ダンジョンコアを持つ冒険者を自分のパーティに引き抜こうとしてトラブルになることが多いと聞く。

パーティでダンジョンの最下層にいるラスボスを倒してダンジョンコアを入手する段になって、誰が所有するかで揉《も》め、喧嘩《けんか》になるケースも少なくなかった。

なぜなら、何人でダンジョンをクリアしても、一回に一個しかダンジョンコアを手に入れられないからだ。

パーティメンバーの誰かが、ダンジョンコアの所有者にならないといけない。

四人パーティなら、四回ダンジョンをクリアしないと、全員がダンジョンコアを得られないわけだ。

このシステムを考えたダンジョンの創造主は、大分性格が悪いと思う。

実際向こうの世界では、ダンジョンコアを入手した冒険者が、少しでもいい待遇を受けようと他のパーティに移ってしまうケースもあった。

それが原因で刃傷《にんじょう》沙汰もあって、人間への試練なのかもしれないなんて思ったことも。

俺の場合、すべて俺一人でクリアしているから、この手の問題は起こらないのだけど。

「剛《たけし》たちなら、一ヵ月くらい集中してやればいけるはずだ」

「ほほう、良二《りょうじ》はそう思うのか」

「思う」

「良二《りょうじ》のお墨付きなら頑張らないとな」

俺がいなければ、世界最強の冒険者パーティだからな。

ダンジョンコアを持っていないのだって、上野公園《うえのこうえん》ダンジョンばかりに挑むからなのであって、イザベラたちが三百階層くらいのダンジョンに挑めば、そう苦もなくクリアできる実力を持っているのだから。

「せっかくの機会だ。上野公園《うえのこうえん》ダンジョンをクリアしようぜ」

「ええ、いい機会ですね」

「ボクも賛成！　でもリョウジ君。全然自粛してないよね？」

「嘘《うそ》は、バレなきゃ嘘《うそ》じゃないんですよ」

俺が本当に自粛しているのかなんて、高レベル冒険者でもわからないのだから。

ダンジョンに入る時だって、魔法でいくらでも誤魔化せるのだから。

「そもそも本当に良二《りょうじ》様が自粛したら、今頃週刊誌やワイドショーで騒いでいる人たちに影響があるんですけど……」

俺が稼いでいる魔石と金属資源の量を考えるとな。

それに、現在世界で一番使われているエネルギーである魔液の燃費を上げるには、燃料タンクや部品をミスリルメッキ加工する必要があった。

安定してミスリルをダンジョンから持って帰れる冒険者は、今のところ俺とイザベラたちくらい。

そういえばイザベラたちも、『ふしだらな娘』扱いで同じく自粛していることになっていたな。

「世間の人たちって、今の生活を誰が支えているのか理解しているのかしら？」

「してないんじゃないの。もしくは言えない？」

「こういうことが続くと、民衆を愚民扱いする独裁者が出てくるのねぇ。やめてほしいわ」

過激な言い方であるが、リンダの意見にも一理あった。

「政治家も一緒になって叩《たた》いているのが理解できません」

「アヤノ、それが民主主義の一面なのよ。民衆がリョウジと私たちの自粛に拍手喝采して、それに政治家も便乗する。そのあとの不都合は全部自分たち自身に跳ね返ってくるけど、彼らはまた別の敵を探して、それのせいにして大騒ぎするのよ」

「さすがは大統領の孫娘」

「グランパを見ていると、政治家なんてご免被りたいわ。私は、日本でリョウジとふしだらに生きるの」

「あっ、それいいね。ボクも！」

「私も、良二《りょうじ》様との今の生活に不満はありませんわ」

「私は、リョウジさんの行くところならどこでも」

「良二《りょうじ》、モテモテでいいな」

自粛だと言いつつも、俺たちは嘘《うそ》をついて上野公園《うえのこうえん》ダンジョンの攻略を始めた。

イザベラたち全員がダンジョンコアを獲得できるよう、俺も頑張って指導しないと。

その間、魔石、資源、素材、レアアイテムを買取所に持ち込まなければ、世間は俺が自粛していると判断するはずだ。

多分、段々と世間に俺が自粛したことのデメリットが出てくると思うが、世論が望んだことなので俺からはどうにもできないな。

とはいえ、いつまでもコソコソしなきゃいけないのも面倒だ。そろそろプロト1に頼んで、あの動画をばらまいてもらおうかな……。

第6話 ▶ レベル上昇限界とハーネス

「はぁ？　明日から魔液の価格が倍？　おかしくないか？」

「別におかしくないですよ。魔液の生産量が半分になったから、価格が倍になった。極めてわかりやすい需要と供給の関係じゃないですか」

「倍……あと、ミスリルメッキ加工した車両用や発電用のタンク、内燃部品の納品が一ヵ月先まで延びたって、どういうことなんだよ？」

「知らなかったんですか？　現在日本に出回っているミスリルのほぼ１００パーセントが、古谷《ふるや》良二《りょうじ》とダンジョンの女神たちのパーティが供給していました。彼らが自粛すれば、当然ミスリルメッキはできなくなる。製造元のイワキ工業には一定量の在庫があるそうですが、世界中のミスリル供給がほぼ止まったので、焦った各国が注文を増やしたそうです。イワキ工業としても、古谷《ふるや》良二《りょうじ》の自粛が終わるまではミスリルの在庫を持ち続けなければならないから、生産量を落とすという選択肢しかなかったというわけです。魔液は原油のように投機の対象にもなっていまして、投機筋が価格を上げているというのもあります。そんなわけで、魔液の価格が倍になっても別に変じゃないですよ」

「ちょっと待て！　既存の火力発電所を少し改良するだけで、二酸化炭素を出さないクリーンな発電所になるからって、今全国で改装工事中だがもしかして……」

「改装工事が延期になる発電所も出るでしょうね」

「そんなバカな！　解決する方法は？」

「古谷《ふるや》さんの自粛を解くしかないです」

「いや、それは……世論がなぁ」


古谷《ふるや》さんが活動を自粛しても、古谷《ふるや》企画もフルヤアドバイスにも仕事があるので事務所で仕事をしていると、そこに与党のとある政治家が駆け込んできた。

魔液の価格が明日から倍になり、魔液がもっともコスパがいいエネルギー源であるために必要なミスリルメッキの作業が、ミスリル不足で縮小するかもしれないとニュースで流れたからであろう。

それにしても、こいつはバカなのか？

古谷《ふるや》さんが、イザベラさんたちと同時につき合っているという四股疑惑が出た時、毎日テレビに出演して彼の長期自粛を促して世論を煽《あお》ったくせに、今になって大騒ぎを始めるのだから。

この事態を解決するには、古谷《ふるや》さんの自粛を解けばいい。

だが、ここまで世論を煽《あお》ってしまったコイツが、自分の誤りを認めるとは思えないな。

散々世論を煽《あお》ったせいで、古谷《ふるや》さんの自粛は最低でも半年という空気になってしまったからだ。

「フルヤアドバイスの社長である私としましては、一日も早く古谷《ふるや》さんの自粛期間が終わることを願っています」

としか言いようがないな。

それに、古谷《ふるや》企画もフルヤアドバイスも数年間このままでもまったく困らないというのもある。

むしろ下手に短期間で自粛を解くと、その方がデメリットになってしまう。

この世界でなにが一番怖いのかといえば世論だ。

どんな天才でも、大勢の大衆を敵に回せばたちまち立ち行かなくなるし、そうしてもし古谷《ふるや》さんが追い込まれてしまえば彼は本当に日本を見捨ててしまう。それだけは避けなければならない。

「だからだなぁ……そうだ！　古谷良二《ふるやりょうじ》が記者会見をするんだ！　そこで謝罪したら自粛を解いてやる！」

「……」

世の中には、とんでもないバカがいるんだな。

ただイザベラさんたちと仲良く一緒に歩いている写真を撮られただけの古谷《ふるや》さんに謝罪？　しかも自粛を解いてやる？　自粛しているのは古谷《ふるや》さんの意思だというのに。

こいつは政治家として人気があるが、実行力は皆無だ。

容姿はそこそこいいので、よくテレビに出て耳《みみ》ざわりのいい政策を喋《しゃべ》るだけ。

高橋《たかはし》総理からも嫌われているが、政権運営上仕方なしに党の役職を与えているだけなのだから。

こいつは一応次期総理大臣候補とも言われているが、ご覧のとおり頭が悪いので周りは全力で止めた方がいい。

こんな恥知らずが、次の総理大臣候補とは……。

たまに、民主主義ってのはなんなのかなって思ってしまう。

「あなたに、古谷《ふるや》さんの自粛を解く権限があるんですか？」

「私は多くの国民たちの支持を背負っているからな！」

実際こいつは人気だけはあるから、テレビでそう言えば信じる人たちもいるだろう。

こいつを支持するって……それはろくでもない政治家ばかりになるわけだ。

選ぶ方がバカなんだから。

「どうだ？　私も一緒に謝ってやるぞ」

ははん、それが目当てか。

古谷《ふるや》さんと一緒に記者会見を開き、彼を許すようマスコミ関係者たちや世論に訴えかけ、次の総理大臣の最有力候補だとアピールする。

実現できたら、こいつが次の総理大臣かもな。

当然、そんなことは絶対に阻止しなければ。

「古谷《ふるや》さんは深く反省しており、自粛は続けるとのコメントを預かっております」

「えっ？」

「古谷《ふるや》さんは、まだ自粛を続けるってことです」

経済のことを考えるとよくないが、残念なことに古谷《ふるや》さんの自粛に賛成という意見が多いのだ。

古谷《ふるや》さんが冒険者として稼いでおり、すでに資産額で世界のトップ3にいるという点も大きい。

『未成年のガキがたまたま冒険者として優秀だっただけなのに、派手に稼いで四人もの美少女とイチャイチャしやがって！　生意気な！』

という本音に、『男女交際は清く正しく一対一で！』という建前を被せ、世間の常識から外れた古谷《ふるや》さんをちょうどいい機会だからと叩《たた》いた。

これが真相だと思うが、残念なのは古谷《ふるや》さんはこのまま隠棲《いんせい》しても一生贅沢《ぜいたく》に遊んで暮らせるが、日本人はエネルギー不足で大変なことになるという点だ。

今の時代、工業生産のみならず、農業も、畜産も。

電気がなければ、生産量を維持することすら難しいのだから。

一方で、実は古谷《ふるや》さんがイワキ工業に渡している素材は十分在庫があって、今回の自粛期間程度なら市場が騒ぎ立てたり買い占めに動いたりしなければ問題ないはずなのだが……そういう客観視もできない連中が多いうえに、いまだに古谷《ふるや》さんを叩《たた》く声も野放しなのである。

「おいっ！　本当にそれでいいのか？」

「よくはないでしょうが、みなさまのご意見ですから」

お前が煽《あお》ったくせによく言うよ。

自分の言ったことには責任は取ってもらわなければ。

「フルヤアドバイスの存在を世間に知らしめるぞ！　天下りに批判的な国民は多いからな！　それが嫌なら、古谷良二《ふるやりょうじ》に記者会見をさせるんだ！　私が隣で彼を擁護してやる！　私が次の総理大臣になれば、色々と捗《はかど》ると思うぞ」

「……」

バカなだけだと思っていたのに、クズでもあったのか。

だが、フルヤアドバイスの存在を世間に報道するのは難しいと思うがな。

なぜなら、大手マスコミのOBたちも多数天下っているのだから。

彼らも大概だが、それでも役に立つから飼っているし、古谷《ふるや》さんも理解してくれているから助かっている。

間違いなくこのバカよりも、古谷《ふるや》さんの方が総理大臣に向いているだろう。

絶対に本人は嫌がるし、彼が未成年なのが残念だ。

「(もうそろそろやり返すか。それにしても……) もう用事はないでしょう？　私は忙しいのでお引き取りを」

「なんだと！　私を誰だと思っているんだ！　次の総理大臣に一番近い高畑真一《たかはたしんいち》だぞ！　私の提案を拒否するなんて、たかが役人あがりのくせに！」

「言い分はすべてお聞きしました。お引き取りを」

「あとで吠え面《ほえづら》かくなよ！」

そう捨て台詞《すてぜりふ》を吐くと、高畑《たかはた》議員はフルヤアドバイスの本社事務所のあるマンションの一室を出て行った。

「ふう、バカな政治家の相手は疲れるな」

マスコミも持ち上げるのなら、もう少しとマシなのにしてほしい。

バカを持ち上げると、調子に乗って扱いが難しくなるのだから。

「(まあ、高畑《たかはた》は明日にも終わるが。それにしても、あの動画を古谷《ふるや》さんはどこで？)」

やはり古谷《ふるや》さんは恐ろしい人だ。絶対に敵に回さないようにしよう。

『ガキができた？　知らねえよ！　せっかく国会議員になったんだ。バラされたら困るな。俺が堕《お》ろしてやるよ！　オラァ――――！』

『やめてぇ――――！』

『国会議員キックだ！』

『俺にはカリスマがあるから、一度に何人もの女性を愛せるから』

『妻とは離婚するから。そうしたらお前は将来のファーストレディーだぜ』

『へへっ、今回のボランティアの女子大生は粒揃《つぶぞろ》いだな！　誰を味見しようかな？』

翌日から、匿名であちこちの動画サイトに衝撃的な動画が次々とあがった。

テレビの出演頻度が高く、与党議員なのに時には政府批判も辞さないために人気があり、次の総理大臣候補と言われている高畑真一《たかはたしんいち》議員が、選挙活動ボランティアを妊娠させ、それを女性が告げたら子供を堕《お》ろしてやると言って腹に蹴りを入れ続けている映像。

キャバクラで豪遊しながら、不倫しようとする映像。

妻とは離婚すると嘘《うそ》をつきながら、他の女性を口説く映像。

選挙ボランティアにセクハラを働く映像などなど。

これら衝撃の動画の数々はテレビのワイドショーでも紹介され、わずか一日で高畑《たかはた》議員は終わった。

彼は与党を離党し、それでも議員を辞めなかったので世間から叩《たた》かれ続けている。

ワイドショーも、これまでは高畑《たかはた》議員を次期総理候補として散々持ち上げていたくせに、今ではその動画を流し続け、大批判のオンパレードであった。

少しぐらい庇《かば》う番組は、皆無だった……世の中とは世知辛いものだ。

同時に、古谷良二《ふるやりょうじ》の批判を繰り広げた連中の、セクハラ、モラハラの様子を撮影した動画。不倫や犯罪行為の動画も世界中に一斉に公開され、日本のワイドショーは大喜びで批判を繰り広げている。

我々も各テレビ局へ動画の件を取り扱うよう働きかけたが、動画の準備や動画サイトへのアップロードはすべて古谷《ふるや》さん一人で準備したものだ。古谷《ふるや》さんを敵に回すとここまでやられてしまうのか……。

もっとも、彼らが品行方正ならこんな動画は出てこないはずなんだが、不思議と古谷《ふるや》さんを批判していた連中中で、不都合な事実がない人はほとんどいなかった。

まさに、『人のフリ見て我がフリ直せ』の典型例だな。

こうして古谷《ふるや》さんへの批判は、高畑《たかはた》議員たちへの批判で塗りつぶされ、すぐに気にされなくなってしまった。

人の噂《うわさ》は、最近では一ヵ月保《も》たないのだな。

「これで、一ヵ月間の自粛で問題ないはず」

もし古谷《ふるや》さんが本当に半年も自粛したら、日本どころか世界経済が死ぬところだったので、高畑《たかはた》議員の失脚に民衆の興味が移ったことは幸いだった。

あの動画がなければ、いまだ多くの国民たちが彼を支持していたはずなのでは……有権者ももう少しマシな政治家を選んでほしいところだ。

難しいと思うけど。

「古谷《ふるや》さんの自粛が終われば……そもそも、どうして古谷《ふるや》さんが自粛する必要があったのだろうか？」

まったくもってわからないが、これで古谷《ふるや》さんも冒険者としての仕事を再開してくれるはずだ。

魔液とミスリル製品の値段も戻るはず。

「古谷《ふるや》さんたちはどうしているのだろうか？　マンションの一室で楽しくやっているのかな？」

今回の事件の教訓は、人間の嫉妬は合理性を超える、であろう。

今後のためにも、すぐに対策をしなければな。

＊＊＊

「いきますわよ！　ホンファさん！」

「合わせるよ！　アヤノ！」

「攻撃力を重ねがけします！」

「惜しみなくぶっ放す！」

「俺も攻撃に加わるぜ！」

上野公園《うえのこうえん》ダンジョンの最下層において、これで五度目のブラックドラゴン戦が始まっていた。

俺と一緒に自粛しているはずのイザベラたちだが、剛《たけし》と合流して密《ひそ》かに上野公園《うえのこうえん》ダンジョンのクリアを目指していた。

素直に自粛するほど、俺は殊勝な性格をしていなかった。

性格が悪いと思われるかもしれないが、冒険者は世界の異物となった。

強くなければいつ潰されるかもわからないのだから、俺たちは自由にやらせてもらう。

そんなわけでこの一ヵ月。

本気でイザベラたちを強化し、すでに四名にダンジョンコアを入手させることに成功した。

残りは、五回目のブラックドラゴンを倒して剛《たけし》がダンジョンコアを獲得すれば、一ヵ月にも及んだミッション終了だ。

「(もう一切手助けしていないけど、みんな強くなったな) これで最後だぞ」

五人は、次々と攻撃を繰り出して最下層のボスブラックドラゴンを弱らせていく。

「ギュワァ――――！」

「『マジックバリアー』！」

立て続けにダメージを受けたブラックドラゴンが激高し、強力なブレスを吐く。

すぐに綾乃《あやの》が『マジックバリアー』を張るが、すべてのダメージを相殺《そうさい》できなかった。

「『オールキュア』！　何度でも回復させるぜ」

続けて、剛《たけし》が治癒魔法をかけて全員のダメージを回復させた。

一見武闘家に見える剛《たけし》だが、実はアークビショップで治癒魔法の使い手だ。

全員のダメージを一瞬で回復させてしまう。

「ギュワ……」

「自分の身がもう危ないと気がついたか？　一気に畳みかけるぜ！」

「了解ですわ」

「了解」

「了解です」

「了解よ」

弱ってきたブラックドラゴンに対し、五人が最後のトドメとばかりに一斉攻撃を仕掛けた。

イザベラの剣技、ホンファによる拳《こぶし》の一撃、綾乃《あやの》の攻撃魔法、リンダの連続銃撃、そして回復役なのに重たい一撃を入れる剛《たけし》と。

連続で大ダメージを受けたブラックドラゴンはついに倒れ伏し、これにて剛《たけし》もダンジョンコアを入手するに至った。

「長い一ヵ月だった……」

「ええ、リョウジさんの指導は厳しいですから。確実に成果は出ますけど」

「レベルも上がったねぇ」

「レベル2200ですね」

「三千院《さんぜんいん》もか？　俺も2200だけど」

「私も2200よ」

「というか、全員2200？」

「そのようですわね」

この一ヵ月、週に一度の休暇を除きスパルタで指導したおかげで、ついに俺以外に上野公園《うえのこうえん》ダンジョンの最下層をクリアした冒険者が出た。

イザベラたちなのだが、自粛だと嘘《うそ》をついてダンジョンの下層部分で鍛えに鍛えた甲斐《かい》があったというもの。

とはいえ、一つだけ問題が発生してしまった。

それは、どうやらこの世界の冒険者のレベルは2200までしか上がらない……少なくとも、イザベラたちは……ようなのだ。

「リョウジさんは、レベルの限界はあるのですか？」

「ないと思うけど……」

今でもたまに、レベルが上がった際に感じる一瞬体が軽くなる感覚を感じていたからだ。

「レベルがちゃんと表示されれば、わかりやすいんだけど……」

「リョウジ君は一人でブラックドラゴンを倒せるから、レベル10000を超えていないとおかしいかも」

「レベル10000って凄《すご》いし、私たちもレベル3000を超えたいわね」

現状では、他にレベル500を超える冒険者はいないのに、さらに上を目指す。

レベルの数字というのは、スポーツの記録や資産額のようなもので、人の競争心をかき立てるものなのかもしれない。

「レベル限界の突破かぁ……」

向こうの世界では、そもそもレベル表示自体がなかった。

体が軽くなる感覚の回数……向こうの世界にいた頃から回数は記録しているが、もしそれが正しいのなら、俺のレベルはとうに10000を超えているはずだ。

限界は……いくつなのか正直見当もつかない。

「となると、アレかな？」

「アレですか？」

「まあ用意しておくよ。使うか使わないかは個人の自由に任せるけど」

向こうの世界では、いくらモンスターを倒しても体が軽くなることがなくなり、つまり強くなる限界があるのだという話を聞いたことがあった。

大抵の冒険者は、死ぬまでにいわゆる限界レベルに到達しないのだが。そこまで到達してしまった人たちがさらに強くなりたい時、限界を上げる特殊なアイテムを用いた。

その入手は非常に困難だったが、確実に効果はあるので、大変高額で取引されていたのだ。

「限界レベルが上がるのか。それは凄《すご》いな」

「ただ、これは一人一回しか使えないし、限界レベルはどこまで上がるのかも個人差があるんだ。しかも滅多に手に入らないから貴重だ」

俺の場合、魔王が逃げ込んだダンジョンで纏《まと》まった数を入手していたし、実は自分で製造できるようになっていた。

かなり作るのに手間はかかるけど。

「全員が上野公園《うえのこうえん》ダンジョンのダンジョンコアを手に入れたから、引き揚げようか」

「そうですわね」

自称自粛中の俺たちは、ダンジョンコア入手記念パーティを……はあとでやるとして、まずは古《ふる》谷《や》企画本社のあるマンションに移動する。

そこで俺は、限界レベルが上がるアイテムを実際にイザベラたちに見せながら説明を始めた。

「これだ」

「虹色の液体。とても綺麗《きれい》ですが美味《おい》しそうには……。これを飲めばいいのですか？」

「特に副作用とかはない。俺も飲んだことあるから」

実は俺も向こうの世界で、推定レベル１０００くらいのところで強くならなかった時期があった。

多分俺は、元々イザベラたちよりも才能がなかったのだと思う。

だがそれでは魔王を倒せないので、苦労してこの虹色の液体『ハーネス』を手に入れた。

俺はそのおかげで、推定レベル１０００を超えても強くなっているから、ハーネスを飲んで正解だったというわけだ。

「俺のように、限界レベルがとてつもなく上がる人もいるが、逆にいえば限界レベルが１しか上がらない人も理論上はいるはずだ」

「お安くはないでしょうしね」

「そこなんだよねぇ……」

いくらイザベラたちでも、ハーネスを無料で分けてあげるわけにいかなかった。

『恋人なのに冷たい』とか言うゴニョゴニョな方々は多いかもしれないが、それはそれ、これはこれだと俺は思っている。

俺は男女平等主義者だし、イザベラたちは自分一人で稼いで生活している自立した女性だ。

逆に、ハーネスを無料でプレゼントしたら軽蔑されるだろう。

もしくは、無料でプレゼントしないと軽蔑されないかもしれないけど、もし彼女たちがそういう女性だったらそれはそれまでだ。

「これ、いくらなの？」

「十億は欲しいかな」

現状、イザベラたち以外で限界レベルに達した者は一人もいない。

だが、あと数年もすればそういう冒険者が沢山出てくるはずだ。

それに備えてハーネスの量産を始めようと思うのだが、ハーネスは作るのが面倒くさいし、材料もなかなか手に入らない。

このくらい支払ってもらわないと、こちらが大赤字になってしまうのだ。

「十億円ですか。随分とお安いのですね」

「もう一つ二つ桁が上だと思っていたけど、思ったよりも安くてラッキーだったよ」

「良二《りょうじ》様、本当にその値段で大丈夫ですか？　ご無理をなされていませんか？」

「レベルが上がらなくなるまで強くなる人が、十億円出せないわけがないものね」

「それは言えているな。それよりも良二《りょうじ》、それは苦くないのか？」

「味は無味無臭だよ」

さすがは世界ランカーたちだ。

十億円が安いというのだから。

「じゃあ、どうぞ」

人数分のハーネスを手渡すと、イザベラたちは一気にそれを飲み干した。

「リョウジさん、お紅茶ではないので無作法はご勘弁を。あっ……」

「あれ？　体が軽くなるのが何度も繰り返されている」

「ホンファさん、私はレベルが２３５５まで上がりました」

「ボクは、レベル２３７９だね。武闘家系はレベルが上がりやすいから」

「私は２２９８です。魔法使い系の成長の遅さは常識ですから」

「ガンナーの私は、レベル２３４７。平均的かしら？」

「良二《りょうじ》、俺たちはハーネスを飲んだだけだぞ。これはどういうことなんだ？　俺はレベル２２７７だな。魔法使い系でパーティへの加入も遅かったから、こんなものだろうな」

「それはね……」

限界レベルに達したので、２２００からレベルが上がらなかったが、先ほどブラックドラゴンを倒した大量の経験値を獲得していたのであろう。

「限界レベルの上昇により、経験値相応のレベルになったというわけだ」

「素晴らしい効果ですわね」

「ただ、ハーネスを飲んでも一人一回しか効果が出ないし、限界レベルがいくつまで上がったのかはわからない。本当に個人差だから」

「そこは割り切るしかないな。じゃあ、全員がダンジョンコアを入手したお祝いだ。どこのレストランにしようか？　俺が奢《おご》るぞ」

「剛《たけし》以外の全員が自粛中だから、なにか美味《おい》しいものをデリバリーで頼もう」

「それがいいかな。良二《りょうじ》、今日は俺がデビットカードで支払ってやるよ」

「俺のクレジットカード。まだ使用限度額は十万円だしな」

「冒険者って、本当に信用ないよな」

十八歳になったので、無事に月夜《つきよ》銀行で個人と法人のクレジットカードを作れるはずだったのだが、残念ながら自粛中のためいまだ手続きに行っていなかった。

今すぐ必要というものでもないからな。

そしてすでに入手している陽光《ようこう》銀行のクレジットカードであったが、十八歳になったからといって限度額が上がったわけでもなく、相変わらず非常に使い勝手が悪いものとなっていた。

「リョウジ、こういう時はアメリカのクレジットカードよ」

「それが一番かなぁ」

「そうよ、そうよ」

「カードの使いすぎが原因で、自己破産しなければいいけど……」

「ホンファ、リョウジがどうやってカード破産するってのよ」

「それもそうだね」

お祝いパーティのあと、リンダの勧めで外国のクレジットカード会社にネットで申し込んだら、すぐにカードが発行された。

これまでの苦労は、いったいなんだったのだろう？

第7話 ▶ ゲームとリアル

「どうですか？　古谷《ふるや》さん、みなさん」

「ええと……とてもよくできた3DアクションRPGですわね」

「へえ、出現するモンスターや、罠《わな》の位置、宝箱の出現位置までそっくり同じなんだ」

「日本各地にあるダンジョンがリアルに再現されているのですね」

「アメリカバージョンはないの？」

「最近話題になってるからなぁ。冒険者はプレイする時間が取れないけど」

「いやあ、古谷《ふるや》さんにダンジョンのデータを提供していただき大変感謝しております。このゲームですが、現在世界中で大ヒットしておりまして、売上も課金も順調です。世界各国のバージョンも順次制作中ですよ」

「やっぱり課金はあるんだ」

「ええ、優秀な武器や防具を手に入れるためには、時間をかけてお金を稼ぐか、課金して手に入れるか。時間を使うかお金を使うか。現代のゲームプレイヤーの宿命ですね」

　実は、大人気ゲーム『リアルダンジョンRPG』の制作に協力していた俺は、この日、ゲームメーカーの人たちと打ち合わせをしていた。珍しい機会ということで、彼女たち四人も同席している。

すでに発売されて大人気のゲームだったけど、一応確認してねというわけだ。

遅れたのは、俺のスケジュールの関係だから仕方がない。

俺がダンジョンのデータを提供しているし、かなりの開発費用と時間をかけて制作されたので、その出来は秀逸だと思う。

「ただ、俺たちはやらないかな」

「確かに、冒険者の方々はやりませんね。冒険者のプレイヤーはほぼゼロだというデータもあります」

「そうですわね。本物のダンジョンに半日籠もったあと、家でダンジョンに潜るゲームをやるかと聞かれると、私もプレイしないと思います」

元々貴族令嬢であるイザベラは、ゲームなんてしないだろうけど。

「ゲームのダンジョンをクリアーしてもなにも手に入らないからね。ランキング制度とかはあるんだっけ？」

「プレイヤーが育てたキャラ同士によるバトルなどもありますし、ダンジョンの難易度はリアルと同じです。大会も開かれていて賞金も出ますから、すでに多くの有名なプロゲーマーたちが参加していますよ」

「プロゲーマーまでいるんだ」

「世間の大半の人たちは冒険者特性を持っていません。ですから、こうしたバーチャルの場で、ダンジョンに潜る冒険者たちの大変さを理解していただこうと思いまして。なにしろ、今や金属資源もエネルギーも、ダンジョンから入手しなければいけないのですから」

「それを理解してくれる人がいるだけで、心が落ち着きますよ」

「昨日から、ダンジョンに潜ったと聞きましたが……」

「はい、そうですね」


結局、約一ヵ月半の自粛期間となった。

未婚の未成年男子が、同じく未婚の女子高生四人と同時につき合ってしまったがために、週刊誌報道をきっかけに世間からバッシングされ、反省するために自粛していたのだ。

実は、魔法で変装してダンジョンに潜り、イザベラたちの強化や、最下層付近で魔石、素材集めをしていたけど。

どうせ『アイテムボックス』があるからいくらでも収納できるし、イワキ工業にどれだけの量を卸したのかなんてわかりやしない。

俺が自粛していなかったことに誰も気がつかないわけだ。

それでも表向きは自粛し、俺とイザベラたちが一ヵ月半で手に入れるであろう魔石、資源、素材、レアアイテムは市場に流れなかったと判断された。

これらの相場が、倍から数倍に跳ね上がり、くだらない理由で俺たちを自粛させた日本人は世界中から叩《たた》かれた。

そういえばプロト1が、相場が高騰した魔石や素材、鉱石を市場に流して大儲《おおもう》けしたって言ってたな。

俺の自粛が明けても、しばらくは在庫不足になると踏んだ市場が相場を下げなかったからだ。

同じく、在庫が多くあったイワキ工業も随分と稼いだと聞く。

俺が自粛すると聞き、その情報から株、先物……すでに、魔石、モンスター素材の先物も存在した……為替の相場変動を予想できた人たちはみんな大儲《おおもう》けし、俺が復帰したことでさらに稼ぎ、無知な人や深入りしすぎた人が大火傷《おおやけど》をして終わったと聞いた。

投機ってのは怖いね。

俺が復帰して半月もしたら、全部相場が元どおりになってしまったのには笑わせてもらったけど。

それにしても、損をしなければいいと言ってプロト1に任せているけど、あいつはこれ以上稼いでどうするつもりなのかな？

ゴーレムだからちゃんとメンテナンスさえしていればご機嫌だし、給料を支払おうにも、本人からいらないって言われてしまう。

プロト1は、ゴーレムが給料を貰《もら》っても仕方がないので、定期的に自分を改良して性能を上げてくれと言っていたから、俺は言われたとおりにしている。

今ではプロト1は、二千体ものゴーレムたちをコントロールするまでになっていた。

俺のレベルが上がる度に広がっていく『裏島』での農業、畜産、漁業、簡単なアイテム類の作成。

古谷《ふるや》企画の本社事務所においては、日々この世界の知識や情報を収集しつつ、多数の自作高性能パソコンと高性能ゴーレムたちを用いて、様々な動画を作って動画サイトに投稿してインセンティブ収入を稼ぎ、投資で稼ぎ、リモートで様々な仕事を引き受けて報酬を貰《もら》っているそうだ。

ゴーレムは定期的に手入れをして、エネルギー源である魔力があれば半永久的に動かすことができる。

労働基準法もへったくれもないから、プロト1とゴーレムたちはメンテナンスの時間以外はずっと活動していた。

税理士の木島《きじま》先生によると、古谷《ふるや》企画はとてつもなく稼いでいるそうだ。

俺という人間は、自分がダンジョンに潜って稼いだお金以外現実感がないので、赤字にしないことと、ちゃんと税金を払ってね、と言って会社の口座に入れたままだけど。

「この国の偉い人たちほど安堵《あんど》のため息をついているでしょうね。そんなわけで、このゲームを通じて、冒険者の方々の苦労をわかってもらえればいいのですが……」

ゲームメーカーの担当者氏はいい人だな。

世間では、大金を稼ぎ、特区まで作ってしまった冒険者に対し批判的な人が一定数存在する。

よくあるのが、冒険者がこの世界の貧富の格差を広げているという、社会主義的な人たちであった。

税金はちゃんと払っているし、不満があるなら高橋《たかはし》総理に言ってくれって感じなんだが……多分そういう人たちにいくら説明してもわかってもらえないんだろうなぁ。

「ああ、よく寝た。ワイドショーなんて普段は見ないが……昨日のゲームを紹介しているのか」

古谷《ふるや》企画の本社があるマンションはすでにゴーレムたちの楽園と化しているので、今では『裏島』の屋敷で寝るようになっていた俺だが、目を覚ましてなんとはなしにテレビをつけたら、とんでもないニュースが流れていた。

隣には、昨晩一緒に寝たイザベラが静かに寝息を立てている。

裸の彼女はとても美しく、もし俺がただの男子高校生だったら、絶対に彼女とこういう関係にはなれなかったはず。

それを思うと、向こうの世界で苦労した甲斐《かい》はあったのかなと。

テレビのワイドショーには、昨日テストプレイをしたリアルダンジョンＲＰＧの世界チャンピオンが映っていた。

どうやら、チャンピオンは日本人のようだ。

ゲームの宣伝も兼ねた出演のようだが、今度また世界大会が開かれると言っている。

しかも、優勝賞金は一億円。

ゲーム大会の賞金としては破格なのかな？

最近は、稼ぐプロゲーマーが増えていると聞くからな。

『ところで、住谷《すみや》さんは冒険者としても活動していらっしゃるとか』

『はい、僕は冒険者特性を持っていますから』

「珍しいな」

というか、よく飽きないな。

ダンジョンに潜って冒険者として活動し、それが終わってからダンジョンのゲームをするのか……。

『最初は、ダンジョンの情報を得るためにゲームを始めたんです。このゲーム内のダンジョンは、すべてあの古谷良二《ふるやりょうじ》が情報提供していますからね。まったく同じなんですよ』

それは事実だが、いきなり人を呼び捨てにして失礼な奴《やつ》だな。

『住谷《すみや》さんは、古谷良二《ふるやりょうじ》さんと一緒にダンジョンに潜られたことはあるのですか？』

『ありますけど、僕の方が凄《すご》いかな』

「えっ？」

いや、俺はお前なんて知らないけど。

『僕の実力は、このゲームの世界チャンピオンになったことから見てもあきらかだけど、もし僕が本気を出せば、古谷良二《ふるやりょうじ》なんて目じゃないからね』

『それは凄《すご》いですね』

「はい？　なんだこいつは……」

現実のダンジョンとゲームのダンジョンはまったく違うだろうに！

司会役のアナウンサー！

そこを突っ込めよ！

「もう朝ですか？　リョウジさん、どうかなさいましたか？　もしかして、朝から……。私としてはとても嬉《うれ》しいのですが……ちょっとお時間が」

隣で寝ていたイザベラが目を覚ますが、いつ見ても透き通るような白い肌に、日本人には滅多にないナイスバディ。

確かに欲望がないわけがなかったが、今はテレビ番組の方が重要だ。

「イザベラ、アホがテレビに出てる」

「……えっ？　自分は、リョウジさんよりも冒険者としての実力が上だと言ってるのですか？　ゲームのランキングではなく？」

「リアルの方だって」

「……さすがにそれは少し無理があるのでは……」

ぱっと見た感じ、住谷《すみや》という二十代前半の若者はあまり強そうに見えなかった。

そもそも冒険者として強い奴《やつ》が、世界チャンピオンになるまでゲームに集中しないだろう。

確かにゲームの優勝賞金は高額だが、冒険者として一定以上の実力があれば、一億円なんて一ヵ月もあれば稼げてしまうのだから。

「テレビに出ているから、気が大きくなってるのかな？」

「そういう問題ではないかと……」

テレビでは得意げな住谷《すみや》が喋《しゃべ》り続けている。

どうやらゲームランキングの話ではなく、冒険者としての実力が俺よりも上だと言っているようなのだ。

『まずは今回の世界大会で優勝して、次は古谷良二《ふるやりょうじ》に勝負でも挑もうかな』

『それは楽しみですね』

バカアナウンサー、気がつけよ！

俺には、そんな茶番につき合う時間はないからな。

「なんと言いますか……非常に残念な方ですわね」

「本当、それ」

そいつ一人が勝手に自称している分にはまだいいが、この手のタイプは知名度を生かして素人《しろうと》さんを騙《だま》そうとする傾向があるからなぁ。

とはいえ、今の俺は彼に構っている時間が惜しかった。

こちらに迷惑がかからないことを祈りつつ、今日もダンジョンに潜るために朝の支度を始めるのであった。

「イザベラ、一緒にお風呂《ふろ》に入ろうか？」

「ええ、喜んで」

そのあと、お風呂《ふろ》でなにがあったのかは秘密である。

「ああ、ゲームの世界チャンピオンだね。住谷淳《すみやあつし》。実はボクは、ちょっとゲームに熱中していた時期があってね。彼はいくつかのゲームで、優秀なプレイヤーとして有名だったんだよ」

「そうなんだ。で、冒険者特性もあると」

「冒険者特性はあるようですが、世界チャンピオンになるほどゲームをしている人が、定期的にダンジョンに潜る時間を確保できるのでしょうか？　ましてや、良二《りょうじ》様よりも冒険者としては上なんてあり得ません」

「冒険者としては駄目だから、ゲームの世界に飛び込んだんじゃないのかしら？　昔からゲームは得意だったわけだしね。ゲームでなら、リョウジに勝てるかもね」

「冒険者特性があって、ダンジョンに潜った経験があるのなら。レベルが上がっていて、反射神経などの面でゲームでも有利だったりするか。俺もゲームチャンピオンになれるのかな？」


夜になり、俺はホンファ、綾乃《あやの》、リンダにも、アホなゲームチャンピオンの話をしている。

実は住谷《すみや》のような人は徐々に増えているそうで、なので現在では冒険者特性のあるスポーツ選手はレベル1でなければ大会に出場できない、などといったルール改正が行われていた。

冒険者特性があってもレベル1のままなら、元の身体能力のままだから問題なく出場できる。

ところが、『一つくらいレベルを上げてもわからないよね？』とダンジョンでこっそりとレベルを上げ、競技前のレベル測定で引っかかって失格になる選手が定期的に現れるそうだ。

ただ、eスポーツとも呼ばれるゲームの世界では、冒険者特性があるからという理由で失格になるルールはなかった。

冒険者特性がある人が、eスポーツの大会に出場するケースが非常に少なかったのもある。

「リョウジ、大きなお風呂《ふろ》は気持ちいいわね」

そんな話を三人にしつつ、四人を平等に愛する俺は平等に一緒にお風呂《ふろ》に入っていた。

「とても大きな浴槽で、使っている入浴剤もいい香りがしますし、肌がすべすべになります」

「自作の入浴剤で、治癒効果もあるから」

ポーションを作る際に出た薬草と薬草コケの搾りカスを利用した入浴剤で、わずかに薬効成分が残っているから、小さな傷や軽いシミくらいなら消えてしまう。

今度商品化もする予定……プロト1が手抜かりなく進めていた。

「みんなには綺麗《きれい》でいてほしいから」

などとキザな台詞《せりふ》を吐きつつ、結局その日のうちに美少女四人とお風呂《ふろ》に入る俺。

それは世間から嫉妬されるわけだ。

「ちなみにこの入浴剤は、剛《たけし》も欲しがってたからあげた」

「タケシが、お肌の具合を気にするの？」

「いや……婚約者さんのためじゃないのかな？」

恥ずかしいだろうから、本人はそうとは言わなかったけど。

「剛《たけし》さんの婚約者の方ですか。そういえば、私たちは顔を合わせたことがありませんね」

「ボクもないなぁ」

「私もです。どんな方か、ちょっと気になりますね」

「そもそも実在するの？」

「リンダ、さすがにそれは失礼だろう。俺は何回か顔を合わせたことあるけど」

自宅マンション近くのコンビニやマンションのゴミ捨て場で、何度か挨拶したことはあった。

「どんな人なのか興味あるね。どうなの？　リョウジ君」

「う――――ん。とても可愛《かわい》らしい人だよ」

ファーストインプレッションは、『美女と野獣』だな。

彼女は背も低いので、余計にそう見えてしまうのだ。

「ケンさんは、女性にモテますからね」

剛《たけし》は怖いと誤解されることも多いけど、いい奴《やつ》で友達も多いし、女性にも優しいからな。

モテるけど婚約者ひと筋で、そもそも婚約者以外の女性に興味がないタイプに見える。

「俺とはまるで逆だ」

「もし良二《りょうじ》様が剛《たけし》さんと同じような男性でしたら、私たちが血で血を洗う争いを始めたかもしれないので、かえって好都合でした」

「そうよね。でも、私たち四人がいるってことは、他の女性は必要ないってことよ」

「四人で協力して、リョウジ君を狙う敵を排除していかないと」

俺としては、これだけの美少女四人に愛されているのだから、今さら新しい女の子に迫られても……あまり気にならないかな。

だって、イザベラたちのレベルが高すぎるのだから。

「(うわぁ、レベル12の戦士。もの凄《すご》く普通だ)」

「古谷良二《ふるやりょうじ》、リアルダンジョンRPGで二回連続世界チャンピオンになったこの僕が、君とパーティを組んであげようではないか」


なるほど、そういう意図があったのか。

突然住谷《すみや》からパーティを組もうと上から目線で言われたが、彼の目的は寄生レベリングにあった。

彼もそこまでバカではなく、自分の冒険者としての実力は重々承知のようだ。

リアルダンジョンRPGで世界チャンピオンとなって人気者になり、俺と組んで大幅にレベルアップし、リアルの冒険者として名を馳《は》せる。

彼にとってのリアルダンジョンRPGとは、あくまでも稼げる冒険者になるための踏み台でしかなかったというわけか。

「いや、コーチング以外でパーティは組まない主義なので」

これまで動画配信で散々説明してきたが、俺が他の冒険者と組むときは、特殊な事例を除けば、他の冒険者のコーチングのみである。

それも、イザベラたちのように俺がその実力を認めたか、規定の依頼料を払った人のみであった。

俺のコーチングの依頼料は、一番安くて十億円だ。

当然だが、それだけの依頼料を貰《もら》うので、依頼者たちが満足する結果を必ず出すようにしている。

たまにルール違反をする奴《やつ》がいるので、そういう人にはとっとと返金してコーチングをやめてしまうが、最近ではそういう冒険者はほとんどいなかった。

俺にコーチングを依頼する時点で、一角の冒険者だからという理由もある。

なぜなら彼らは、俺に十億円払うことができる冒険者なのだから。

なお、この話は動画内で何回もしており、半額でコーチングをする代わりに、サブチャンネルでその様子を流すという条件で、何人かの冒険者を引き受けたこともあった。

彼らも動画配信をしており、コラボでコーチングをしたというケースもあるけど。

そんな俺が、レベル12と無償でパーティを組むわけがないのだ。

余計なことを言うと付け込まれそうなので、俺は速攻で断った。

「うっ、断るというのか？　もしや君は、この僕と一緒にダンジョンに潜った結果、実力が劣ることを知られたくないんだな！」

「そんな理由じゃない。俺は今日、コーチングの依頼を受けているんだ」

最初、十億円なんて出せるかという冒険者が多かったのだけど、最近伸び悩んでいる優れた冒険者たちが、こぞって俺にコーチングを依頼してくるようになったのだ。

俺に任せてもらえれば、限界レベルでもなければ必ず殻を破ることができるし、コーチングを受けた冒険者全員がその効果を実感するはず。

実際に成果が出ているので、世界中から依頼があった。

十億円は高いけど、そのあとの数十億円、数百億円のために投資するという意味合いを理解できる人の依頼しか受けないけど。

少し前のイザベラたちは、隙があれば俺を大金で囲み込もうとしていたことを思い出す。

彼女たちは上流階級だからこそ、先に十億円投資することを惜しいと思わないが、大半の一般庶民はそれができない。

実はこの世の中は、数百年前から格差が広がり続けている。

そんな本を出した経済学者がいるけど、それは事実なのだろう。

現にイザベラたちは十億円のみならず、俺に百億円以上は依頼料を支払っていた。

ハーネスの代金も躊躇《ちゅうちょ》なく出して、今ではレベル２５００を軽く越えているのだから。

そしてそのおかげで、彼女たちが持つ会社には数百億円の資産がある。

イザベラたちのみならず、俺の予想だとレベル２２００付近で限界を迎える冒険者が数年以内に出現するはずだ。

そんな彼らにハーネスを販売し、さらなる高みを目指してコーチングする仕事が増えるだろうなと予想していた。

そんな俺からしたら、住谷《すみや》なんて相手にしたくない人物ナンバーワンであった。

「(それに、こいつの魂胆はわかっている)」

住谷《すみや》も、冒険者としての自分の実力を理解していないわけではない。

彼は冒険者としては低レベルだ。

レベル12になれたので、正しい努力をすれば年収数千万円には容易に届くはず。

だが、彼はそれが我慢できなかったのだと思う。

なぜなら、自分がナンバーワンではないからだ。

だからゲームの世界に飛び込み、そこで世界一になった。

ところが、いくら世界一になってもそれはゲームの話だ。

プロゲームプレイヤーとして世界一になっても、年収数億円がいいところのはず。

だから彼は冒険者に戻ることにしたが、そのままではプロゲームプレイヤーのように世界一にはなれない。

そこで、俺とのレベリングを目論《もくろ》んでいるわけだ。

「俺があなたと組む理由がない」

「僕は、リアルダンジョンRPGの世界チャンピオン。君は冒険者の世界チャンピオン。組む意義はあると思う」

「おおっ！　これはいいニュースになりますね！　プロeスポーツプレイヤーの住谷《すみや》さんと、世界一の冒険者古谷《ふるや》さんのコラボとは！」

「あの……あなたたちは？」

基本的に、冒険者特区内にある上野《うえの》公園《こうえん》ダンジョンの入り口付近は、許可を得たマスコミ関係者しか入れないはずだ。

住谷《すみや》にくっついて数名の記者たちがいるが、週刊真実報道の記者……ではないか。

あそこは出版社ごと潰れたし。

というか、誰が許可を出したんだ？

「いえ、組みませんよ」

「どうしてです？　二人の実力は同じくらいではないですか！」

「古谷《ふるや》さんは言うまでもありませんが、住谷《すみや》さんはリアルダンジョンＲＰＧの世界チャンピオンですよ！　あのゲームは現実のダンジョンと同じ作りをしているし、出てくるモンスターの種類も一緒だ。つまり、住谷《すみや》さんは優れた冒険者でもあるんですよ」

「……」

ゲームと現実の区別がつかないなんて……。

本当に彼らは、マスコミ関係者なのか？

「ゲームと現実は違いますよ。ゲームで巨大なドラゴンが倒せたからって、現実であんな巨大なモンスターと戦って勝てるわけがないじゃないですか」

俺はどうしてこんな当たり前のことを、マスコミ関係者に説明しているんだ？

彼らは名の知れた大学を出ているはずだよな？

「普通にゲームで遊んでいるプレイヤーはそうかもしれませんが、住谷《すみや》さんは特別なんですよ」

どうして、そんなわけのわからない理屈を平気で唱えられるんだろう。

少し考えれば、そんなわけがないことくらい理解できるはずなのに……。

「住谷《すみや》さんは冒険者特性を持っていますからね。他のプレイヤーたちとは基本的に違うんですよ」

「きっと、古谷《ふるや》さんとのコンビネーションで、いまだ誰も最下層に到達していない富士《ふじ》の樹海ダンジョンもクリアできるはずです」

「……」

駄目だ！

なにを言っても通じない。

そもそも、たったレベル12で、戦士という一番多いジョブしか持っていない住谷《すみや》が、富士《ふじ》の樹海ダンジョンに入ったら一階層で瞬殺されてしまう。

冒険者特性を持たず、ダンジョンに入ったことがない人に、冒険者稼業の詳細を説明するのがこんなに難しいとは……。

「古谷《ふるや》君、そんなことを言わないで一緒に組んで頑張ろうよ」

「住谷《すみや》さんの言うことを受け入れた方がいいですよ」

「そうそう。我々に逆らってはいけません」

「俺たちは第四の権力なんですよ。今もこうして、マスコミ関係者はなかなか入れない上野公園《うえのこうえん》ダンジョンの入り口にいる。つい先日、古谷《ふるや》さんは我々の力を実感したはずだ」

やはりというか、住谷《すみや》とこの記者たちはグルなのか。

新聞社だかテレビ局かは知らないが、会社の力を利用して俺に住谷《すみや》をレベリングさせ、次は将来有望な冒険者として彼を独占し取材していくとか、そういう魂胆なのだろう。

「（随分と狡《ずる》い手を使うな）」

「わかったかい？　古谷《ふるや》君」

レベル12でダンジョンから逃げ出したクズが、随分と上から目線じゃないか。

そのうえ、己の力のみが大切な冒険者稼業において、マスコミの力を利用するなんてお話にならないな。

「嫌です。俺は忙しいので」

そんなアホみたいな要求、俺が受け入れるわけないじゃないか。

「……もう一度言ってみろ！」

「だから、いまだレベル12に留《とど》まっているあんたと組むわけがないだろうが！　冒険者稼業は命懸けなんだ！　ゲームの世界に閉じ籠もって、冒険者としての努力を怠ったお前となんてゴメンだね！」

「僕が本気になれば、現実のダンジョンでも世界一の冒険者になれるんだ！　僕にはその才能がある！　その才能を伸ばすことに手助けしないなんて！」

「才能があると言うのなら、まずは自分だけでダンジョンに潜ってなんらかの成果を上げてくれ。正直に言えば、冒険者パーティの誘いなんて腐るほどあるんだ」

だが、基本的に俺はイザベラたちとしかパーティを組まない。

なぜなら、他の冒険者たちはレベルが低すぎて、俺の足を引っ張るからだ。

傲慢だと思う人もいるだろうが、冒険者稼業は仲良しゴッコじゃない。

俺が弱い方に合わせるなんてあり得ないのだ。

「不平等だ！　世界トップランカーとしかパーティを組まないなんて！　レベルが低くても才能がある冒険者たちに手を差し伸べるべきだ！」

「そうだ！　古谷《ふるや》君にはその義務がある！」

「もし住谷《すみや》さんの提案を断るというのであれば、こちらにも考えがある。世論に対しこんな不平等は許せないと、新聞の記事やニュースで訴えかけることになるだろう」

「なにしろ我々は、第四の権力だからね」

「自由にすれば？」

「古谷《ふるや》君、君はまだ若いね。日本においてマスコミを敵に回すことの愚かさを知るといい。どうにもならなくなったら言ってくるがいいさ。いつでも交渉の窓口は開いているからね」

相変わらず上から目線の住谷《すみや》は、マスコミ関係者と共にダンジョンの入り口から立ち去った。

「せめてダンジョンに潜って、少しはレベルを上げろよ……」

俺は住谷《すみや》と、彼を利用しようとするマスコミの連中に呆《あき》れはしたが、俺には俺のペースというものがある。

急ぎダンジョンに潜り、夕方までいつものルーティンワークをこなすのであった。


「それはちょっと、性質《たち》が悪いかもしれませんね」

「そうかな？」

「ええ、彼らはすべてわかってやっていますから」

裏島にある自宅で夕食を終えたあと、イザベラたちに今日の出来事を相談すると、イザベラは住《すみ》谷《や》たちがかなり悪質な確信犯であると断定した。

「そうだね。ゲームと現実のダンジョンがまるで違うなんてことは、子供にでもわかる話だからね。それでも無理を押し通そうとしているってことは、彼らがよからぬことを企《たくら》んでいるという証拠さ。注意した方がいいよ」

ホンファも住谷《すみや》たちの悪質さに注意するよう、俺に警告した。

「不平等だとか、レベルが低い冒険者にチャンスをという時点で怪しいです。実力があってまともな冒険者なら、絶対にそんなことは言いません。そんな暇があったら、ダンジョンでレベルを上げていますから」

レベルが低ければ、低階層でレベルを上げれば済む話だから、と言う綾乃《あやの》。

「良二《りょうじ》、そういうのをなんていうか知っているか？　『寄生プレイ』って言うんだよ」

「アメリカにも、そういうおかしな物言いをする人がいるわね。大抵が、自分が利益を得ようと思って言うんだけど」

剛《たけし》、リンダも、住谷《すみや》と彼にくっついている自称マスコミ人たちに呆《あき》れていた。

「彼らはなにがしたいのでしょうか？」

「さあな？　あの手の輩《やから》の相手をまともにしたら時間の無駄だ。それよりも、富士《ふじ》の樹海ダンジョンの二千階を目指したいなぁ」

「二千階って……すげえ話だな。そういえば良二《りょうじ》は、動画配信で新しい試みをするんだろう？」

「ああ、適当なダンジョンの深い階層に潜ってライブ中継だ」

このところ、イワキ工業製の魔力で動くビデオカメラを購入して、ダンジョン攻略の様子をライブ配信する冒険者が出始めていた。

スライムを倒したり、宝箱を開けるくらいなのだが、投げ銭がよく集まるのだそうだ。

まだそれほどレベルが高くない冒険者や、冒険者特性がなくてスライム狩りをしている人たちが、収入の足しにしていると聞いた。

中には、動画配信のインセンティブと、投げ銭が主な収入源になってしまった配信者も出てきたようだけど。

「俺たちもドローン型ゴーレムに動画撮影をさせ、編集させて投稿しているけど、結構危ないんだよな、あれ」

「そうだな」

ドローン型ゴーレムを狙うモンスターもかなり多いわけで、それを守りながら戦うのは相当な力量が要求された。

なので、常に最深部を探索し続けている冒険者パーティで、動画撮影をしているところは意外と少なかった。

本業の方が儲《もう》かるからというのもあるし、ダンジョン探索に集中できないという理由もあったからだ。

動画撮影中に亡《な》くなる冒険者もチラホラと出ており、俺だって自分なりに注意しながらやっていた。

「明日はパーティで潜って、明後日《あさって》は一人で富士《ふじ》の樹海ダンジョンのトライアルをしようかな」

明日以降の予定を確認してから夕食を終え、剛《たけし》は婚約者の元に戻った。

俺はリンダと熱い夜を過ごし、そして予定通り富士《ふじ》の樹海ダンジョンの攻略を始めた。

「今日は、思ったよりも記録を更新できてよかったです」

「イザベラたちは、今では世界トップクラスの冒険者だからな」

彼女たちは才能があるし、必要な努力を怠らない。

俺の教えの価値を正確に理解し、教えを請《こ》うのに報酬を惜しまない。

これが一流の冒険者なのだ。

住谷《すみや》と奴《やつ》にくっついていたマスコミゴロたちのような、『不平等だ！』とか、『才能はあるけどレベルが低い冒険者たちにチャンスを！』なんてほざいている時点で大分ズレているのだ。

本当に才能のある人は、定期的にダンジョンに潜ってレベルを上げ、安全にダンジョンを踏破できるようにきちんと情報を集める。

安易なレベリングなんて決して求めないし、下手にそんなことしたら簡単に死んでしまうことを理解しているからだ。

「良二《りょうじ》様、例の住谷《すみや》さんたちの件ですが、彼らの目的がわかりました」

「綾乃《あやの》が知っているとは驚きだ」

「三千院《さんぜんいん》家は腐っても元公家《くげ》なので、それなりの情報網があるのです。彼らは、セコイ仲介業で稼ぐつもりみたいですね」

マスコミゴロたちは、自分たちの言うことを聞かなかったら俺の悪行を雑誌に書くぞと脅し、住《すみ》谷《や》とのレベリングを実現する。

一度成功してしまえば、あとは彼らが紹介する冒険者たちともレベリングさせられる計画だそうだ。

「彼らは一応大手新聞社の所属ですが、廃刊寸前の雑誌編集部にいて、さらにこのところ新聞は売れませんからね。リストラ候補だそうです」

「なるほど」

肩書を利用できる大手新聞社の正社員職をクビになる前に、俺とのレベリングを仲介できる状態にしたいわけか。

「俺とレベリングできるけど、住谷《すみや》以外の冒険者たちからは高い金を取るんだろうな」

「ええ、彼らは素行が悪くて有名だそうですから」

「よくクビにならないな」

「父親が、スポンサー企業の創業者や社長、会長なのです」

「ふうん。父親の会社に入らずに、新聞社に入ったのか」

「自分の会社に入れたら確実にやらかすと思われているからこそ、広告費を出している大手新聞社に入社させたようです。もっともその大手新聞社の方でも、使えないから持て余している状態のようですが……ああ、それと」

「それと？」

「彼らの父親の会社。すべて、イワキ工業との取引がなければ倒産待ったなしです」

「岩城《いわき》理事長に伝えておくか」

「それで十分でしょう」

そして翌日も、単独行動の俺は富士《ふじ》の樹海ダンジョンのレコードを更新することに成功した。

できる限り動画撮影もしたけど、こちらはそんなに無理をしなくてもいいかな。

いまだ、富士《ふじ》の樹海ダンジョンの内部を撮影した動画を配信しているのは、世界で俺ただ一人だからだ。

「こんにちは、古谷良二《ふるやりょうじ》です。今日は、上野公園《うえのこうえん》ダンジョンの三百七十五階層から生中継を行います！　よろしければ、俺の食事、ジュース代をよろしく」

さて、どのくらい投げ銭が集まるものなのか。

一日休んでから、俺はホワイトメタル製の装備で全身を固め、上野公園《うえのこうえん》ダンジョンの三百七十五階層から攻略を開始した。

俺の上空には、三台のドローン型ゴーレムに搭載した魔力ビデオカメラが撮影を開始しており、これをモンスターたちから守りつつ、ダンジョン攻略の様子を生配信するのだ。

「おっと！　モンスターの出現だ！」

俺は、三百七十五階層に出現するモンスター『マジックホース』の攻撃を回避し、ホワイトメタルソードによる一撃で斬り捨てた。

「倒したモンスターは『収納』しておきます」

ライブ配信の様子は確認できないので、モンスターを倒した直後にどれだけ投げ銭が入ったのか気になるが、それはあとのお楽しみだ。

「ここにある宝箱ですが、このように罠《わな》が仕掛けてあります」

ダンジョン内で見つけた宝箱に仕掛けてある罠《わな》は、鍵穴付近に手を差し出すと、毒針が飛び出してくるタイプのものであった。

わざと毒針を受け、手に刺さった様子をカメラに撮影させる。

「普通の冒険者なら猛毒に侵されますが、俺の場合、『毒消し』の魔法ですぐに解毒《げどく》するので問題ないです。言うまでもないですが、真似《まね》はしないでください。罠《わな》の解除方法は次の宝箱で解説します。この宝箱には、鋼の剣が入っていました。残念ですがハズレですね」

ダンジョン内を探索しながらライブ配信は続く。

モンスターを倒し、宝箱を見つけ、罠《わな》を解除し、三百七十五階層をクリアして、三百七十六階層へと下りていく。

今回は、二時間ほどのライブ配信となった。

急ぎ自宅兼事務所であるマンションの一室に戻ると、プロト1が黙々と仕事をしていた。

「プロト1、ライブ配信はどうだった？」

「大好評なのだ。投げ銭もいっぱい集まったのだ」

「それはよかった」

今さらお金を稼いでもという意見もあるだろうが、楽しくてつい色々とやってしまうのだ。

「社長、これからも週に一回ぐらいはやるのだ。投げ銭ライブ配信」

「まあいいけど。そのうち、低階層でも富士《ふじ》の樹海ダンジョンでライブ配信ができたらいいな」

「それは人気が出そうなのだ」

「ところで、なにをしているんだ？」

「様々な動画配信サイトにチャンネルを作って、動画を投稿しているのだ。今流行している切り抜き動画とかも作っているのだ」

プロト1は、裏島の屋敷内でも多数作業しているゴーレムたちをコントロールし、動画の撮影、編集、投稿、インセンティブ収入の管理、著作権違反者への対応など。

俺がなにも言わなくても、様々な動画を投稿して荒稼ぎしていた。

俺が提供した動画や素材のみならず、ＣＧやアニメを制作したり、台詞《せりふ》やナレーションの声を人工合成して入れたりと。

もはや俺の冒険者稼業となんら関係のない動画をゴーレムたちに多数制作させており、古谷企画《ふるや》の持つ動画チャンネルは莫大《ばくだい》なものとなっていた。

人気があって真似《まね》できそうな動画はすぐに作って配信してしまうので、古谷《ふるや》企画だけ、ＡＩやロボット時代の先取りというやつだな。

「損失が出なければいいけど」

動画制作と投稿のコストが、プロト1以下のゴーレムたちの維持、修理費用のみで、今では電気代も自家発電しており、必要経費はパソコン代と通信費ぐらいなので、損失が出るなどあり得ないのだけど。

「お任せくださいなのだ。社長」

「任せる」

他にも色々な事業をしたり、始める準備をしているみたいだけど、さすがに全部は把握できなくなった。

俺はそんな暇があったらダンジョンに潜るし、プロト1にすべてお任せで問題ない。

「明日はお休みか」

このところ、二日ダンジョンに潜って一日休みを繰り返している。

冒険者高校は筆記試験で赤点さえ取らなければ合格という条件に変更され、このところ月に二〜三回しか行っていない。

結局、週に一度の登校義務は稼ぐ冒険者の足を引っ張りかねないと、完全に廃止になってしまった。

そもそもレベルが上がる冒険者は、レベルに応じて知力も上がるから、毎日学校で授業を受ける必要がない。

日本政府も、冒険者高校の生徒たちが真面目に高校の授業を受けた結果、ダンジョンからの成果が減ると問題なので黙認していた。


「映画……、なにを見ようかな？」

「恋愛物一択ですわ！」

「アクション物にしようよ」

「ここは、話題のアニメを」

「今、サメパニック映画の最新作が上映されているのよ！」


この日はイザベラたちもお休みだったので一緒に映画を見に来たのだが、こうも好みが分かれているとは……。

イザベラは恋愛物。

ホンファはアクション物。

綾乃《あやの》は、話題のアニメ作品を。

そしてリンダは……サメかぁ……。

なお、剛《たけし》は婚約者とデートだそうなので誘わなかった。

サメの映画は見ていないと思う。

「ジャンケンで決める？」

「それでいいですわ。恋愛物！」

「アクション！」

「この作品はいいアニメです！」

「サメよ！　サメ映画は最高に面白いのよ！」

四人でジャンケンをした結果、みんなで見ることになった映画は……。


「いちゃつくカップルは、必ずサメに食べられますわね」

「サメについて説明する博士とかも、よく食べられるよね」

「主人公は長時間泳いでも、サメに食べられないのは決まりみたいなものですね」

「みんな、意外とサメ映画見てるの？」

ジャンケンにはリンダが勝ち、みんなでサメ映画を見ることに決まったけど、なんだかんだ言いながらも結構楽しかった。

サメかぁ……。

ダンジョンにいるデスシャークを思い出すのは、この作品のサメの大きさや特徴が似ているからだろう。映画に出すから、監督が参考にしたのかな？

「楽しかった。お昼はなにを食べようか？」

映画が終わって、みんなで映画館を出たところで、思わぬ人物に話しかけられてしまった。

「古谷《ふるや》ぁ――――！」

「住谷《すみや》さん、ちっす」

そこには。俺がレベリングを断ったナンバーワンプロゲームプレイヤーである住谷《すみや》が、目を血走らせながら俺たちに声をかけてきたのだ。

「貴様！　卑怯《ひきょう》な手を！」

「卑怯《ひきょう》？　あれ？　お取り巻きの自称マスコミ関係者の方々は？」

「ふざけるな！　お前が手を回して、新聞社から追い出したんじゃないか！」

「やっぱりクビになったのか。だろうな」

あのプライドだけは異常に高そうな、いわゆる意識高い系のマスコミゴロたちは、スポンサー企業のコネで大手新聞社に就職していた。

当然仕事ができるわけがなく、それならサボリーマン生活を楽しんでいればいいのに、プロゲームプレイヤーの住谷《すみや》を利用して俺から利益を引っ張り出そうとするから。

なにが不平等だ。

あの手の手合いがよく口にする台詞《せりふ》で、自分たちの要求を飲まないと報道すると言って脅してくる。

現在、あいつらの父親の会社は、イワキ工業がなければ苦しい商売をしなければいけなくなる。

俺が岩城《いわき》理事長に連中のことを囁《ささや》けば、すぐに対応して当然だろう。

「あいつら！　自分の父親の会社に逃げやがって！」

どうせどこに就職しても、役に立たないところが害悪なんだ。

自分の父親の会社で、穀潰《ごくつぶ》しでもしていた方がマシだな。

そしてこの住谷《すみや》は、見事に梯子《はしご》を外されてしまったわけだ。

「ゲームの世界に戻ったら？」

レベル12でダンジョンから逃げ出した住谷《すみや》が、一流の冒険者になるのは難しい。

だが、ゲームの世界なら普通のサラリーマンよりよほど稼げるではないか。

「ゲームの世界なら世界一なんだろう？　そこで活躍すればいいだけの話だ」

「そうですわね。現実のダンジョンとゲームではまるで違うのですから。リョウジさんとレベリングをしたところで、どうにかなるお話ではありません」

「リョウジ君が世界中の冒険者を相手にレベリングをしていることは周知の事実だけど、その報酬は非常に高額だよ。でも、依頼者たちは納得して支払っている。ボクたちだってそうだ。そして大半の冒険者たちは、支払った金額以上の成果を出している」

「そんな良二《りょうじ》様に、無料でレベリングをしてもらえるわけがないではないですか」

「そんな甘い考えじゃ、生き残れないわよ」

イザベラたちからも、散々その見込みの甘さを指摘され、住谷《すみや》はがっくりと項垂《うなだ》れてしまった。

「もうゲームの世界では、一番になれないんだ……」

「どうして？」

「レベル20で魔法使いの外崎《とのさき》が……」

「ああっ！」

住谷《すみや》がゲームで世界一となったあと、マスコミゴロたちと組んでしょうもないことを企《たくら》んでいる間に、冒険者稼業から足を洗って逆にゲームの世界に参入した人が出たのか。

「こういうのって、すぐ真似《まね》されるよなぁ」

レベル20では、冒険者としては全然大したことがない。

だが、その能力は普通の人よりもはるかに上だ。

特に動体視力とか、操作スピードなどは冒険者特性を持たない一般人ではに歯が立たないだろう。

「良二《りょうじ》様、これは多分」

「だろうなぁ……」

「なんだ？　古谷《ふるや》？」

なにが古谷《ふるや》だ。

上から目線で人を呼び捨てにしやがって。

まあいい。

お前に残酷な真実を教えてやる。

「冒険者特性を持つ人がｅスポーツに参入したら、とんでもない不平等が発生してしまう。だから……」

間違いなく近いうちに、スポーツと同じように冒険者特性を持つ者たちと持たない者たちとの間で、ｅスポーツ競技の選手分離が行われるだろう。

実はその原因は、俺が住谷《すみや》のことを『リアルダンジョンＲＰＧ』を作った会社に密告したからなんだけど。コネとは、こういう時のためにあるのだ。

「で、レベル12の住谷《すみや》さんでは、新しいルールでトップを狙うのが難しくなるのですよ」

多分、冒険者と兼業なんてeスポーツプレイヤーやスポーツ選手が次々と出てくるだろう。

そうなれば、レベル12ではなぁ……。

「どっちにしても、ダンジョンでレベルを上げないと将来が難しくなりますねぇ」

「だから僕とレベリングを！」

「今、レベリング込みのコーチング料は、一日十億円ですよ」

「なっ！　十億円！　いくらなんでも高すぎるだろ！」

これでも、完全なボランティアなんだけどなぁ。

俺が丸一日ダンジョンに潜ったらいくら稼げるか。

それを知らないから、十億円が高いなんて言うのだ。

「十億円でも依頼が殺到していて、今半年待ちなんですけど」

「香港《ホンコン》や中国本土には、十倍出すから優先してほしいって言っている人も沢山いるよ」

「良二《りょうじ》様がレベリング業もしているのは、一日でも早く世界中の冒険者たちのレベルを底上げして、自分の負担を少しでも減らすためなのですから」

「そもそも、レベル12がレベリングして欲しいだなんて。リョウジのレベリングの予約待ちをしている冒険者たちが聞いたら怒るわよ。みんな、レベル２００とか３００の人が自分で稼いだお金で頼んでいるのだから」

「金！　金！　金！　お前たちは世界の格差を広げる害虫どもだ！」

出たあ、この台詞《せりふ》！

きっと、あのマスコミゴロたちの受け売りなんだろうなぁ。

彼ら自身が大手新聞社に親のコネで入社した矛盾に満ちた存在なんだけど、そこにツッコミを入れる人は少ない。

「俺たちを批判する人がよく言う台詞《せりふ》で、もう秋田県《あきたけん》」

「リョウジ君、そのダジャレ。日本人にしか通用しないよ」

「それもそうか」

でも、ホンファは理解しているじゃないか。

俺が高額で、世界中の優れた冒険者たちからレベリングの依頼を受けていることを批判するマスコミは多かった。

『日本人を優先しろ！　お前は売国奴だ！』という勢力と、『すでに稼いでいる優れた冒険者たちばかりとレベリングをせず、前途あるレベルが低い冒険者たちに手を差し伸べない古谷良二《ふるやりょうじ》は、資本家の犬だ！』という勢力が、左右から俺を挟み潰そうとするのだ。

でもそういう低レベル冒険者のために無料で見られる解説動画を投稿しているんだけどな。

もっと酷《ひど》いのは、冒険者特性がない経済的に困窮している人たちを連れてダンジョンに潜れと言う人たちだろう。

冒険者特性がない人たちとレベリングをしても意味がないどころか、俺が彼らを守りながら戦わなければならないからどう考えても非効率なのに、彼らはそれが正しいと本気で思っているのだ。

「今優先すべきは、優れた冒険者の数を増やすことなのさ」

化石燃料やウランが枯渇《こかつ》し、魔石か自然再生エネルギーしかエネルギー源がなくなってしまった以上、今は多くの成果を出せる冒険者たちを優先する。

世界的にそんな流れなんだが、奇妙な平等論を押し付けてきて、それが正義だと譲らない人たちがいるので困ってしまう。

「今、あなたをレベリングしたところで、獲得できる魔石のエネルギー量がそれほど増えるわけではないですからね。おわかりになられますか？」

ここで重要なのは、魔石の量ではなく、エネルギー量なのだ。

スライム一億匹分の魔石よりも、深い階層に住むドラゴンの魔石の方がエネルギー量が多い。

だから俺は、すでに自分の努力で一流の域に達した冒険者のみをレベリングしている。

彼らが見事壁を突破してくれれば、世界中のエネルギー事情がよくなるのだから。

「そういうことです。なにか反論は？」

「僕には才能があるんだ！　確かに一度ゲームの世界に逃げたけど、冒険者に戻れば……」

「それなら、今すぐにでもダンジョンに入ってレベルを上げて、お金を貯《た》めるべきではないですか？　レベル200を超えたら、十億円くらい余裕で出せますよ」

出せるからこそ、最近世界中で冒険者が格差の原因だと批判される原因にもなっているのだけど。

「もういいですか？　さて、昼飯どうしようかな？」

「中華料理にしようよ」

「いいね、ホンファのお勧めのお店に案内してよ」

「いいよ」

「……僕は、天才なんだ……」

本当に天才なら、ゲームの世界に逃げないと思うんだよなぁ。

俺たちは五人で、高級中華料理の昼食を堪能《たんのう》した。

そして夕方になるまでには、住谷《すみや》のことなど完全に忘れてしまったのだけど……。


「ははは、今に見ていろ！　僕が本気を出せば……」


古谷良二《ふるやりょうじ》の奴《やつ》！

天才であるこの僕を見下しやがって！

あの時にレベリングをしなかったことを、必ず後悔させてやる。

レベル200くらい、簡単に到達してみせるさ。

一階層のスライムなんて、冒険者特性を持たないクズたちでも倒せるモンスターなのでパスだ。

二階層のゴブリンも、最近動画で古谷良二《ふるやりょうじ》が冒険者特性がなくても倒せる装備、方法を説明していたから、冒険者特性を持たないクズの集団が増えたな。

こんなクズたちと僕とは、基本的に人間のレベルが違うのだ。

こんな場所では戦えない。

「久しぶりのダンジョンだけど、僕はレベル12だからな。五階層くらい余裕だろう」

僕は希望を胸に、三階層まで下りて行こうとした。

ところが、急に足に痛みを感じてその場に倒れ込んでしまった。

「急になんだ？　ゴブリンか！」

なんと、ゴブリンの奴《やつ》が後ろから僕の足のアキレス腱《けん》を攻撃してきたのだ。

錆《さ》びたナイフでアキレス腱《けん》を斬り裂かれてしまった僕は、その場に倒れ伏してしまった。

「ひいっ！　このっ！　このっ！　段々と集まってきた！」

ゴブリンは一体一体は弱いが、非常に狡猾《こうかつ》で、すぐに仲間を呼び寄せる。

古谷良二《ふるやりょうじ》の動画でも、特に冒険者特性を持たない人はパーティで討伐することを推奨していた。

僕は天才だし、前にパーティを組んでいた連中は、天才である僕の足を引っ張ろうとしたバカどもだ。

組んだところでまた足を引っ張るだけだし、ゴブリンなんて天才である僕にかかれば一人で……と思ったのだけど……。

「僕は天才なんだ！　ゴブリンなんかにぃ――――！」

たとえアキレス腱《けん》を斬られて立ち上がれなくても、ゴブリンなんて簡単に剣で斬り捨てられる……。

「駄目だ！　次々とゴブリンが！」

最初は僕に攻撃しようとするゴブリンすべてに対応できていたけど、徐々に体のあちこちを錆《さ》びたナイフや剣で斬られていき、次第に増えていく斬り傷からの出血のせいで、段々と意識が……。

「僕は……古谷良二《ふるやりょうじ》よりも天才なんだ……」

こんなところで、ゴブリン如《ごと》きに殺されていいわけがない……。

必ずや、古谷良二《ふるやりょうじ》を超える冒険者に……い、意識がもう保てなくなって……。

第8話 ▶ またも自粛

「古谷《ふるや》企画って、上場しないのかね？」

「する必要がない。あの業態で上場して、株主に配当を支払うなんて無意味だからな。古谷《ふるや》企画の新規事業は全部自己資金でやっていて、外部からお金を集める必要なんてないんだから」

「ゴーレムを使っていて、人件費もかからないしな」

「子会社や、業務委託をしている人や会社があるから、正確にはゼロじゃない。報酬はかなりいいが、必要な能力がないと使ってもらえないってさ」

「下手な人間よりもゴーレムか……。なんて世の中だ。イワキ工業もあれだけの会社なのに、人間の従業員なんて千人くらいしかいない。残りは全部ゴーレムだ。時価総額では、すでに世界一の企業だけど」

「徹底して効率化した経営だから、時価総額世界一なのさ。人間が多いと、経営効率が下がるなんて皮肉な話だ」

「そういえば、イワキ工業がメンテナンス管理つきで、ゴーレムの貸し出しを始めるって聞いたな。まずは、日本の企業向けらしいけど……」

「終わりの始まりだな」

「経済成長はするけど、失業率は上がるってか」

最近どこの証券会社にも、古谷《ふるや》企画はいつ上場するのかと、問い合わせをしてくるお客さんが増えた。

何度も言っているが、古谷《ふるや》企画が上場するわけがない。

相手はお客様だから、その度に丁寧に説明するしかないけど。

古谷《ふるや》企画が外部から大量の資金を調達する必要に追い込まれればもしくは……そんなことはあり得ないか。

それにしても、古谷良二《ふるやりょうじ》が世界一の富豪になるのに、そんなに時間はかからなかったな。

正確には古谷《ふるや》企画の資産で、古谷良二《ふるやりょうじ》自身の資産はそうでもない……とはいえ彼の個人資産も十分富裕層に達しているけど。

「日経平均も六万円を窺《うかが》うようになり、景気がよくて結構なことですな。この前みたいなことがないといいけど」

「そうだな。腐れ週刊誌が、どうでもいいスキャンダルを報道しやがって。俺たちがいったいどれだけの顧客に頭を下げに行ったと思っているんだ」

証券会社の社員としては、くだらない理由で株価を乱高下させないでほしい。

「週刊真実報道は廃刊。出版社も一緒に潰れてしまったがな」

古谷良二《ふるやりょうじ》が、世界トップランカーの女性冒険者四人と同時につき合っている。

とても不誠実な男性だ。

一部熱烈に古谷良二《ふるやりょうじ》を批判する人たちもいたが、彼らはいわゆるそういう方々だった。

古谷良二《ふるやりょうじ》のみならず、冒険者特性を持つ冒険者たちが世界の資源とエネルギー政策の鍵を握り、一気に新しい富裕層へと成り上がった。

貧富の格差が広がることを懸念している、自称この世界の行く末について憂慮されている方々からすれば、古谷良二《ふるやりょうじ》を懲らしめることは正義なのだ。

その正義のおかげで、日本の電気料金が上がり、資源価格が高騰し、他にもダンジョン由来のアイテムや素材、食材の流通や輸出がストップして、失業率が上がってしまう危険もあったのだが。

彼らはそうなったらそうなったで、日本政府の失政を批判するだけだからなんの問題もないのか。

彼らを熱烈に支持する層からお金が得られるから、彼らもなにも困らない。

それにしても、せっかく日本は上手《うま》くやっているのだから、おかしなことをして足を引っ張らないでほしい。

「まさかまたないよな？」

なんて思っていたら、まさか再び問題が発生するとは。

「ないと思いたいが……」

そして私たちは、再び顧客たちのもとへ謝罪行脚《あんぎゃ》する羽目になったのであった。

証券会社なんて、そんなにいい就職先じゃないと思う。

ああ、早く働かずに生活するのに必要な資産を築いてＦＩＲＥしたいなぁ……。

＊＊＊

「で、今度はどんなスキャンダルですか？」

「なんでも古谷良二《ふるやりょうじ》は、困っている人たちに手を差し伸べない冷血漢なのだそうだ。彼のような人間を冒険者として活動させるのはどうかと思う、という主張らしい」

「もう滅茶滅茶《めちゃめちゃ》だな」


いつの世でも、突出した才能というのは叩《たた》かれるものだ。

また一部週刊誌、ネット、テレビ番組、新聞などで、古谷《ふるや》さんを叩《たた》き始める連中が出てきた。

批判のネタは、彼が業務の一つにしているレベリング事業だ。

ようするに、大金を払った、すでに実績がある優秀な冒険者たちをさらに強化するばかりで、その他大勢のレベルが低い冒険者たちに配慮していない。

これは、格差を広げる不公平なやり方だ。

というのが彼らの主張であった。

「いつもの連中でしょう？　もう叩《たた》ければなんでもいいんですね」

「困ったことに、彼らの主張は一定数の支持を得られるのだよ」

日本については、たとえばＳＥの世界がそうだ。

システム開発なんて、有象無象のＳＥが数十人いるよりも、一人の天才がやった方が優れたシステムが開発できるなんてことは業界の常識だ。

実際アメリカなんて、高い報酬を取るＳＥがとても忙しく、名だたる大企業が大金で囲い込んだりしている。

ところが日本だと、一人の天才ＳＥに報酬を一億円払ってシステム開発を依頼するよりも、年収三百万～四百万のＳＥ三十人でデスマーチさせるケースが多かった。

この方法だとみんなに仕事が行き渡るので、一概に悪と言えないところも辛《つら》い。

みんなで汗水流して頑張る、的なストーリーラインが好きな日本人、企業経営者も多いからな。

冒険者についても同じように考えていて、どの冒険者もみんな平等に活躍して、所得の格差が少なく、みんなハッピーな理想的な世界を頭の中で描いているのだと思う。

問題なのは、そういう批判をする人に限って一度もダンジョンに潜ったことがなく、冒険者についても詳しくないことだ。

現時点で古谷《ふるや》さんしか手に入れられない高品質の魔石や、資源、素材が存在するというのに、彼に冒険者をやめさせてどうしようというのだ？

「どうせ彼らのことだ。その時ウケればいいくらいにしか考えていないさ。いつものことだ」

「で、古谷《ふるや》さんは？」

「うるさくなったから、また自粛するって」

「あ――――あ」

古谷《ふるや》さんは、もう働かなくても何代も遊んで暮らせる資産を手に入れている。

だから、こうやって批判が強くなるとすぐに自粛してしまうのだ。

叩《たた》かれた古谷《ふるや》さんはなにも困らず、彼らの的外れな批判のせいで、普通の日本人が困ってしまうという皮肉。

頭が痛くなってきた。

「高橋《たかはし》総理はなんだって？」

「すぐに復帰させてくれって」

「無理だろう」

だって、古谷《ふるや》さんが自主的に自粛してしまったのだから。

「しかも今回の批判は……。多くの企業が泣きそうだな」

「イワキ工業以外はな」

イワキ工業はオーナーが古谷《ふるや》さんと懇意であり、元から霊石など貴重な素材の在庫を大量に保持しているから問題ないはずだ。

他の企業については責任を持てないけど。

「あっ」

「どうかしましたか？　東条《とうじょう》さん」

「日経平均が、一時間で三千円も下落しましたね。イワキ工業とその取引先に影響はなし。むしろ、イワキ工業の株価はまた上がってます」

「市場は正直ですねぇ……」

イワキ工業と古谷《ふるや》さんが、懇意なことを知らない投資家なんていないからな。

古谷《ふるや》さんが再び自粛して高品位の魔石や貴重な資源、素材の流通が減る以上、安全なイワキ工業の株に目が向くのは当然のことであった。

「そういえば、古谷《ふるや》さんは？　あっ」

スマホの着信があったので出ると、相手は噂《うわさ》をしていた古谷《ふるや》さんであった。

『東条《とうじょう》さん、今回も一ヵ月ほど自粛するからよろしくお願いします』

「一ヵ月！」

『ええ、やりたいことがあるので、少し集中して気合を入れたいのですよ』

「わかりました」

『では、お願いします』

「……うーーーん。古谷《ふるや》さんを叩《たた》いた連中、終わりだな」

一ヵ月もの間、高品質の魔石や、貴重な資源、素材が不足することが決定した。

特に、高性能なゴーレムの材料になる霊石の不足は致命的だろう。

「高橋《たかはし》総理は、また世界の国々から文句を言われるわけだな」

総理大臣になんてなるものではないな。

私は古谷《ふるや》さんのフォローをしっかり行って、それで裕福な生活を送らせていただくとしよう。

もう警察庁に戻る気がなくなってしまったよ。

＊＊＊

「良二《りようじ》様、少しお痩せになられましたか？」

「体重は二キロ増えたけどね」

「筋肉が増えたのですね。精悍《せいかん》な顔つきになりました」

「一ヵ月で、富士《ふじ》の樹海ダンジョン二千階層への到達は難しい。久々に全力を出しているから」

「富士《ふじ》の樹海ダンジョンは、一階層すらクリアできない冒険者が多いですからね」

「それだけ、特殊なダンジョンということさ」


俺は自室で、綾乃《あやの》に膝枕をしてもらいながら耳を掃除してもらっていた。

世間では、古谷良二《ふるやりようじ》こそ格差を生んだ元凶だと批判している連中がおり、彼らはワイドショーなどでもそれを口にするようになった。

そのせいか、関係各社に一般の人たちからのクレームが入るようになり、面倒なので俺は自粛することにしたのだ。

まあ自粛とはいっても、ダンジョンの魔石、資源、素材をどこにも売却しないというだけであり、ちょうどいい機会なので、富士《ふじ》の樹海ダンジョンの二千階層を目指すことにした。

上野公園《うえのこうえん》ダンジョンの倍の階層であり、モンスターが尋常でないほど強く、罠《わな》が狡猾《こうかつ》で、さらに今回は一人でトライアルしている。

世界トップ5に入るイザベラたちでも、富士《ふじ》の樹海ダンジョンの百階層以降はまだ難しいという判断だ。

もし俺が二千階層をクリアできたら、五百階層を目標としてレベリングをしてもいいだろう。

「ボクたちは、上野公園《うえのこうえん》ダンジョンの最下層付近でレベルアップをしているから、リョウジ君は安心して富士《ふじ》の樹海ダンジョンを攻略してね」

「推定一万階層のダンジョン……まだまだ先は長いのですね」

「私たちもいつか挑戦したいわね。チャレンジスピリットよ」

ホンファとイザベラは俺の足をマッサージしてくれており、リンダは手の平を揉《も》みほぐしてくれていた。

夜、全員が全裸なのは、まあそういうことだと思ってくれれば。

あえて言おう！

だから俺は、世間から嫌われるのだ。

とはいえ、今の生活を変える気はさらさらないけどな。

「リョウジさん、あまり無理をなさらないでくださいね」

「無理はしていないよ」

なんちゃって自粛のおかげで、富士《ふじ》の樹海ダンジョンに籠もる以外、なにもしていないのだから。

翌日以降。

俺は富士《ふじ》の樹海ダンジョンを全力で攻略し続けているが、世間は俺の自粛で大騒ぎになっていた。

前回の四股疑惑はまだ理解できる部分があるが、今回の批判は的外れにも程があるという意見が多数出てしまったからだ。

だが、そんな批判程度で彼らが自分の意見を引っ込めるわけがない。

彼らには懇意にしているマスコミが多く、あちこちで俺の批判を繰り返していたからだ。

『考えてみたら、古谷良二《ふるやりょうじ》のようなとてつもない実力を持つ冒険者など活躍しない方が、この世から格差や貧困が消えて好都合というものです。冒険者たちが平等に、仲良く手を取り合って活動すればいいのですよ』

と、ワイドショーでドヤ顔で語る自称経済評論家。

きっと彼のお花畑な脳内では、すべての冒険者たちが同じくらいの成果を出し、極端に荒稼ぎをして格差を増やす俺のような異端がいない、平等で素晴らしい世界が展開されているのだろう。

「つける薬はないよな」

富士《ふじ》の樹海ダンジョンの探索が面白くなってきたので、自粛期間を延ばすかな。

冒険者としては全然自粛していないけど、どうせ連中には俺の行動を探るなんてできないのだから。

「モンスターが一変したな……」

富士《ふじ》の樹海ダンジョン千九百九十一階層から、これまでに向こうの世界でも見たことがないモンスターが出現した。

「ロボット？」

久々に『鑑定』で探ると、『RX―DD2』という金属製ゴーレムのモンスターであった。

その外見は、ゴーレムというよりもロボットに見える。

二足歩行で、剣、槍《やり》、弓矢、斧《おの》などを構えて俺に襲いかかってくるが、その素早さは驚異的であった。

「金属製のゴーレムなのにこんなに素早いのか！　ええいっ！」

素早い斬撃を受けるが、下手な上位クラスのドラゴンよりもパワーがあるのだ。

「血が滾《たぎ》るな！」

このところ、余裕で倒せるモンスターばかり相手にしてきたので、こういうのも悪くない。

俺はRX―DD2としばらく死闘を繰り広げたあと、ようやく倒すことに成功した。

「残骸と、魔石のみ。魔石の品質は高いな」

RX―DD2の外装はオリハルコンが混じった合金製なので、これは売ればお金になるか。

「なるほど。こうすれば、金属製のゴーレムやロボットも滑らかに動かせるのか」

無事だった関節部分などを調べてみるが、これまでに見たことがない構造だ。

これを真似《まね》できれば、ゴーレムをさらに高性能化できるだろう。

ロボットにも応用でき、完全に再現できれば人間と同じように動けるようになるはずだ。

「となると……。なるべく無傷で倒して、この残骸を利用できるようにすれば……」

一からRX―DD2の内部構造や外装を作れるようになることが理想だが、今は残骸を再建して高性能ゴーレムを作る方が効率もいいはず。

俺はＲＸ―ＤＤ２を次々と倒しながら、なるべく無傷の状態で倒せる方法を研究し始めた。

「ふう……こんなものかな」

千九百九十一階層の攻略も無事に終わったので、俺は倒したＲＸ―ＤＤ２の残骸を多数持って、裏島の屋敷に戻った。

「ニコイチ、サンコイチでいいな」

大量に倒したＲＸ―ＤＤ２を分解し、壊れていない部分を使って組み立てていく。

結局、ＲＸ―ＤＤ２の弱点は頭部の人工人格だった。

高性能のゴーレムと同じように霊石が使われており、ここを壊されたら動けなくなってしまう。

戦いに慣れてきたら、簡単に全身無事な金属製ゴーレムが多数回収できるようになった。

「ここに、俺が自作した人工人格を埋め込めば……」

頑丈で、自己防衛能力も、素早さも、燃費すら圧倒的に向上した新型ゴーレムの完成だ。

滑らかに、素早く体を動かせる関節部分など、今の俺では作れない部分が多いので、そのうち自分で全部製造できるように、壊れた残骸を参考に研究、試作を始めないとな。


「社長、このボディー最高なのだ」

「やはり、見た目は変えなくて正解か」

「オラの見た目が変わってしまったら、社長たちも取引先も混乱するのだ」

「確かにそこは失念していたかも」

当初の、プロト1以下ゴーレムたちのボディーをRX—DD2そのものに変える計画を変更。ボディーの形状を変えず、材質をオリハルコン合金製とし、内部の部品や装置を流用して大幅な性能アップを図った。

「社長、頭がスッキリして、体が軽くなったのだ」

見た目はそのままだが、外装がオリハルコン合金製になったプロト1は黒光りして格好よく……そうでもないか。

改良は見事成功し、プロト1とゴーレムたちはさらに効率よく仕事を進めるようになった。

使い古した前のボディーは、雑務をこなす低性能ゴーレムに転用することにしよう。

燃費も上がったので、これまでと同じ魔力量で1・5倍の数のゴーレムを運用できるようになった。

強いモンスターほど燃費がいいので、生物系の筋組織や関節、RX—DD2のような無機質系モンスターの身体構造は本当に参考になる。

岩城《いわき》理事長にも頼まれたので、もっとRX—DD2の残骸を手に入れるようにしよう。

コッソリと卸せば問題ないからな。

「これで、生産量と生産効率も大幅にアップだな」

ないけど。

「社長、新ボディーの成果を見ているのだ」

「そうか。赤字にならないように頑張ってくれ」

別次元にある裏島と、屋敷の中での出来事なので、世間の人たちはこの事実に誰も気がついていないけど。


「足が四本あるのか……。さしずめ、ケンタウロスだな。何々、ＲＸ―ＤＤ４かぁ。末尾の数字が足の数を示しているのかな？」


富士《ふじ》の樹海ダンジョン千九百九十二～千九百九十九階層には、四足歩行で人型ゴーレムの上半身が乗っているＲＸ―ＤＤ４。

昆虫型で足が六本あるが、手先は器用で人間と同じように使えるＲＸ―ＤＤ６。

クモ型で足が八本あり、やはり人間と同じように手先が器用に使えるＲＸ―ＤＤ８。

他、脚が多すぎてムカデみたいなＲＸ―ＤＤ12～36など。

様々な金属製ゴーレムの巣であった。

すべて、なるべく無傷で倒せるように討伐方法を極め、ダンジョン内の撮影も忘れない。

動画は、性能アップしたプロト1たちに編集させているので、あとで更新すればいいだろう。

なお、冒険者関連以外の動画配信事業については、どうせバレないし、俺に対する批判内容と関係ないのでそのまま続けている。

プロト1たちは、インセンティブ収入が稼げそうな動画を次々と作成し、投稿して視聴回数を増やし続けていた。

某SF作品で、近未来に創作をAIに任せるものがあったけど、それと似たような話になってきたな。

「社長、裏島内での農業、畜産、養殖などで使役するゴーレムたちは、多脚歩行タイプに切り替えた方が安定するのだ」

「二足歩行だと、転びやすいとか？」

「元がRX―DD2だからそれはないけど、多脚の方が動きも速いのだ」

「なるほど」

「それと、やっぱりオリハルコン合金製の外装をそのまま使うのは勿体《もったい》ないのだ」

農場や牧場、養殖場で働くのに、過剰な防御力は必要ない。

オリハルコン合金は、これから冒険者たちが深い階層に潜るために必要な武器と防具の素材として需要がある。

インゴットにして、イワキ工業に売却するとしよう。

岩城《いわき》理事長によると、オリハルコンは武器と防具の素材のみならず、他にも色々と使い道があるのだそうだ。

最初はものがなかったので、相場はあってないようなものだったが、俺がチョコチョコ持ち込むようになったので、ミスリル以上に高額で取引されるようになっていた。

ミスリルに関しては、他の冒険者たちも鉱石やドロップアイテムとして手に入れられるようになっていたから、少し相場が下がっている。

「イワキ工業も、日本の他の企業も、ゴーレムでできる仕事はゴーレムに任せる方向に進みそうです」

「導入コストがかかっても、維持コストが安いから、長い目で見れば得だしな」

投資と、生産性向上が促進されるので経済成長はするが、間違いなく失業者は増えるだろう。

とはいえ、この流れは変えようがない。

なぜなら、同じく爆発的な速度で、ロボットとＡＩの研究も進んでいたからだ。

ロボットとＡＩの研究開発をすると減税するという国が増えてきて、ダンジョン特需で儲《もう》けた企業が湯水の如《ごと》くお金を注《つ》ぎ込《こ》んでいたからだ。

俺を批判している連中は、それで割を食う人たちの支持をあてにしているのかもしれない。

「俺は政治家や経済学者じゃないから、なんとも言えないしな。さて、いよいよ明日は二千階層を狙うぞ」

前人未到の二千階層には、はたしてどのようなボスが待ち構えているのやら。

なんてことを考えていた翌日。

二千階層を目指し薄暗い階段を下りると、そこにはだだっ広い空間が広がっていた。

そしてその中心部にうずくまる、巨大な金属の小山。

「さしずめ、メカドラゴンかな？」

ドラゴンの形をした、金属製の巨大ゴーレムが鎮座していた。

他のモンスターの姿はなく、つまりこいつを倒せば二千一階層に下りられるはずだ。

メカドラゴンの足元を確認したら、下の階層に下りられる階段が確認できた。

「こいつは強そうだな……」

さすがは、これまで誰も到達したことがないであろう階層のボス。

これまでに俺が倒したどのモンスターよりも強いはずだ。

俺は剣を構えて気合を入れ直してから、そのまま飛び上がってメカドラゴンの頭部に一撃を入れた。

「ギュワ————！」

「ゴーレムのくせに鳴けるのか……」

プロト1のように喋《しゃべ》れるゴーレムもいるのだから、鳴けるゴーレムがいても不思議ではないか。

少し傷をつけることができたが、これは長期戦になりそうだ。

なにより不思議なのが、このゴーレムたちが本当に生きているかどうかだな。

「まずい！」

慌てて『マジックバリアー』を張るが、思った以上にブレスの威力が強く、全身に軽度の火傷《やけど》を負ってしまった。

急ぎ、治癒魔法で回復させる。

その後も次々と斬撃と魔法でメカドラゴンにダメージを与えていくが、とにかく硬い。

ただ、傷のついた装甲が回復しないので、金属ゴーレムたちには回復手段がないのかもしれない。

RX—DD2などを分析した結果、こいつらは生物ではなく、罠《わな》、防衛機能の一種なのだと思う。

次々と湧き出てくる点だけは不思議だが、それはダンジョンだからだということで。

「この程度の攻撃力では意味がないか……」

魔法で攻撃力を上げながら、さらにメカドラゴンに対して攻撃を続ける。

だが思った以上に素早いせいで、人工人格があると思われる頭部の中心部に攻撃が届かない。

先に、手足、尻尾を破壊しなければ、頭部の人工人格を破壊できないだろう。

「溜《た》めの時間が必要だな」

俺は剣を構え、体内に溜《た》めた魔力で攻撃力を増す『魔力剣』でメカドラゴンの右腕を斬りつけた。

メカドラゴンの腕は細いので、無事に斬り飛ばすことに成功する。

「足と尻尾は苦戦しそうだな。たとえ何時間かかろうとも、魔力が続く限り攻撃を続けてやる！」

あとは、俺が逃げ出すか死ぬか、メカドラゴンが破壊されるかのどちらかだ。

俺は『魔力剣』を含めた様々な必殺技を、メカドラゴンは強力なブレスと太い尻尾を振り回して攻撃し、お互いに大ダメージを与え合いながら死闘を繰り広げるのであった。

さて、こいつはあとどのくらいで動きを止めるかな？

「ふう……ようやく動かなくなったか……」


これで何度目だろうか？

全身の火傷《やけど》や、体中の傷を治癒魔法で治療しつつ、俺は、両手、両足、尻尾が斬り飛ばされるか破壊され、頭部がパックリと割れたメカドラゴンの残骸を改めて確認した。

やはり死んだというよりも、活動停止といった感じだ。

最後の一撃でパックリと割れた頭部の中身が露出しており、巨大な人工人格が真っ二つに割れているのが確認できた。

「霊石のリサイクルは可能だな。外殻の素材もオリハルコンが使われているから、これも金になる。あとは……」

ダンジョンコアは、やはり最下層ではないので手に入らないか。

金属製ゴーレムなので魔石はなかったが、これらを動かす高性能な『魔電池』を回収できた。

全高五十メートルを超える巨体を効率よく長期間稼働《かどう》させていたものなので、俺や岩城《いわき》理事長が作るものよりもはるかに性能が優れており、研究用としてこれも高く売れそうだ。

そして、メカドラゴンの足元には二千一階層へと続く階段があった。

「今日は、二千一階層前の扉まで確認してから帰るとするか……」

倒したメカドラゴンの残骸を回収した俺は、下の階層へと続く階段を下りて行く。

すると、その途中の壁に見慣れない扉を見つけた。

「下の階層に続く扉じゃないよな？」

念のため罠《わな》を探ってみるが、見つからなかった。

「扉の向こうはなんだろう？　こんなことは初めてだからなぁ……。隠し部屋の入り口かな？」

これまで、ダンジョンの階層と階層を繋《つな》ぐ階段の途中には、なにもないのが普通だった。

モンスターも階段には入って来ず、扉なんてあったのは初めてだ。

「探ってみよう」

見つけた扉を開けてみると、そこも階層と階層を繋《つな》ぐ階段だった。

「他のダンジョンなのか？　二つのダンジョンの階層と階層の間の階段が繋《つな》がっている？」

扉の向こうの階段へと移動し、試しに上の階層を探ってみることにした。

すると、上の階層には……。

「メカドラゴン！」

さっき、苦労して倒したばかりの二千階層のボス、メカドラゴンがもう一体、しかも無傷のままで出現した。

「こっちのダンジョンも、二千階層なのか？」

しかし、どこのダンジョンと繋《つな》がっているんだろう？

俺は、この富士《ふじ》の樹海ダンジョンを除く、世界中のダンジョンをすべて踏破している。

この新しく見つかったダンジョンが、世界のどこにあるのかわからないのだ。

「このダンジョンの、一番上まで上がればわかるのか……。ようし、やってみよう！」

よく見ると、繋《つな》がっている二つのダンジョンの造りは大変よく似ているどころか、まったく同じだった。

もしかすると、富士《ふじ》の樹海ダンジョンとまったく造りが同じなのかも。

「ということは、二千階層を上らないとこのダンジョンの地上に辿《たど》り着《つ》かないということだな。富士《ふじ》の樹海ダンジョン二千一階層以下の探索は一時中止して、双子のダンジョンの地上部分を確認してみよう」

思わぬ新発見をした俺は、翌日から双子ダンジョンの地上を目指して探索を開始することを決めたのであった。


「ちょうど自粛中だからいいか。もう一〜二ヵ月くらい大丈夫だろう」

「まあ薬になるかな。前回もそうだが、しょうもない理由で古谷《ふるや》さんを自粛に追いやる連中には困ってもらおう」


結局、俺の自粛期間は三ヵ月となってしまった。

実はこっそりと、『以前からの契約で、納品しないとペナルティーなんです』と嘘《うそ》を言って、イワキ工業に色々と納品はしていたけど。

ただ、イワキ工業とその取引先の会社以外は、俺が冒険者の仕事を自粛した影響で、原材料費の高騰、売上と利益率の低下で株価を大きく落としてしまった。

新聞、雑誌、テレビに広告費を出しているような大企業も多く、彼らは各媒体で俺への批判を繰り返す連中に抗議するため、広告を引き揚げてしまった。

表向きの理由は、売り上げと利益が落ちて、広告費を捻出できなくなったから。

広告費で収入を得ている各マスコミは、俺を批判していた知識人、芸能人、コメンテーターの仕事をすべて打ち切ってしまった。

元々苦しい理由で俺を批判したので、当然の結末であろう。

俺を批判していた連中及び彼らに賛同する人たちが、『報道の自由がぁ――――!』と騒いだそうだが、俺は双子ダンジョンの攻略に忙しくてテレビすら見ていなかったので、この流れはあとでイザベラたちから聞いたのだけど。

そんな連中の相手よりも、双子ダンジョンの地上部分の確認の方が最優先というのもあった。

「結局、一階層まですべて富士《ふじ》の樹海ダンジョンと同じ造りだったな。出現するモンスターまで同じだ」

さて、このダンジョンはどこにあるものなのか?

双子ダンジョンの地上部分に出ると、そこには富士《ふじ》の樹海ダンジョンの地上部分とほとんど同じ風景が広がっていた。

「あれ？　ここも富士《ふじ》の樹海？　もしかして、パラレルワールドか？」

急ぎ魔法で飛び上がってみると、眼下には富士《ふじ》の樹海と、富士山《ふじさん》、そして富士五湖《ふじごこ》が確認できた。

ただ、一つだけおかしな点がある。

どこを確認しても、人が住んでいる気配がまったくないのだ。

「この地球によく似た世界の富士《ふじ》の樹海ダンジョンと、地球の富士《ふじ》の樹海ダンジョンは、二千一階層へと続く階段の途中で扉で繋《つな》がっていたのか！」

これは思わぬ発見だ。

……自粛期間を延ばして、この世界の探索を始めるとするか。

＊＊＊

「西条《さいじょう》君！　古谷《ふるや》君の冒険者復帰はいつなのかね？」

「まだ世情が落ち着かないので、自粛を続けるそうです」

「また延期？　どうして？」

「今の日本の世論を考えるに、仕方がないかなと。彼が冒険者として活動し、お金を稼ぐことが不愉快だと思う人たちがいる以上、古谷《ふるや》さんとしては自粛するのが最善と考えたのでしょう」

「……しかし、君からお願いできないのか？」

「今の古谷《ふるや》さんを無理やり表に出したとして、待っているのは彼が日本から出ていく未来です。それこそフルヤアドバイスが最も避けねばいけないこと」

「……ううっ」

「総理から国民に働きかけることは難しいでしょうか？」

「党内でも慎重な動きを求められている……」

「冒険者を目の仇《かたき》にする方々も有権者ですから、政治家たちも古谷《ふるや》さんを庇《かば》いにくいですからね。彼らはみんなで貧乏になればそれで満足する社会主義的な人たちで、与党にもそういう左派に同調している政治家の方々がいますから。彼らも古谷《ふるや》さんを応援した結果、選挙に落ちては意味がないでしょうから黙っているしかない。手の打ちようがないと思いますよ」

「……そういう人たちは少数だ」

「ですが、声が大きい。日本人は彼らのような人たちに面と向かって批判できる人が少ない。和を以《もっ》て貴しとなすは日本人の伝統ではないですか。沈黙は金とも言います。下手に古谷《ふるや》さんを擁護すると世間から叩《たた》かれるので、頭のいい人ほど静かにしている。彼は自粛を続けるでしょう」


久しぶりに首相官邸に顔を出したが、高橋《たかはし》総理は大分やつれたな。

それはそうだろう。

四股疑惑の時でも大した期間自粛しなかった古谷《ふるや》君が、すでに三ヵ月も冒険者活動を休んでいるのだから。

たった一人の冒険者くらいだって？

世間がそう思い、つまらぬ嫉妬や自分の短期的な利益のために、テレビ、新聞、雑誌、ネットで彼を叩《たた》き続けた結果、まず電気料金の値上げが決定した。

今の日本は、太陽光、風力などの自然エネルギーと魔石による発電に頼っているが、彼の自粛のせいで日本の魔石の在庫が大分逼迫《ひっぱく》してきたからだ。

冒険者特性を持たなくても、一階層でスライムを狩れば魔石は手に入る。

とはいえ、古谷《ふるや》さんがダンジョン最下層のモンスターを倒して手に入れる魔石に比べたら、エネルギー量が桁違いだ。

彼が活動を休止したため、日本の魔石産出量は二割減った。

ダンジョン大国である日本は魔石の輸出国でもあり、貿易収支にも大きく影響が出ているのだ。

高橋《たかはし》総理は、世界中の国のトップから文句を言われ続けているようだ。

古谷《ふるや》さんが、今の今まで自粛をする羽目になった理由がくだらなすぎるからな。

彼が貧富の差を生み出す元凶なので冒険者をやめさせましょう、だなんて。

まともな政治家なら、呆《あき》れて当然だ。

だが日本では、いい大学を出て大手マスコミの社員をしていたり、名だたる一流大学の名誉教授が、ドヤ顔で古谷《ふるや》さんを自粛に追いやったことを自慢げにワイドショーや取材で答えているのだ。

それに賛同する世論の声もあり、古谷《ふるや》さんは自粛を続けている。

足下では電気料金値上げの話が出てきたが、彼らは古谷《ふるや》さんの自粛をやめさせるではなく、政府の無策を批判し始めた。

これに野党も便乗し、与党の政治家も有権者の声を気にして古谷《ふるや》さんの自粛解除要請を言い出さない。

優れた政治とは、ちゃんと決断することなのだと、今さら実感できた次第だ。

もっとも今の私は、決断できない駄目な政治を直接目の当《まあ》たりにし、それを実感する不幸を味わっているのだけど。

「古谷《ふるや》君は、どのくらい自粛を続けるのかな？」

「このままだと、一生かもしれません」

「なっ！」

「テレビ、新聞、ネットのバカ騒ぎが終わるまでは無理でしょう」

一度炎上してしまうとなぁ。

四股の時でもこんなに炎上しなかったのに、なにか意図的な工作なのかもしれないな。

フルヤアドバイスを通じて、露骨な古谷《ふるや》さん叩《だた》きをする芸能人、知識人、コメンテーター、専門家を排除したんだが、完全にイタチごっこ様相を呈している。

「野党とマスコミが組んでいるから無理じゃないですか」

古谷《ふるや》さんが世界一の大富豪というのもあり、彼らは喜び勇んで叩《たた》いている。

元々左翼崩れなのでブルジョアとなった古谷《ふるや》さんを敵とするのに抵抗がないのだろう。

マスコミOBにいる、学生運動世代の老人たちの支持も得やすいのだから。

「魔石の輸出ができないのが辛《つら》い！　今、イワキ工業が世界中の火力発電所の改良事業を進めているから余計にだ」

「魔石の買い取りを強化するしかないですね」

「高品質の魔石がなければ意味がない」

「スライム、ゴブリンを大量に狩らせて数で補うほかないかと」

「輸送コストの問題があるんだよ」

当然それは知っている。

ドラゴンの魔石と同等のエネルギー量を、スライムの魔石から得ようとすると、数億匹分必要となる。

そして、今この世界でドラゴンを倒せる冒険者は十人といないだろう。

輸出をする際、古谷《ふるや》さんが狩ったドラゴンの魔石なら輸送費が圧倒的に安く済んで儲《もう》かるのだ。

魔石の価値は、含有エネルギー量のみで決まる。

小さくて、含有エネルギー量が多い、強いモンスター魔石は、ほぼすべて古谷《ふるや》さんが手に入れていた。

彼が自粛すれば、魔石を輸出する際に効率が悪くなってしまう。

私がそれを知らないわけがないが、現状、古谷《ふるや》さんが自粛しているのだから、多少輸送費が高くついても、スライムの魔石買い取り強化で対応するしかない。

古谷《ふるや》さんを批判している連中からしても、この方法の方が平等なので支持しやすいだろう。

多くの冒険者のみならず、みんなでダンジョンに潜ってスライムを倒し、その魔石を売って豊かな生活をする。

日本に冒険者社会主義が誕生するわけだ。

日本人みんなが潜れるダンジョン……。

ダンジョンの物理的な広さとか、職業選択の自由とか、そもそも素人《しろうと》冒険者ばかりでは死人が増えると思うのだが、どういうわけか彼らにそういう理論的な思考はできないみたいだ。

「無理は承知の上だが、ここは日本のためにも、古谷《ふるや》君に一日も早く戻ってくるよう、西条《さいじょう》君も説得してくれないか？」

「すでにやっています」

本当は、そんなことしていないけど……。

というか、筋が違うだろう。

古谷《ふるや》さんに冒険者として復帰してほしいのなら、あのバカたちをなんとかすべきだ。

国民に対して、古谷《ふるや》さんへの根拠のない批判はやめろと、この国の現状を理解しろと、政府としてきちんと呼びかけるべきだ。

まあ、どうせ無理だろうけど。

「彼は、民主主義国家である日本の国民です。その国民たちが古谷《ふるや》さんに冒険者をやめろと言っているのです。彼はそれに従っているのですよ」

「……ううむ」

私は、内閣府をクビになっても構わないので、古谷《ふるや》さんの味方をしますよ。

彼はもう、一生働かなくても生きていけるだけの富を得た。

私にも、このまま死ぬまでフルヤアドバイスで働いてくれて構わない。その金は十分にある、とまで言われている。

実際、今の古谷《ふるや》企画の内部留保を考えればそれは嘘《うそ》ではなかったし、私も彼が自由にやれるよう雑事はすべて引き受けてきてそれを評価してもらっている。

そのうえ、内閣府でバカな政治家たちのご機嫌を伺う仕事よりも、今の仕事の方が実入りが大きいのだから。

なにより、ジャンルは違っても古谷良二《ふるやりょうじ》という優れた人の傍《そば》にいられるのがいい。

私は東大を出てキャリア官僚になったが、いざ政治家と接してみると酷《ひど》い人が多かった。

あんな人たちと長々と接していると人間の質が下がりそうなので、もう内閣府に戻る意思をなくしていた。

再び戻ってバカな政治家たちと接すると、自分までバカになってしまう気がするからだ。

高橋《たかはし》総理に対してはそういう風に思わないが、そういうバカな政治家たちに振り回されているのを見ると、やはり内閣府には戻りたくない。

フルヤアドバイスの理事たち……マスコミOBで使えないのはクビだな。なんのために、普段仕事をしていない老人たちに少なくない報酬を支払っていると思っているんだ。

「ところで、彼は今なにを？」

「趣味の研究だそうです」

「……」

高橋《たかはし》総理。

長期政権を維持したければ、あのバカたちを鎮《しず》めるくらいしてくれ。
そうでなければ、我々は新しい総理に期待するしかないじゃないか。
私が、どうして古谷《ふるや》さんを優先するかって？
それはとても簡単だ。
総理大臣なんていくらでも替えは利《き》くが、古谷《ふるや》さんの替えは存在しないからだ。
それを高橋《たかはし》総理本人に言わない分別を、誰か褒めてくれないかな？

第9話 ▶ アナザーテラ

「完成だ！　メカドラゴン型飛行機械」
「リョウジ君、大きいね。それ」
「ああ、元ダンジョンのボスだからな」
「それを飛行機械に改良してしまうリョウジ君が凄《すご》いけど……」

双子ダンジョンの外の世界を探索するため、メカドラゴンの残骸からドラゴンタイプの飛行機械を作った。

これがあれば、双子ダンジョンの外も世界も効率よく探索できるだろう。

「メカドラゴンの手足の関節部分とか、大分破壊しちゃったのに、よく修復できたんだね」
「最近、金属製ゴーレムの残骸から沢山ゴーレムを再生したから、研究が進んだんだ」
「なるほど」

モンスターではなく、ダンジョン防衛用の金属製ゴーレムであったものの残骸から、多くのゴーレムを再生し、古谷《ふるや》企画のゴーレムの数は大増殖していた。

屋敷で、動画の作成・編集、株やＦＸのトレーディング、古谷《ふるや》企画総務、経理など。

プロト１の下で働く高性能ゴーレムが増えていた。

裏島において、ダンジョン産農作物の栽培、畜産、養殖に従事する高性能ゴーレム、通常のゴーレムも一気に増え、生産物はすべてイワキ工業に卸している。

これは冒険者業ではないので、今も続けていた。

その過程で、無事富士《ふじ》の樹海ダンジョン千九百九十一～千九百九十九階層にいる金属製ゴーレムたちの仕組みを把握、完全に再現することに成功していた。

「念のため、この裏島で飛行試験を実行しよう」

「ボクも乗せて」

「いいけど。墜落するかもよ？」

「ボクはリョウジ君を信用しているし、もし墜落しても、ボクもリョウジ君も脱出することができるから」

「それもそうだ」

たまたま休日で、しかも一人で裏島まで来ていたホンファを乗せ、メカドラゴンは無事に飛び上がった。

まずは巡航速度で飛ばしてみるが、特に問題ないようだ。

続けて高速試験を始めるが、すぐに最高速度はマッハ２を超えた。

「あれ？　Ｇがかからないんだね」

「科学を使って作られたものじゃないから、地球上の物理的な法則が適用されないのだと思う」

「便利だね、これ。地球上では使わない方がいいかもだけど」

できないのだけど。

戦闘機に流用できそうだからな。

もっとも、富士《ふじ》の樹海ダンジョンの二千階層にいるメカドラゴンを倒さないと、改良することはできないのだけど。

「一から量産できないのかぁ」

「もっと研究すればできるようになるんじゃないかな？　双子ダンジョンのもう一体があるから、今のところは世界中にこの二機しかいない」

「富士《ふじ》の樹海ダンジョンに繋《つな》がる双子のダンジョンと、無人の外の世界かぁ。ボクも探索してみたいけど……レベルが足りないよねぇ」

なにがあるのかわからないので、俺は一人で向こうの世界の探索をすることを決めた。

もし無事に探索が終われば、ホンファたちを招待すればいいのだから。

「あっそうそう。岩城《いわき》理事長があと一年ぐらいは大丈夫だって」

「思ってたよりも、在庫を先渡ししていたんだな」

表向きは自粛しているが、俺はイワキ工業との取引は続けていた。

俺が持っている魔石、資源、素材、アイテムなどを、イワキ工業の倉庫に預けていることにして、必要に応じて向こうが勝手に持ち出して使っているだけだが、まさか岩城《いわき》理事長が代金を支払わないなんてことはないので、特に問題にはなっていない。

というか、高橋《たかはし》とかいう地味な名前の総理は、俺に感謝してほしいものだ。

もし俺と岩城《いわき》理事長が水面下で策を講じていなければ、今頃もっと日本経済は大混乱になっていたはずなのだから。

「一年大丈夫なら、『アナザーテラ（俺命名）』をゆっくりと探索できるかな。ホンファたちは、頑張って富士《ふじ》の樹海ダンジョン二千階をクリアしてくれ」

「リョウジ君は楽しそうだなぁ。地球に似た別の世界ってロマンあるよね。ボクたちも頑張って富《ふ》士《じ》の樹海ダンジョンの探索を続けるけど、時間がかかりそう」

他の冒険者たちは、そもそも上野公園《うえのこうえん》ダンジョンの千階層すらクリアーしていないのだ。

富士《ふじ》の樹海ダンジョンに入れるホンファたちは、間違いなく世界でトップの冒険者パーティであろう。

「ボクたちも頑張るよ」

「ホンファたちなら、必ずクリアできるさ」

というわけで、俺は双子ダンジョンの外の世界『アナザーテラ』の探索を開始し、イザベラたちは富士《ふじ》の樹海ダンジョンの探索に専念するようになった。

そしてそれに伴い、俺の自粛期間はさらに延長となったのであった。

「……地形は日本列島そのものだが、完全に無人みたいだ。そして、ダンジョンの位置も同じ。双子ダンジョンは、この世界の富士《ふじ》の樹海ダンジョンというわけか……」

メカドラゴンに乗ってアナザーテラの探索を開始したが、ここは人間が住んでいない地球そのものだった。

異世界なのか、それとも……。

『現在位置』……上野《うえの》にある古谷《ふるや》企画の本社マンションと、およそ三億キロも離れているのか！

つまりここは、別の惑星ということか？」

俺は、向こうの世界で地図を作るスキルを覚えた。

なぜなら、向こうの世界でそう簡単に地図など売っていなかったからだ。

地図は軍事機密なので当然と言われればそれまでだが、実は俺を召喚した王国に地図を作る余裕がなかったという理由も存在した。

しかも、向こうの世界の地図はあまり正確ではない。

俺は異世界の勇者として地図を作るスキルを覚え、向こうの世界とダンジョンの地図を作ったのだ。

その過程で俺は、一度でも行ったことがある場所と今立っている場所との距離を測れた。

しかし三億キロとは……。

あきらかに地球と違う惑星というわけだ。

もし、裏島のような別次元の世界だったら、『現在位置』を使っても結果が出ない。

つまりここは、地球とは別の惑星なのだ。

「とはいえ、数十、数百光年先の未知の惑星ってわけでもない」

三億キロはとてつもなく遠いけど、宇宙空間の広さに比べれば全然大したことはないからだ。

「確か、地球と太陽の間が、およそ一億五千万キロだから、その倍だと……」

アナザーテラは、太陽を挟んで地球と反対側にある……。

「反地球《アナザーテラ》かぁ」

前に、漫画やアニメで見た。

SF物では定番の、もう一つの地球というわけか。

本当にあった……いや、さすがに世界各国がこれまで反地球《アナザーテラ》の存在に気がつかないわけがない。

この世界にダンジョンが出現したのと同時に、どこか別の次元から飛ばされてきたのかも。

いや、太陽を挟んで地球の反対側にあればわからないのか？

「どちらにしても、探索を始めなければ……っ！」

突然、もの凄《すご》い殺気を感じた。

俺は慌てて、殺気を感じたポイントへとメカドラゴンを飛行させる。

すると、琵琶湖《びわこ》の水辺に漆黒の鎧兜《よろいかぶと》に身を包んだ武者が立っていた。

「……メカドラゴンよりも強い……」

一瞬でそれがわかってしまうほど、まるで戦国武将のような鎧《よろい》武者は強いのがわかった。

顔はまったく見えずに真っ黒で、目の部分だけが赤く光っている。

「メカドラゴンみたいなものか……」

この鎧《よろい》武者は、メカドラゴンと同じく金属生命体、的なモンスターのようだ。

無機物だけで構成されているのに生きており、ゴーレムのように魔力で動く守護者というわけだ。

「なにを守っているのか……。どちらにしても、こいつは倒さないと駄目なようだな」

俺はメカドラゴンから飛び降りてすぐさま剣を構え、漆黒の刀を構える鎧《よろい》武者と睨《にら》み合《あ》いになった。

「(駄目だ……。迂闊《うかつ》に攻撃を仕掛けたらやられる……)」

別の世界で魔王を倒し、この世界に戻ってきたら最強になった気分でいたが、まだこんなに強い敵がいたとは……。

残念ながら、現時点では俺と鎧《よろい》武者の実力はほぼ拮抗《きっこう》している。

だからこそ俺も鎧《よろい》武者も、先に攻撃を仕掛けられなかった。

先制攻撃が思わぬ隙となり、それが原因で負けてしまう可能性を考慮すると、俺も迂闊《うかつ》に攻撃するわけにはいかなかったのだ。

俺も鎧《よろい》武者も微動だにせず、お互いに見つめ合う。

付け入る隙を窺《うかが》うように正対し続けた。

「……」

どれくらい両者で睨《にら》み合《あ》っただろうか？

一時間ほど？

俺はここで、大きなミスをしたことに気がついた。

「(早くケリをつけないと、俺が先に体力不足で負けるじゃないか)」

鎧《よろい》武者は、魔力さえあれば疲労することなくずっと稼働《かどう》することができる。

一方の俺は、二〜三日の徹夜くらいなら大丈夫だけど、それ以上勝負が長引けば負けてしまうだろう。

「(ならば、ここは覚悟を決めて先制攻撃を……いや、それこそが向こうの思《おも》う壺《つぼ》かもしれない)」

しばらく悩んでいると、あるアイデアを思いついた。

これはかなり危険が伴う戦法だが、このままではいわゆる千日手のような状態となり、最終的には人間である俺が負けてしまうかもしれない。

「(死ななければ勝ちだ……そして、向こうの攻撃方法を突きに誘導する必要がある)」

向こうに刀で斬られてしまうと、こちらがダメージを受ける一方だからな。

必ず、俺の体にその刀を突き刺してもらわなければ。

俺は、鎧《よろい》武者が刀を俺の体に突き入れるよう、わざと隙を見せた。

「(気がつかれるか？　向こうはゴーレムだから大丈夫だと思うが……)」

人間の達人なら、俺の意図を読んでしまうかもしれない。

だが相手は、あきらかに生気を感じないゴーレムであった。

人間の機微までは読めないと判断し、賭けに出たのだけど……。

「……っ！」

まずは、俺の計算どおりだ。

鎧《よろい》武者は、わざと隙を見せた俺の腹部に刀を突き入れた。

微調整しながら距離を取り、袈裟《けさ》斬りでは届かないが、刀を突き入れれば届くようにした甲斐《かい》があった。

「ぐふっ！」

当然、急所である心臓や太い血管がある部分は避けたが、一部内臓にかなりのダメージがきた。

だが治癒魔法で治せるので問題ない。

それに……。

「抜けないだろう？」

「……」

鎧《よろい》武者は、俺の腹部に突き刺した刀が抜けなくなり、表情もないのに焦っているように見えた。

俺がわざと先に攻撃を受けたのは、鎧《よろい》武者の武器である刀を封じるためだったのだ。

「あばよ」

鎧《よろい》武者はモンスターではあるものの、魔力で動く高性能自立型ゴーレムによく似た性質を持っているようだ。

強くはあるが、唯一の武器である刀を手放す行動はできないようだ。

業物で攻撃力のある武器を失うと、自分が不利になると判断する人工人格が装備されているのかもしれない。

だが、その隙が命取りである。

俺は、鎧《よろい》武者の首を一撃で刎《は》ね飛《と》ばした。

「やったな。おっと、その前に……」

自分の腹に刺さった漆黒の刀を引き抜いてから、急ぎ治癒魔法をかける。

向こうの世界で大ダメージには慣れていたけど、やはり腹に刀が刺さると痛いものだ。

体が完全に治癒してから、倒した鎧《よろい》武者の死体というか残骸を確認する。

兜《かぶと》を胴体と斬り離された鎧《よろい》武者は、漆黒の鎧兜《よろいかぶと》と刀。

これは詳しく調べてみたが、これまで俺が装備していた魔王を倒した際の武器と防具よりも高性能であった。

黒いので呪われている可能性を考えたが、それは大丈夫なようだ。

鎧《よろい》武者は、高性能なゴーレムに、これまた高性能な武器と防具を装備させたものだと判明する。

胴体内に、これまで見たことがないほどの魔力量を秘めた魔石もある。

そして頭部を見ると、ダンジョンコアに似た魔力の流れを感じる虹色に光る玉が入っていた。

「ダンジョンコアよりも、強い力を感じる。これがこの鎧《よろい》武者の人工人格を兼ねていたのか。『鑑定』してみよう」

手に入れた虹色の玉を『鑑定』してみると、頭にこんな単語が思い浮かんできた。

「『反地球《アナザーテラ》の弧状列島を支配、管理できるコア』、『エリアコア』か」

弧状列島って、確かアリューシャン列島、千島《ちしま》列島、日本列島、琉球《りゅうきゅう》列島などを差していたはずだ。

「やはりここは反地球《アナザーテラ》で、俺は日本を管理していたボスを倒したということになるのかな？　もう少しよく調べてから確定しよう」

なかなかに、楽しいことになってきたな。

倒した鎧《よろい》武者の残骸をすべて回収した俺は、再びメカドラゴンでの探索を再開した。

「やはり、無人だな」

鎧《よろい》武者が守っているエリアは、無人で未開拓の日本列島そのものであった。

アリューシャン列島、千島《ちしま》列島、日本列島、琉球《りゅうきゅう》列島と、樺太《からふと》に該当する地域も、鎧《よろい》武者の担当エリアのようだ。

「ようするに、もうひとつの地球の日本とその周辺の島を開放したという扱いかな？」

試しに中国大陸に接近してみたところ、突然鎧《よろい》武者などとは比べ物にならないほどの威圧感を感じた。

『遠見』で内陸部を確認すると、とてつもなく巨大なドラゴンが俺の侵入に気がついたようだ。

全長が一キロを超えていそうなドラゴンが、中国大陸のボスだと思われる。

「さすがは、大陸を守備するボスだな」

鎧《よろい》武者を倒した直後、俺は数えきれないほど体が軽くなる感覚に襲われた。

魔王を超える強者を倒したので、俺のレベルが一斉に上がったのであろう。

鎧《よろい》武者に勝利して圧倒的に強くなったはずだが、それでもまだ巨大なドラゴンを相手にするのは早いと思わせてしまうほど、奴《やつ》の威圧感はすさまじかった。

「中国大陸以外のボスと戦って、もっと強くなろう」

その前に、この反地球《アナザーテラ》の日本列島には、地球の日本列島と同じ位置にダンジョンが存在した。ここの探索も必要だが、どう考えてもこちらのダンジョンの方が攻略は難しいと思われる。

「自粛期間があるからいいか！」

俺はもう一生働かなくても余裕で暮らせる。

俺が地球のダンジョンに潜るのを嫌がる人たちが多いのなら、無理に働く必要はない。

反地球《アナザーテラ》のすべてのエリアを支配するボスを倒してみよう。

「久々に楽しくなってきた。反地球《アナザーテラ》のダンジョン探索と、余裕があったら動画の撮影もできるようにしよう」

まずは、反地球《アナザーテラ》の拠点となる日本列島の完全掌握を目指す。

俺はたまに地球に戻って、古谷《ふるや》企画に関する雑務やイワキ工業に頼まれたものを納品する業務をしながら、かなりの期間を反地球《アナザーテラ》探索、攻略に費やすのであった。


「日本列島、ハワイ、台湾《たいわん》、南太平洋の島々、フィリピン、オーストラリアなどによく似たエリアの開放に成功し、そこにあったダンジョンの探索と、ダンジョンコアの入手。動画の撮影が終了したところで戻ってきた。久々にワクワクしすぎて完全に没頭してた、反省はしていない」

「別に反省しなくていいと思うよ。それにしても、富士《ふじ》の樹海ダンジョンの二千階層と二千一階層の間の階段に、反地球《アナザーテラ》へと繋《つな》がる扉があったなんてね。ＳＦじゃないか」

「岩城《いわき》理事長、反地球《アナザーテラ》のダンジョンはいいですよ。霊石が手に入るダンジョンも複数ありますから」

「それは凄《すご》いね！　霊石は高性能ゴーレムを作る時に絶対必要だからね。不足してるなんてもんじゃないんだよ。本当、日本のマスコミってバカだよね。しょうもない理由で、君を自粛させちゃってさ」

「そういえば俺ってどうなるんですか？　もう冒険者は引退してもいいですけど」

「それは勘弁だよ！　結局、君に対する批判は半年で完全消滅してしまってね。まあ海外からの批判が大きかったから」

「そうなんですか」


自粛期間の半年。

久々に、異世界の勇者に戻ったような気分で楽しかった。

すでに一生かかっても使いきれない金を稼いでいる俺は、反地球《アナザーテラ》の完全掌握をゲームのように楽しんでいたからだ。

俺に、壮大で立派な人生の目的なんてない。

もう仕事をしなくても生きていけるのなら、あとは自分の好き勝手にやるだけだ。というわけで、今日は半年間の近況報告ということで岩城《いわき》理事長含めみんなに集まってもらったのだ。

「結局、彼らはなにをしたかったのでしょうか？」

「ボクは、実は日本人って社会主義が大好きなのかもって思っているんだ」

「日本には、『出る杭《くい》は打たれる』ということわざがありますから」

「リョウジに頼れなかったこの半年で、多くの冒険者たちがレベルを上げ、各種ダンジョンから産出する産品の不足は少しマシになったけど、まだまだ事態は深刻なのよ。グランパが、高橋《たかはし》総理に本気で怒ってたわよ」

「どうしようもない理由で良二《りょうじ》を自粛させた結果、世界中から抗議が殺到したらしいからな。しかも、多くの一般人がマスコミに釣られて、ダンジョンの一階層でスライム狩りを始めたが、無茶をしてかなりの犠牲者が出たんだ」

「リョウジさんが自粛を始めた直後から、『冒険者特性がなくても、正しい方法でやればスライムを沢山狩れて、年収一千万なんて簡単に達成できる』と言い出す冒険者崩れが、次々と冒険者スクールや、オンラインサロンを始めまして……」

「ああ、なんとなくわかった」

半年ぶりにみんなから今の日本の状況を聞くと、すでに俺の批判は完全になくなっているそうだ。

『人の噂《うわさ》も七十五日』とは、よく言ったものだ。

俺が冒険者活動を自粛したため、ダンジョンから得られる様々な品が高騰した。

すると、
冒険者特性を持っているが、あまり成果を出せていない人。

冒険者特性はないが、一階層でスライムを狩った経験がある人。

まったくの詐欺師たちが、冒険者の育成を始めたそうだ。

しかも、かなりの受講料を受け取って。

俺が冒険者活動を自粛しているせいで、魔石の価格が大きく値上がりし、電気料金も大分上がってしまった。

他の資源やモンスターの素材、ドロップアイテムなども同じだ。

そのせいで、冒険者特性を持たず、集団でスライム狩りをしている人たちに特需が発生し、彼らの羽振りのよさが連日報道され、それとほぼ同時に、スライムの狩り方を教える人たちが現れた。

自分の実績と収入を前面に押し出し、『君たちでもできる！　その方法を〇〇万円で教えます！』と、まるで情報商材屋の如《ごと》く会員を集めたわけだ。

その結果どうなったのかといえば、今、やはり作業用ゴーレムの普及で職を失った人たちに向けたプログラミングスクールに参加し始めた方々と同じような結果になった。

成功する人も出たが、ダンジョンでの死亡事故が多発してしまったのだ。

中にはダンジョンに潜ったことがないのに、スライムの狩り方をオンラインだけで教えて代金を支払わせるような詐欺師モドキも、多数出没したそうだ。

「こういうのって、投資講座と同じだよね、イザベラ」

「ええ、そんなに儲《もう》かるなら自分だけでやりますからね」

「だよねぇ。本当の投資って、金持ちが長期的にやるものだから」

「大金をかけて長期的に続ければ、まずマイナスになることはありませんからね」

さすがは、イギリス貴族と大物華僑《かきょう》の娘。

馬鹿正直に正論を言ってしまう。

それを言われたら、証券会社は商売あがったりだからな。

「良二《りょうじ》様は、どういうわけか、短期的な株の売買や、ＦＸ、仮想通貨取引、先物などでも荒稼ぎしていますけど」

「ああ、それはプロト１に予算を提示して、少しでもマイナスになったら終了って言っただけだから」

ＡＩを使った、株の自動売買のようなものだと思う。

プロト１の相場を見る目がどうして優れているのか？

それは俺にもわからなかった。

「で、半年ではリョウジ君の穴を埋められなかったわけね。イワキ工業は、ふんだんに在庫を抱えていたから大儲《おおもう》けしているけど、経営状態が一気に悪化してしまった企業もある。リョウジ君が自粛して、誰も得しなかった……スライムの狩り方講座を主催した人は大儲《おおもう》けでしょうけど。中には、訴えられている人もいるみたい」

「人間の業だな」

「そうだよねぇ」

ホンファがため息をつく。

実際のところ、自粛したフリをしているだけで、実は魔石も資源も、モンスターの素材も、ドロップアイテムもすべて大量に集めてあった。

反地球《アナザーテラ》で開放したエリアのダンジョンが、地球のダンジョンに比べると、レベル上げにも、魔石、資源、モンスター素材、ドロップアイテムにも最適だったのだ。

その代わり、モンスターは富士《ふじ》の樹海ダンジョンにいるモンスターよりも圧倒的に強かったけど。

俺でもレベル上げができたぐらいだからな。

「それもあって、リョウジの批判をどこのマスコミもやめてしまったのよね」

なんとも締まらない結末である。

平等のために俺の冒険者活動を自粛させたら、かえって世の中が混乱してしまったなんて……。

「というわけで、古谷《ふるや》君が復帰しても誰もなにも言わないいんじゃないかな？」

「そうなんですか？」

テレビのワイドショーや新聞、雑誌、ネットでまで、俺は格差の元凶として散々叩《たた》かれていたはずなんだけど……。

「格差以前に、このままだと日本が世界中から袋叩《ふくろだた》きにされるところだったからね。マスコミは、もうなにも言わないよ。古谷《ふるや》君を熱心に批判していた連中は、みんなクビになったり冷や飯食いになったから」

「そうなんですか」

「フルヤアドバイスに席を置くマスコミOBたちが、ほとんど契約解除になっちゃったんだ。まあ当然だよね」

フルヤアドバイスは、マスコミ工作のために元大手マスコミに勤めていただけの老人たちを高給で雇っているのだから。

今回の騒動で、古巣の暴走を止められなかったところは全員交代。

酷《ひど》いところはOBの受け入れ停止。

さすがに批判の根拠がないだろうと、俺を叩《たた》かなかった会社からのOB受け入れ開始をしてくれているらしい。

東条《とうじょう》さんが、正しく動いてくれたようだ。

「マスコミは謝罪するのでしょうか？」

「ないない。そのままなにもなかったことにするんだけど、そんなの彼らの常套《じょうとう》手段だからね」

「日本のマスコミって、レベルが低いですわね」

「世界の報道自由度ランキング七十位だから。先進国の中では圧倒的に駄目なんじゃないかな？自分たちの不祥事は報道しない自由を駆使してるぐらいだから。イワキ工業が安くない広告費を支払ってるのは、足を引っ張られないためなんだよねぇ」

イザベラが、煽《あお》るだけ煽《あお》って責任を取らない日本のマスコミに呆《あき》れていた。

酷《ひど》い話だが、これで通常どおりというわけだ。

「もっとも、うちは全然困ってないけどね」

注文されたものどころか、数年分ぐらいの在庫をイワキ工業の在庫に放り込んでおいたからだ。

代金は後払いだけど、イワキ工業が支払わないわけがない。

なにしろ、時価総額では世界一の大企業グループなのだから。

「あっ、でも。実は在庫が三ヵ月分くらいしかない素材があるから、少しピンチかも」

「そんなに、なにに使ったんですか？」

「他の企業から、どうしても売ってほしいって頼まれてねぇ。転売みたいな真似《まね》はしたくないんだけど……」

「こちらとしては仕入れ代金を支払ってもらえば、別にどう使おうと勝手ですけどね」

「そんなわけで、目端の利《き》く企業ほどしっかりと在庫を確保していたという話さ。海外の企業にも結構販売したからね」

俺が自粛すると宣言した直後は大満足していたマスコミ連中だが、残念ながら裏から魔石、資源、モンスターの素材、食材などを、イワキ工業経由で世界中の企業に売却していたという事実を摑《つか》めなかったのか。

「マスコミなのに、取材能力が微妙なんだなぁ」

「バレない方が好都合だし、次に古谷《ふるや》君が自粛した時に備えてって感じだね」

「もうバカ正直に自粛する必要ないですか。じゃあ俺は、通常業務に戻りまぁ――――す」

というわけで、俺はすべての業務を再開した。

富士《ふじ》の樹海ダンジョン、双子ダンジョン、反地球《アナザーテラ》のダンジョンで手に入れたものをイワキ工業他、世界中の企業に卸す。

すでに、国が運営する買取所は一切利用しなくなっていた。

今回の件で、買取所の職員たちが所属している労働組合が俺を批判する方に回ったので、これからは一切ダンジョンで得た品を持ち込まないことにしたのだ。

とはいえ、イワキ工業がダンジョンで出た魔石、鉱石、素材、アイテムの買い取りと、取引先への配送を請け負う新会社を設立しており、さらにこちらに頼んだ方が冒険者も実入りが多かったので、冒険者で買取所を利用している人は減りつつあった。

ネットでは、『ダンジョンで得たものを買取所で売る？　情弱乙！』、などとバカにされるようになっていたのだ。

そんなわけで一気に大赤字に転落した買取所は、国会において民営化が議論されるようになっていた。

そして俺は、自粛中は更新を停止していた冒険者関連の動画を再開した。

撮影と編集は普通にしていたので、あとは更新するだけだったけど。

新しく、富士《ふじ》の樹海ダンジョンを攻略している映像や、ダンジョンの詳細な紹介などが世界中に公開され、再び荒稼ぎするようになった。

「最近は、楽なものだな」

撮影は、ドローン型ゴーレムが。

動画の編集と動画サイトへの投稿は、プロト1たちがやってくれるからだ。

「反地球《アナザーテラ》の探索もしつつ、効率よく色々な仕事をこなしていこう」

このところ、裏島での農業、畜産、養殖、魔法薬の製造などは大量のゴーレムたちを用いて行い、これをイワキ工業に卸す事業も急拡大していた。

結局のところ、俺が強いモンスターを倒してレベルを上げれば上げるほど、裏島は広がり、製造、維持できるゴーレムの数が増えていく。

だから俺は、反地球《アナザーテラ》で強い敵を求めているのかもしれない。

「反地球《アナザーテラ》……行ってみたいですわね」

「二千階層……頑張らないとなぁ」

「そうですね。頑張りませんと」

「反地球《アナザーテラ》……今のところリョウジしか行けないのでは、グランパに話しても意味ないでしょうね。それは置いといて。新天地、アメリカ人の血が騒ぐわ」

「当面の目標は、富士《ふじ》の樹海ダンジョン百階層突破である俺たちだから、時間がかかりそうだな。だが、必ず辿《たど》り着《つ》けるはずだ！」

イザベラたちも、さらにやる気になったようだ。

「私は、イワキ工業をさらに成長させるのが目標さ」

「その先になにがあるのですか？」

「さあね？　私が死んだあと、子供や孫が潰してしまうかもしれないしね。でも人間ってそんなものじゃないかな？　古谷《ふるや》君だって、反地球《アナザーテラ》でさらにとんでもない強さのモンスターと戦ったんでしょう？　今の君の資産額なら、命を懸けてそんなモンスターたちと戦わなくても遊んで暮らせるじゃない。人間は、一円にもならないネットゲームのランキングで一位を取るために努力を重ねたりする。それと同じことだと思うよ」

「納得のいく説明だ。さすがは、岩城《いわき》理事長」

「私も必要ないと言われつつ、次々と新しい業種に参入しているからね。人はあまり増やしてないけど」

まあぶっちゃけ、ゴーレムに任せられる仕事が想定以上に多かったからだと思う。

余計な人件費を増やしてまで、人間の従業員を増やす意味がないと。

俺の古谷《ふるや》企画なんて、いまだに社員は俺一人なんだから。

「この世界にダンジョンが出現してから、世界は大きく変わりつつある。残念ながらそれを止めることは誰にもできないのさ」

もうなるようにしかならないのであれば、思わぬアクシデントで異世界の勇者をやらされた俺が、その力を用いて好き勝手やってみればいいというわけか。

「それもそうだ。反地球《アナザーテラ》に行こうっと」

「好きだね、古谷《ふるや》君も」

まだ倒していないエリアボスに、ダンジョンも沢山ある。

一日でも早く、反地球《アナザーテラ》の掌握を進めようではないか。

第10話 ▶ 御堂議員

「俺たちが、あの古谷《ふるや》企画の次のオーナーに？　本当ですか？」

「ええ、彼のような若造よりも、落ち着いて社会経験もあるあなた方の方が相応《ふさわ》しい」

「やったぁ――――！　けっ！　良二《りょうじ》の奴《やつ》ざまぁ！」

「少しくらい冒険者として活躍しているからって、いい気になりやがってよぉ！」

「そうだよな。あれだけ稼いでおいて、親戚である俺たちに一円も回さないどころか、俺たちが借金まみれになって、ベーリング海のカニ漁船で命懸けで働いていても、救い出すことすらしやがらねぇ」

「リョウジは、人として終わってんだよ。テレビでも散々批判されてたしな！」

「人間の感情がないんだ」

「まあいいさ、俺たちが古谷《ふるや》企画の支配者になれば……」

「年収十億！　いや、百億だな！」

「経費使い放題で毎日豪遊」

「女と遊び放題だ！　この前遊んだガールズバーのナンバーワン嬢を落とせるぞぉ」

「俺たちの人生はバラ色だぜ！」

今、目の前に人間のクズたちがいる。

彼らは、古谷良二《ふるやりょうじ》の従兄《いとこ》や親戚たちだ。

とある過疎化が深刻で、他にも色々と問題があって、まともな人間なら絶対に移住しない町に住んでいたのだが、古谷良二《ふるやりょうじ》の両親が死んだ時、親や他の親族たちと共謀して、遺産と死亡保険金を奪い取ろうとしたり。

古谷良二《ふるやりょうじ》が冒険者として活躍し始めたら、『金を寄こせ！』と大騒ぎしたり。

バカで無職でお金がないどころか借金だらけで、さらに性質《たち》の悪いところからお金を借りており、借金を返すためにベーリング海で操業するカニ漁船に乗っていたところを、社会主義バカの死んだ後藤《ごとう》が金を出して救った。

そのあと、未公開株詐欺に手を染めて留置所にぶち込まれていたところを、〝先生〟が裏から手を回して被害者たちと和解し、どうにか執行猶予判決にさせたわけだ。

他にも、古谷良二《ふるやりょうじ》の親戚を何人か補充している。

クズばかりだが、手駒として必要だからな。

それにしても、彼らの生き様を見ると、後藤利一《ごとうりいち》が社会主義を目指した理由がわからんでもない。

こうも人間は愚かで、同じ一族なのにここまで格差が出るものなのかと。

そして肝心の本人たちは、ただ欲望のままに生きている。

奥さんや子供がいる者たちもいるが、それを気にかけている様子もないどころか、むしろ邪魔だと思っているのだから。

種だけはばらまいているので、生物としては強者かもしれないな。

人間としてはクズだが。

ある意味羨ましいというか、人間としては古谷良二《ふるやりょうじ》の親戚たちを救うことには抵抗があるが、これも仕事だ。

先生が手を回さなければ、そのうち死んでいたかもしれないが、それでもいいと思えるような連中ばかりだ。

「あとはワシらに任せて、今は命の洗濯を存分に。冴木《さえき》」

「はい、先生。みなさま、これをどうぞ」

「やったぁ―――！」

「まずは飯と酒だ！」

「女もな」

下品な男たちは、私が渡した札束を持って夜の街へと消えていった。

「救いようのないクズどもだが、使い道はあるからな。古谷良二《ふるやりょうじ》の親戚である幸運を感謝するがいい。最近『親ガチャ』という言葉が流行したようだが、『親戚ガチャ』というのもあるのだな」

確かに先生の言うとおりで、もし彼らが古谷良二《ふるやりょうじ》の親戚でなければ、とっくに詰んでいたはずだ。

人生において、運という要素は無視できないな。

ただ、先生はどうやって彼らを古谷《ふるや》企画の役職に就けるのだ？

先生が言ったくらいでは、古谷良二《ふるやりょうじ》は首を縦に振るまい。

「あの、先生？」

「殺《や》るぞ！　古谷良二《ふるやりょうじ》を！　我ら御堂《みどう》派が古谷《ふるや》企画の資産を奪い取り、この国を支配するのだ」

与党重鎮の御堂《みどう》先生は、何度も総理大臣候補と言われたが、結局総理大臣になれずに八十歳を超えてしまった。

この年になってしまうと、もう総理大臣にはなれない。

国民は、老齢の総理大臣を嫌がるからだ。

与党内で大きな力を持っているが、先生はそれだけでは不満なのであろう。

より大きな力を得るため……いや、総理大臣になるため、古谷《ふるや》企画の乗っ取りを目論《もくろ》んでいるのか。

「古谷良二《ふるやりょうじ》は若造だ。しかも妻もおらず子もいない。あのガキが死ねば、その莫大《ばくだい》な遺産はあのクズどものものとなるが……」

残念ながら、彼らは救いようのないクズでバカだ。

実質、古谷《ふるや》企画の支配権は御堂《みどう》先生とその派閥が握る。

そしてその莫大《ばくだい》な資産を利用して、次の総理大臣を狙うわけか。

「高橋《たかはし》のような平凡な男にも総理大臣が務まるのだ。当選十回、大臣経験も複数あり、党内の要職を歴任したワシがなれないはずがない」

「御堂《みどう》先生こそ、次の総理大臣に相応《ふさわ》しいと思います」

と、言っておかなければ収まりがつかないからなぁ。

実は多くの人たちは、もう先生に引退してほしいと願っている。

先生の選挙区がある地域はやはり過疎化が深刻で、中央から予算を引っ張ってこれる先生に逆らうわけがないから、必ず選挙で当選するのだけど。

「しかしながら、あの古谷良二《ふるやりょうじ》を殺せるものですか?」

数年前より、この世界に出現した冒険者特性を持つ者たち。

ダンジョン内のモンスターを倒してレベルを上げると、人間離れした力を得ることができるようになった。

特に古谷良二《ふるやりょうじ》は世界一の冒険者で、そう簡単に殺せるとは思えないのだが……。

「ふんっ! ダンジョンで化け物相手にイキがっている若造など。ワシのコネクションで、すぐにあの世行きだ」

彼を抹殺するためなら、手を汚すことも厭《いと》わないというわけか。

政治家として長年やってきた先生には、裏社会の人間や、武器を扱うことに慣れている者たちの知り合いが多い。

彼らに依頼して、黒幕がわからないように古谷良二《ふるやりょうじ》を暗殺するのか。

「先生の指示であると、バレないものなのでしょうか?」

「そこは、バレないようにやるのさ。それにしても古谷良二《ふるやりょうじ》。随分と貯《た》め込《こ》んだではないか。どうせ有効な金の使い方など知らないだろうから、選ばれた人間であるワシが適切に使ってやろう」

いくら古谷良二《ふるやりょうじ》が凄腕《すごうで》の冒険者とはいえ、隙を突かれればあっけなく殺されるかもしれない。

などと考えてしまう私は、先生の秘書になってから人間としての倫理観というものを失ってしまったのかもしれない。

だが、今さら逃げ出すわけにもいかず、先生の指示で殺し屋と連絡を取ることとなってしまった。

可哀想《かわいそう》だが、私も生活のためだ。

古谷良二《ふるやりょうじ》には死んでいただこう。

＊＊＊

「いた！」


早朝。

私は、上野公園《うえのこうえん》ダンジョン近くにある高級タワーマンションから出て来る古谷良二《ふるやりょうじ》の姿を確認した。

写真とまったく同じ顔だ。

この地区は冒険者特区内にあり、本来ならば私のような莫大《ばくだい》な借金を背負った無職男は入れない。

だが、私にある仕事を依頼した黒幕が、冒険者特区内にあるコンビニへと商品を配送するトラック運転手にしてくれたのだ。

昨日依頼を受けたばかりなのに、次の日には仕事に取りかかれるなんて。

誰かは知らないが、黒幕は相当な権力者のようだ。

「古谷良二《ふるやりょうじ》を間違ってトラックで撥《は》ねてしまったことにすれば、莫大《ばくだい》な額の借金が帳消しになる……」

私も少し前までは社長だったのだが、ダンジョン出現後の不景気で会社を潰してしまった。

一生働いても返せないような借金を背負い、毎日汗まみれで働いていたところに、以前金を借りたヤミ金が姿を現し、私にこう呟《つぶや》いたのだ。

『古谷良二《ふるやりょうじ》を殺せば、借金は帳消しどころか、莫大《ばくだい》な報酬を得られる』と。

人を殺すことに抵抗はあったが、背に腹は代えられない。

私はヤミ金の提案に乗り、自宅マンションの敷地から出てきた古谷良二《ふるやりょうじ》を、交通事故と見せかけて殺す依頼を引き受けた。

「(私は、まだ高校生の子供を殺すのか……)」

世界一の資産家とはいえ、私の息子や娘とそう年齢も違わないのに……。

確かに私は冒険者のせいで会社を失い、借金のせいで妻と子供たちと別れて暮らすことになり、借金返済のために人を殺さなければならない。

「(こんなことはやりたくないが、これも、借金を返済してまた家族と暮らすためだ!)」

借金が帳消しとなり、莫大《ばくだい》なお金が入ったら、私はまた社長として復帰できる。

社員たちも、妻も子供たちも戻って来るはずだ。

「すまないが、私の幸せな時間を取り戻すために死んでくれ、古谷良二《ふるやりょうじ》!」

私はアクセルを強く踏み、そのまま古谷良二《ふるやりょうじ》目がけて全速力でトラックを発進させた。

「これだけの速度で轢《ひ》き殺《ころ》せば、いくら冒険者とはいえ……」

確実に即死するはずだ。

「(もう避けられない！　賽《さい》は投げられた！)」

目の前に、ようやく暴走するトラックに気がついてこちらを向いた古谷良二《ふるやりょうじ》の顔が見えた。

特に驚いているようでもなく、あまりに突然のことだから認識が追いついていないのか？

「これも、以前の生活を取り戻すためだ！　勘弁してくれ！」

ここまで接近したら、もう避けることはできない。

そのまま法定速度をはるかに超えたスピードでトラックを走らせた私は、なにかを轢《ひ》いたような感触を……見事古谷良二《ふるやりょうじ》を轢《ひ》き殺《ころ》すことに成功した。

「まさか、これほどの猛スピードでトラックに轢《ひ》かれて生きている人間がいるわけ……あれ？」

無事に仕事をこなしたはずなのに、どういうわけか私は、激しい衝撃を感じた瞬間、そのまま意識が暗転してしまった。

もしかすると古谷良二《ふるやりょうじ》を撥《は》ねた衝撃で、トラックがなにか障害物に衝突してしまったのか？

どちらにしても、私が依頼を達成したのは確実で、これで家族は戻って来るのだから問題あるまい。

＊＊＊

「リョウジさん、大丈夫ですか？」

「俺の体は大丈夫だけど、制服がなぁ」


今日は滅多にない登校日だったので、制服を着て自宅兼古谷《ふるや》企画のある高級タワーマンションをイザベラたちと出たのはいいが、その直後に暴走したトラックに撥《は》ねられてしまった。

コンビニに商品を配送するトラックだと思うのだけど、どうしてこんなところで猛スピードを出す必要があったのだろう？

「コンビニに、商品の配送が間に合わなかったのか？　確かに、コンビニ入って弁当がなにもないと凹《へこ》む……」

「リョウジさん、そういう問題ではないと思いますが……」

「制服がボロボロだね」

「体は無傷なのに、制服は保《も》たなかったんですね」

「レベルが高い冒険者って、交通事故でも死ねないどころか、もしかしたら加害者扱いされてしまうかもしれないのね。私も気をつけないと」

高速で俺に衝突したトラックは、かなり派手に破壊されてしまった。

慌てて運転手を確認するが、これはもう虫の息だな。

「死なれると目覚めが悪い」

俺は治癒魔法で運転手の男を治したが、意識を失ったままのようだ。

「救急車を呼ばないと……」

俺は、スマホで救急車を呼んだ。

「交通事故です。俺がトラックと衝突したんですけど、トラックが激しく壊れて、運転手が意識を失って倒れています」

『はい？』

スマホ越しに、消防庁職員と思われる若い女性の驚きの声が聞こえた。

「ですから、俺とトラックが衝突したんですけど、トラックの運転手が怪我《けが》をしてしまいましてね。死にそうだったんで治癒魔法で治したんですけど、意識が戻らないんですよ」

『はあ……』

人がせっかく説明しているのに、どうも理解力が低い人のようだ。

「リョウジさん、普通は逆ですわ」

「そうだった！」

本当なら、俺の方が怪我《けが》をしていないとおかしいのか。

「良二《りょうじ》、警察を呼んだぜ。それにしても、今日の登校日はこれでお休みだな」

「警察の事情聴取があるからな」

多分、警察官に正直に事情を説明しても、最初は首を傾《かし》げられるだけかもしれない。

久々の登校日だったんだけど、これはまた次回ってことにしようかな。

「新しい制服注文しないとなぁ……。そんなに着ないから勿体《もったい》ないような……。岩城《いわき》理事長に頼んで、私服登校もオーケーにしてもらおうかな」

その後、到着した警察官と救急隊員に事情を説明したが、やはり最初は首を傾《かし》げていた。

イザベラたちくらいのレベルにまで達すると、車に衝突されても車の方が壊れてしまい、冒険者の方が無傷になる可能性が高い。

これはなにか対策してもらわなければなと思いながら、午前中は警察の事情聴取につき合う羽目になってしまったのであった。

＊＊＊

「東条《とうじょう》さん、はたして今回の事件の黒幕は誰かな？」

「海外の特殊工作員という線は非常に薄いな」

「そうですか」

「トラックで轢《ひ》き殺《ころ》して交通事故に見せかけるなんて……。かなり程度の低いやり方だ。その手のことに疎《うと》い日本の政治家か、企業経営者って線だろう」

古谷《ふるや》さんがトラックに轢《ひ》かれたというので、慌てて東条《とうじょう》さんと状況を確認したのだけど、心配するだけ無駄だったかもしれない。

彼は、ドラゴンを倒せる超人なのだ。

トラックで轢《ひ》き殺《ころ》そうとしても、逆にトラックの方が壊れてしまったという、まるでギャグ漫画のような結果になってしまった。

彼が無事だったのでよかったと思いつつ、古谷《ふるや》さんをトラックで轢《ひ》いた男性が色々と怪しい。

トラックを運転していた男は、昨日急遽《きゅうきょ》コンビニのルート配送員となった。

冒険者特区内で働く非冒険者には厳しい身元確認があり、さらにいくら人手不足でも、すぐに人を採用したりしない。

ちゃんと身元を調査されるからだ。

冒険者は、それも優れた冒険者は国力として計算されるようになった。

他国に出稼ぎに行くのはいいが、帰化されてしまうと辛《つら》い。

現在、各国の諜報員《ちょうほういん》たちが、優れた冒険者に取り入って、自分の国に移住させてしまう事例があとを絶たなかった。

他国に比べると冒険者の数が多く、スパイ天国である日本は特に狙われており、冒険者特区内で働く人たちの身元確認はくどいほどに行っていたはずなのに……。

「何者が送り込んだの……」

「御堂《みどう》議員だ」

「すぐにわかったんですね」

さすがは東条《とうじょう》さんと言ったところか。

元エリート警察官で、警視庁にも顔が利《き》くからな。

「なんの目的で……それもわかっていますか？」

「もちろん。どうやら、つい最近表に戻ってきた古谷良二《ふるやりょうじ》の親戚たちが関わっているようで、誰が手を貸したのかなかなか尻尾が摑《つか》めなかったが、ようやく摑《つか》めたよ」

「それが御堂《みどう》議員だと？」

「ああ、あの野郎、大物ぶってるくせに裏でコソコソするから」

和解金は、賠償込みなので膨大な額のはず。

古谷良二《ふるやりょうじ》の親戚が出せるわけがなく、さらにその黒幕もなかなかわからなかったが、御堂《みどう》議員なら納得できた。

しかし、あの御堂《みどう》議員がボランティアなどするわけがなく、当然なにか目的があるはずだ。

「御堂《みどう》議員と繋《つな》がりがある企業や、彼と繋《つな》がっているヤバイところが、古谷良二《ふるやりょうじ》の親戚たちの借金を立て替えたようだ。で、御堂《みどう》議員の目的なんだが、もし古谷《ふるや》さんが死ねば……」

奥さんも子供もない古谷《ふるや》さんの莫大《ばくだい》な資産を相続するのは、そのクズな親戚たちってわけか。

「自分がとても賢いと思っている御堂《みどう》議員なら、彼らをコントロールし、自分が実権を握れると思っているのか……」

「だろうな」

そして、古谷《ふるや》企画の莫大《ばくだい》な資産を利用して、自分が総理大臣になるつもりなのだ。

まったく、老害とは本当に救いようがないものだな。

「八十歳を超えて、まだ総理大臣の職に未練があるなんて、欲深い爺《じい》さんだ」

「彼ら政治家は、誰でも心の片隅では、いつか総理大臣になりたいと願っているものですよ」

「なるほど。さすがは政治家をよく知る西条《さいじょう》さんだ。ところで、どう動くつもりだ？」

相手が政権与党の大物政治家なので、表立って揉《も》めるのは良策ではないが、この権力を隠れ蓑《かくれみの》に悪事を働く老害をどうにかしなければ、日本が大変なことになってしまう。

「東条《とうじょう》さん、まずは古谷《ふるや》さんに事情を説明するべきでしょう」

「その必要はないと思うけどなぁ」

「どうしてですか？」

「西条《さいじょう》さんは覚えていないのか？　彼が以前、ダンジョン内でイギリスの不良貴族たちを粛清したのを」

「そういえば……」

「彼は温和で、常識的で、的確に仕事をこなし、人づき合いも決して悪くなく、情もある人だが、理不尽な理由で自分に害を成そうとする者には容赦しない。そして、我々にそれを止める術《すべ》はないのさ」

「……隠蔽工作が必要でしょうか？」

「そんなものは必要ないさ。不良貴族たちの件のあと、古谷《ふるや》さんはイギリス王室からナイトの称号を貰《もら》っている。件《くだん》の不良貴族たちは、イギリス本国でも持て余していた。つまりそういうことだよ」

ダンジョン内で殺された不良イギリス貴族たちの件は、まったく証拠が残っていない。

状況証拠すら積み上げげられないどころか、公式には彼らはダンジョンでモンスターに殺されたことになっており、事件にすらなっていない。

怪しいとは思っている不良貴族たちの実家ですら、イギリス王室から色々と言い含められたようで、まるで彼らなど存在しなかったかのような扱いなのだから。

「厳密に法に照らせば、古谷《ふるや》さんのやったことは殺人だろう。だが、それは御堂《みどう》議員も同じこと。彼は、自分は手を汚さずに古谷《ふるや》さんを殺そうとしている。もし問題が発覚しても、彼は他人に罪を押し付けて逃げ延びるだろう。しかも、彼の社会的な地位を考えれば、ほぼ確実に逃げ切れるはず。だがこうなると……」

「こうなると？」

「御堂《みどう》議員は、自分の死刑執行書にサインをしたかもしれないな」

「……」

私は東条《とうじょう》さんの物騒な未来予測になにも返答できなかった。

御堂《みどう》議員が大物政治家という地位を利用し、罪に問われることなく古谷《ふるや》さんを殺そうというのであれば、古谷《ふるや》さんは冒険者としての力を用いて、御堂《みどう》議員を罪に問われることなく殺せるという事実をどう評価したらいいのかわからなかったからだ。

「長年政治家をやっていて、与党の重鎮にまで上り詰めた弊害だろう。御堂《みどう》議員は、自分はなにをしても罪にならないと思っている。自分のしていることは常に正しいと思っている。そんなわけないのだが、老いるというのは残酷なことだ。与党としては、寄生虫が駆除できたので好都合ではないのかな。随分と肥え太った寄生虫だが」

「我々は、普段どおりに仕事をしていればいいのですか」

「ええ。逆に余計なことをする必要がないのさ」

御堂潤一郎《みどうじゅんいちろう》。

大物政治家だが定期的に疑惑が浮上し、はっきり言って私も大嫌いな老人であった。

地元に金を引っ張るのが上手なので、選挙にはとても強いのだが。

八十歳を超えても引退するつもりもないようだし、後継者である息子も人間のクズで、これまでに何度も犯罪を揉《も》み消してもらっている。

「消えていただく方が、日本のためですか」

「バカな男だ。古谷《ふるや》さんを殺そうだなんて。自意識の肥大し過ぎには注意しないといけないな」

私も東条《とうじょう》さんも、頃合いになったら潔《いさぎよ》く引退するべきなんだろう。

ここで働いていれば、子供たちを大学まで出し、悠々自適な老後を送れる金を余裕で貯《た》めることができる。

余計な欲はかかないようにしないと。、

＊＊＊

「なに？　古谷良二《ふるやりょうじ》が、土蔵山脈《つちくらさんみゃく》の原生林に一人で出かけるだと？」

「はい。なんでも、一人で訓練合宿をするそうです」

「そうか！　お前はミスをしたが、もう一度チャンスをくれてやろう。ダンジョンの中ならともかく、外の世界では銃器が通用する。古谷良二《ふるやりょうじ》を蜂の巣にしてやる！」

秘書の冴木《さえき》経由で暴力団関係者に任せた古谷良二《ふるやりょうじ》殺害だが、その暴力団関係者がさらにヤミ金に仕事を依頼し、さらにそのヤミ金が、借金で首が回らない男にトラックで轢《ひ》き殺《ころ》させようとしたら失敗した。

まったく、あの化け物をトラックで轢《ひ》き殺《ころ》すなど不可能に決まっておろうが。

そんなこともわからない無能とは……。

結局古谷良二《ふるやりょうじ》は傷一つ負わず、その後始末でワシが苦労する羽目になってしまった。

とにかく、急いで古谷良二《ふるやりょうじ》を殺さなければ……と思ったら、古谷良二《ふるやりょうじ》が一人で冒険者特区を出て、土蔵《つちくら》山脈の原生林で修行をするという極秘情報が入ってきた。

「これはチャンスだ！　武器と人を集めるのだ！」

ワシのこれまでの人脈を生かし、人を殺すことに躊躇《ためら》いがない者、銃器の扱いに長《た》けた者たちを総動員し、拳銃のみならず重火器なども集めさせよう。

日本で活動している外国の工作員たちが所持しているものや、密輸品の押収品《おうしゅうひん》を懇意にしている税関職員たちから入手する。

「ダンジョン内や冒険者特区では手を出しにくかったが、わざわざ人のいない山奥でワシの餌食《えじき》になってくれるとはな。そうだ、偉大なるワシに逆らった哀れなガキの死体を拝んでやろうではないか。冴木《さえき》、万全に準備をしておけよ」

「わかりました」

ここで頑張れば、どこかの選挙区から政治家として出馬させてやってもいい。

ワシの選挙区は息子に継がせるがな。

その前に、ワシは総理大臣にならなければ。

その第一歩として、古谷良二《ふるやりょうじ》を蜂の巣にしてやろう。

＊＊＊

「……なるほど。随分と大人数で待ち伏せしているんだな。気配でまるわかりだが……」

土蔵《つちくら》山脈の原生林内において、俺は百名近い人間の気配を感じた。

冒険者特性がある人間は……一人いるが、弱いな。

間違いなく、他の連中は銃で武装しているはずだ。

ここはダンジョンではないので、銃火器を用いれば俺を殺せると考えたのであろう。

実際、レベルの低い冒険者は銃で殺すことが可能だ。

だからこそ御堂《みどう》は、俺をダンジョンの外で殺すことに拘《こだわ》っている。

ダンジョン内で標的よりも強い冒険者に暗殺させるという手もあるが、そもそもそんなに強い冒険者が暗殺で手を汚す可能性は限りなく低い。

普通にモンスターを倒した方が圧倒的に儲《もう》かるからだ。

なにより、モンスター退治は違法じゃない。

結果的に、反社的な人間を集めて銃や重火器で殺すしか手がないわけだが、冒険者を銃火器で殺すことができないケースもある。

「撃て！」

誰かの命令と共に、俺のいる場所に大量の銃弾が降り注いだ。

さらに、重機関銃、迫撃砲、対戦車ライフル、ＲＰＧなど。

結構な火力が俺に対し集中的に発射され、爆炎と土煙で俺の体を覆い隠してしまった。

「やったぞ！　木っ端微塵《こっぱみじん》だ！」

一人大はしゃぎしている老人がいるが、こいつが御堂潤一郎《みどうじゅんいちろう》か。

俺を殺して、ベーリング海でカニを獲《と》ったり、未公開株詐欺で執行猶予判決が出た従兄《いとこ》たちにその財産を継がせ、彼らを裏からコントロールして金を引っ張り出す。

こんな幼稚で浅はかな策しか考えつかない奴《やつ》が、与党の重鎮とは……。

それはこのところ、政治家の信用度が低くなっても当然というものだ。

しかし、御堂潤一郎《みどうじゅんいちろう》は気がついているのかね？

この程度の攻撃では、俺に傷一つつけることすら難しいのだという事実に。

「死体を確認したかったが、これでは肉片一つ残っていないかもな」

「そうでもないぜ、ジジイ」

「えっ？」

爆炎と土煙が晴れると、俺の目の前には口をあんぐりとさせた老人が立っていた。

向こうは、俺が今の攻撃で木っ端微塵《こっぱみじん》になったと思っていたようだが、『マジックバリアー』を張れば……いや、張らなくても俺は死なない。

このくらいで死んでいたら、魔王なんて倒せないからだ。

「御堂潤一郎《みどうじゅんいちろう》。政治家歴だけ長い老害。やっていることはほぼ汚職。反社会勢力とのつき合いがあるというか、むしろそういうところとのつき合いが深い。息子が救いようのないバカ。ええと、他には……」

「ガキのくせに生意気な！　ワシを誰だと思っているんだ？」

「今、説明したじゃないか。可哀想《かわいそう》に、総理大臣になれなかった無能でしょう？」

「ガキィ――――！」

ちょっと煽《あお》っただけですぐ激高してしまうなんて。

年を取ると、気が短くなってしまうようだな。

「で、俺を暗殺しようとした黒幕だよね？　隠せてないけど」

「なぜわかった!?」

「ああ、それは……」

警察の事情聴取が終わったあと、俺を轢《ひ》いたトラック運転手が入院している病院に向かうと、彼のお見舞いに来ていた運送会社の社長と出会った。

彼を尾行していたら、胡散臭《うさんくさ》いチンピラが接触してきて、彼となにやら秘密の話をしていたので、そのあとチンピラ君を確保して事情を聞いていたら、また別の反社会勢力の結構偉い人に繋《つな》がった。

「で、その反社会勢力の人と、お前の秘書が繋《つな》がっていたというわけだ。納得できたか？」

こいつはまだ気がついていないが、実は俺が土蔵《つちくら》山脈に一人で修行に向かったという情報を漏れやすくしたのは俺だ。

そもそもそんなところで訓練するぐらいなら、ダンジョンに潜ってレベルを上げた方が強くなるのだから、なにかおかしいって気がつけよ。

冒険者でない人は、簡単にこういう嘘《うそ》に引っかかってしまうのだから。

「お前は俺の計画どおり、人間として終わっている方々を集めて、俺を蜂の巣にしようとしたわけだ。浅はかだねぇ」

これで与党の重鎮って……。

「しかも、普通自分で現場の様子を見に来るか？」

実際に俺の死体を見ないと安心できない。

ようするに、根は小心者ってことなんだろう。

「うっ、うるさい！　随分と生意気な口を叩《たた》くが、お前はもう逃げられないぞ！　一撃目は防げたようだが、銃火器は大量に用意しているのでな。死ね！」

そう言うやいなや、御堂潤一郎《みどうじゅんいちろう》は再び攻撃開始を命じた。

だが……。

「なぜ誰も射撃しない？」

「ジジイ、みんなお眠《ねむ》だから」

冒険者特性を持たない者など、簡単に魔法で眠らせることができる。

なにしろ、魔法抵抗力がゼロに近いのだから。

「おい！　起きろ！」

「無理だよ。あと二～三時間は目が覚めないから」

「起きるんだ！　この御堂潤一郎《みどうじゅんいちろう》の命令だぞ！」

魔法で強制的に眠らせているので、揺らしたり叩《たた》いたりした程度で目が覚めるわけがない。

御堂潤一郎《みどうじゅんいちろう》は、誰一人と起きないのでかなり動揺していた。

「これで終わり。ジ・エンドね」

「もしや、この御堂潤一郎《みどうじゅんいちろう》を殺すというのか？　このワシを殺せば、お前は死刑だぞ！」

「お前一人で？」

「ワシは、その辺の愚民百万人よりも価値がある人間だ！　この日本を統治するに相応《ふさわ》しい政治家なんだぞ！」

「バカなんじゃないの」

どれだけ自分を過大評価してるんだよ。

半分ボケているんじゃないのか？

「人一人殺したとして、十年くらいだろう。それに、俺がお前を殺すのに証拠を残すわけがないだろう」

「ガキが、証拠を残さずにワシを殺すというのか？　無理に決まっておる！　どうだ？　ワシと組まぬか？　ワシの孫娘を嫁にして、この日本を支配するのだ」

「嫌だよ、面倒くさい」

国なんて支配してどうなるんだよ。

俺は今のまま生きていく方が都合がいいのだから。

それに、お前の孫娘なんて勘弁してくれ。

どうせ、祖父と同じで性格悪いだろうし。

「これからお前は、俺に操られて悲惨な最期《さいご》を迎える。次に自我が戻った時には、すべてが終わっている。あばよ」

「待て！　ワシは、そうり……」

「そんなに総理大臣になりたいのかね？」

俺は、呆《ほう》けた状態になった御堂潤一郎《みどうじゅんいちろう》にいくつかの魔法をかけると、その場から離れて上野公《うえのこう》園《えん》ダンジョンへと向かうのであった。

これより、御堂潤一郎《みどうじゅんいちろう》の晩節汚しまくりショーが開催されるのだ。

＊＊＊

『高橋総理《たかはし》！　あなたは御堂潤一郎《みどうじゅんいちろう》の悪事を知っていたにもかかわらず、長年与党の重職に就け続けた。これは、任命責任を問われても仕方がないと思いますが』

『私は、御堂潤一郎《みどうじゅんいちろう》の悪事をまったく知りませんでした。それでも、過去に彼を閣僚や党の重職に任命してしまった以上、任命責任はあると思います。ところで、かなりの数の野党議員たちも、彼から資金提供を受けていた容疑で検察に送検されましたが、これにも党首の公認責任があるのではありませんか？』

『……私も、彼らの悪事は知りませんでした。それよりも、彼が大勢の反社勢力やテロリストたちを集め、武装して政権転覆を目論《もくろ》んでいた件を高橋《たかはし》総理は知らなかったのですか？』

『知りませんでした。知っていたら、すぐに対処したでしょうから』

今の日本でもっとも大きなニュースは、与党の重鎮にもかかわらず、土蔵《つちくら》山脈の原生林内に大勢の素行不良者、大量の火器を含む武器、違法薬物など集め、野戦陣地らしきものを作っていた御堂《みどう》潤一郎《じゅんいちろう》が逮捕された件だろう。

その直前、贈収賄、殺人教唆、息子の暴行、窃盗、詐欺、強姦《ごうかん》の隠蔽等々。

彼とその身内の悪事の決定的な証拠が検察庁の前にダンボール箱に入って置かれており、史上最大の汚職事件としても歴史に残る騒ぎだった。

百名を超える、重火器をも持つ武装組織ということで、高橋《たかはし》総理が警察と自衛隊の共同部隊で彼らの逮捕、場合によっては射殺も止《や》む無《な》しと判断して土蔵《つちくら》山脈に向かわせるも、肝心の彼らはテントの中でスヤスヤと寝ており、実にあっけない捕縛劇となった。

どうしてそんな場所で御堂潤一郎《みどうじゅんいちろう》が寝ていたのか疑問は多いが、これは多分古谷《ふるや》さんの仕業だろう。

百名を超える人間が、自分を捕縛しようとする警察官と自衛官に気がつかないままテントの中で寝ているなんて、普通に考えたらあり得ない。

魔法で眠らされた可能性が高いが、睡眠薬とは違って血液検査をしても睡眠剤の成分が検出されるわけもなく、『睡眠』魔法は使われても証拠が残らない。

なにより、『睡眠』を使える冒険者なんて世界中を探せば多くいるのだから。

そんなことよりも、重火器や違法薬物の大量所持で逮捕された御堂潤一郎《みどうじゅんいちろう》が、『日本政府転覆計画』というタイトルの、詳細な計画書を大事に持っていたことの方が大問題だった。

筆跡鑑定の結果、間違いなく御堂潤一郎《みどうじゅんいちろう》本人が書いたものと判明したため、世間では彼が日本の憲政史上初の『内乱罪』で逮捕されるのか、首謀者は無期懲役か死刑になる刑罰だが彼にもそれが適用されるのか、大いに注目を集めていた。

いくら御堂潤一郎《みどうじゅんいちろう》が大物政治家でも、完璧な証拠があるうえに、大勢の反社勢力に属する者たちと一緒に現行犯逮捕されたのだ。

言い逃れはできないと思ったが、御堂潤一郎《みどうじゅんいちろう》は最初えらく動揺していたものの、すぐに生来の図太さを発揮、自分は彼らに誘拐されたと主張した。

ところが逮捕された彼以外の全員が、彼の命令で政権転覆を狙っていたと証言。

捕まった彼以外全員が同じ証言をしたので、警察は偽証はあり得ないと判断。

御堂潤一郎《みどうじゅんいちろう》は保釈すら許されず、国会議員にある不逮捕特典も認められず、所属していた与党からも即刻除名、連日厳しい取り調べを受けている。

長年与党に属し、重鎮として大きな権力を振るってきた大物政治家が、最後に稚拙な内乱未遂で逮捕されるなんて、これ以上の晩節の汚しっぷりはないと思う。

的確すぎるリーク、警察と自衛隊が御堂潤一郎《みどうじゅんいちろう》たちを捕まえに行ったらなぜか全員が寝ていたり、押収された大量の火器と違法薬物には横流しされた物もあって、これを御堂潤一郎《みどうじゅんいちろう》に提供した警察官と税関職員も逮捕され、取り調べを受けているとか。

あまりに色々なことがありすぎて世間もマスコミも大騒ぎなので、御堂潤一郎《みどうじゅんいちろう》逮捕時の不自然な点を指摘する人は少なかった。

その原因である、古谷良二《ふるやりょうじ》さんに届く人はどうせいないだろう、という思いもある。

「御堂潤一郎《みどうじゅんいちろう》……。その最後はあっけなかったですね」

「もう復活は無理だな」

悪徳政治家である奴《やつ》には金はあるので弁護団を組んで裁判を戦うだろうが、もし内乱罪を適用されなくても無罪はあり得ないので、彼の年齢だと生きて刑務所から出られるかどうか難しいところだ。

そして、もし内乱罪が適用されれば無期懲役か死刑である。

「それが、御堂潤一郎《みどうじゅんいちろう》は弁護団を結成しないそうだ」

「フルヤアドバイスの副社長である、東条《とうじょう》さんならではの情報か。よく摑《つか》みましたね」

「いつか漏れる情報なので大したものでは。どういうわけか、御堂潤一郎《みどうじゅんいちろう》がこれまで不正に蓄財していた資産がほとんどすべてどこかに消え去ってしまったそうで、彼の親族や関係者たちは大騒ぎしているらしい。金がなければ、御堂潤一郎《みどうじゅんいちろう》を弁護する弁護士なんているわけがない」

「確かに……」

御堂潤一郎《みどうじゅんいちろう》が、長年の政治家生活で不正蓄財をしまくっていたことは有名だ。

政治資金団体にプールしたり、ありとあらゆる手を使ってそれを隠蔽していたのだけど、それが忽然《こつぜん》と姿を消したというか、なくなっていた。

それどころか、御堂《みどう》家及び彼の政治団体、親族の持つ資産管理会社を調べてみたら、なぜか莫大《ばくだい》な額の借金しか残っていなかったという。

これまで、御堂潤一郎《みどうじゅんいちろう》が貯《た》めに貯《た》めまくった資産はどこに消えたのか？

彼の家族たちが、『何者かに盗まれた！』と大騒ぎしているそうだが、もし本当に盗まれたのだとしたら、そんな状態になるまで気がつかないなんてあり得るか？

「しかしまぁ……」

古谷《ふるや》さんは一度敵だと認定したら、本当に容赦しないんだな。

「不自然な点は多かれど、御堂潤一郎《みどうじゅんいちろう》に対しそれを行ったのが古谷《ふるや》さんだという証拠はない。警察も怪しいとは思っているが、それだけで古谷《ふるや》さんを逮捕できるわけもなく、むしろ警察はこれを機に、御堂潤一郎《みどうじゅんいちろう》を完全に潰すだろう」

これまで御堂潤一郎《みどうじゅんいちろう》は何度も疑惑を潜《くぐ》り抜《ぬ》けてきたし、警察に圧力をかけてドラ息子の犯罪を隠蔽してきた。

奴《やつ》に買収されて不良警官になった者たちも少なくないので、このチャンスを利用して一緒に処罰するつもりなのだと、東条《とうじょう》さんは警察内部の事情を教えてくれた。

「御堂潤一郎《みどうじゅんいちろう》と一緒に捕まった連中も、一生刑務所に入っていた方が一般人に迷惑がかからずに済むような者たちばかりだ。全員過去の余罪も含めて厳罰に処せば、警察のイメージが悪くなることはないさ」

実は、御堂潤一郎《みどうじゅんいちろう》に買収されて悪事を働いた不良警官たちの不祥事も報道されているが、とにかく御堂潤一郎《みどうじゅんいちろう》の事件が大きすぎてあまり目立っていない。

「古谷《ふるや》さんは、警察に恩を売ったのか！」

「そういうことだから、御堂潤一郎《みどうじゅんいちろう》が無罪になることなどあり得ない。もっとも奴《やつ》の場合、有罪判決が出るまで寿命が保《も》てばいいが……」

「それにしても、とても高校生とは思えませんね」

古谷《ふるや》さんのやりようを見ていると、とても未成年者には見えない。

まるで、過去に御堂潤一郎《みどうじゅんいちろう》のような悪徳政治家と争った経験があるような……。

「あんな化け物たちと毎日殺し合いをしているんだ。度胸が据わっているのだろう。だが……」

「だがなんです？」

「普段の彼は至極常識的だし、自分に敵対しない人間には優しい。実際、自分をトラックで轢《ひ》いた男の事情を聞き、ちゃんと手を差し伸べているのだから」

「その話を聞いて驚きましたよ」

圧倒的な力を持つ古谷《ふるや》さんが暴走しないと言うのであれば、私たちは彼をサポートし続ける。

それでいいじゃないかと思うのだ。

内閣府で毎日サービス残業しながら、御堂《みどう》のような政治家たちに怒鳴られているよりよほどマシというものだ。

古谷《ふるや》企画の業績は良すぎるほどなので、ボーナスやインセンティブにも十分期待できるのだから。

「それで、古谷《ふるや》さんをトラックで撥《は》ねようとした人はどうなったのです？」

「トラックが大破したのになぜか奇跡的に無傷で、病院はすぐに退院したそうだ。それで、どういうわけか抱えていた借金がなくなり、新しい会社を立ち上げて、イワキ工業と取引を始めたとか」

「なるほど」

古谷《ふるや》さんからすれば、その人は黒幕である御堂潤一郎《みどうじゅんいちろう》に辿《たど》り着《つ》けた恩人というわけか。

彼の新しい商売が成功すればいいのだが。

「あっ、そうそう。こんなニュースがあったな」

そんな話をした翌日、出社した東条《とうじょう》さんがテレビをつけると、あるニュースが大きく取り上げられていた。

『謎のマスクマンを名乗る人物が、全国の児童養護施設に多額の現金を寄付しました。その額は三十億円を超えており……』

「世の中には、景気のいい方がいらっしゃるようで」

「そうだな」

この大金、間違いなく古谷《ふるや》さんが御堂《みどう》から奪ったお金であろう。

どうせ御堂《みどう》の家族に残しても、無駄遣いするだけならまだいいが、御堂《みどう》のバカ息子が犯罪をなかったことにする原資にされかねない。

それどころか、なにかの間違いで政治家にでもなったら困ってしまう。

大金があればそんな無茶が可能かもしれず、それなら子供たちの未来のために使った方がいいと、古谷《ふるや》さんは思ったのだろう。

「(御堂《みどう》が念入りに隠していたお金だ。寄付の出所は永遠にわからないだろう。どうせあの世に持っていけるわけがないのだから、案外御堂《みどう》も本望かもしれないな)」

天網恢々疎《てんもうかいかいそ》にして漏らさずと言うが、悪徳政治家であった御堂《みどう》に罰が当たったようだな。

古谷《ふるや》さんの資産に手を出そうとしなければ、政治家として天寿をまっとうできたかもしれないのに……いや、業突く張りな彼には難しいか。

「これからも、余計なことをして自滅するバカな悪党が増えるんでしょうね」

「だろうが、第二の御堂潤一郎《みどうじゅんいちろう》が生まれるだけだ。その結果、悪党が滅んで世の中が少しよくなる。いいことじゃないか」

古谷《ふるや》さんは、自分に害を成そうとする者には容赦しない。

今回の件で悪党たちが大人しくしてくればいいのだけど、彼の資産額を考えると、これからも余計なことを考える者たちが度々出現するはずだ。

どうせ自滅するだけなんだが、我々が忠告するわけにもいかない。

自滅して、よりよい社会の肥やしになってくれ。

第11話 ▶ 旧貴族のバカ

「中国『グレートドラゴン』、インド『マックスエレファント』、中東『デザートドラゴン』、ヨーロッパ『プラチナドラゴン』、南米と北米、数ヵ所の海域に生息するエリアボスの存在も不明。まずは一番近くにいる、グレートドラゴンだろうな」

俺を暗殺しようとした大物汚職政治家を破滅させたのち、反地球《アナザーテラ》において中国大陸に相当するエリアを守るグレートドラゴンとの戦いを開始した。

その名のとおり、グレートドラゴンはこれまでのどんなドラゴンよりも大きな体を持ち、そのパワーは強大で、ブレスの威力も最強だった。

このグレートドラゴンと戦い始めてから、すでに三日が経過している。

その間、数十回にも及ぶ重傷を負いながら、その度に治癒魔法をかけて、決して戦いをやめなかった。

どうやら粘り勝ちのようだ。

すでにグレートドラゴンは、いつ倒れてもおかしくない状態までダメージを負っていたのだから。

「(だけど、思った以上にタフだったな。この戦いの様子も撮影しているけど、どうやって動画を編集しよう。長すぎる動画は視聴回数を稼げないからなぁ。プロト1なら、なんとかするか）これで終わりだ！　トドメの一撃！」

一見、グレートドラゴンに傷はない。

だがそれは、高位のドラゴンが持つ、強い自己修復能力のおかげであった。

多少のダメージならすぐに傷が治ってしまうのだが、逆に言えばたとえ本人がそれを望まなくても、傷が勝手に治ってしまうことも意味する。

グレートドラゴンの様子を探ると、強い自己修復能力のせいで多くの魔力を消費しているのが確認できた。

傷が多ければ多いほど、グレートドラゴンは勝手に魔力を消耗していくのだ。

俺が絶対にグレートドラゴンを眠らせなかったのは、魔力回復を阻害するためであった。

俺は各種ポーションと魔力回復剤を使えるし、魔法薬で疲労を軽減させて数日眠らずに戦い続けることも可能だ。

だから、グレートドラゴンとの戦いは長期戦になればなるほど俺が有利になる。

「とはいえ、さすがに三日間戦い続けたら疲れたな。もう終わりにしようか」

俺は、このところ愛用している『ホワイトメタルソード』を、グレートドラゴンの後頭部、延髄の部分に突き入れた。

グレートドラゴンはダメージを回復させようとしたが、魔力切れ寸前で、俺と同じく三日間寝ていなかったため、急所の完全回復ができなかったようだ。

確かな手応えを感じたのと同時に、グレートドラゴンは地面へと倒れ伏した。

「ふう……中国大陸も開放したな」

これで、探索できるダンジョンも増える。

なにより、広大な中国大陸を手に入れたのだ。

今すぐなにかをする予定はないが、ゲームを攻略しているようで楽しい。

「疲れたから、家に帰ろう」

反地球《アナザーテラ》の探索と、制圧は順調に進んでいる。

岩城《いわき》理事長から頼まれた仕事もあるので、次に予定しているインド亜大陸を支配するボスとの戦いは……来月ぐらいになるかな？


「綾乃《あやの》タン、安心して。僕が必ず君を、ハレンチな古谷良二《ふるやりょうじ》から救い出してあげるからねぇ。僕はあの四楓院《しほういん》家の跡取りで、日本で大きな力を持っているんだから。僕の胸に飛び込んでおいで！」

「嫌です」

「え――――っ！」

「いや、お前。妄想が実現すると本気で思っているのか？」

「貴様が古谷良二《ふるやりょうじ》か！　お前は静かにしていろ！　平民のくせに、僕と綾乃《あやの》タンとの関係に口を出すな！」

「お前は平安貴族かよ（というか、『～タン』なんて言う奴《やつ》、創作物以外で初めて見た）」

この令和の時代に、とてつもなく時代錯誤な奴《やつ》と出会ってしまった。

今日はお休みだったんだけど、みんなはそれぞれに予定があるようで、綾乃《あやの》とだけ休みが合った。

ちょうど二人とも見たかった映画があり、上野公園《うえのこうえん》ダンジョン特区外にある映画館まで出かけた。

もうすぐ、上野公園《うえのこうえん》ダンジョン特区内にも映画館ができるそうなので、それが完成したら特区の外に出る必要はなくなるはず。

上野公園《うえのこうえん》ダンジョン特区内にできる予定の映画館は、設備やサービスが優れている代わりにかなり高額だと聞いたけど、最近冒険者が冒険者特区の外でトラブルに巻き込まれるケースが増えており、需要はあると判断されて開業準備が進んでいた。

最近、稼げる冒険者を狙った犯罪が増えていた。

とてつもなく頭が悪い人たちは、冒険者相手に恐喝や強盗、誘拐をしようとするが、普通の人間を超越した強さを持つ冒険者相手に成功するわけがなかった。

ところが、悪知恵が働く人間がいる。

自分が加害者にもかかわらず、冒険者に暴力を振るわれて怪我《けが》をしたと、被害者のフリをして逆にその冒険者を訴えるケースが増えてきたのだ。

仕事がない弁護士が彼らに手を貸すケースも増え、実際に被害者であるはずの冒険者が裁判で負ける事例が出てきた。

冒険者の方も力の加減がわからず、自己防衛しようとして犯罪者に大怪我《おおけが》を負わせてしまうケースもあり、それが世論の反発を買っていたという事情もあったからだ。

残念ながら、段々と冒険者は異物扱いされるようになってきた。

こうなると、多くの冒険者たちは冒険者特区の中から出なくなってしまう。

冒険者特区内には彼ら目当ての娯楽施設も建設されるようになり、わざわざ外に出る必要が減ってきたというのもある。

ただ映画館はまだなかったので、二人で上野公園《うえのこうえん》ダンジョン特区に一番近い映画館に出かけたら、オカッパ頭の変な若い男に絡まれてしまった。

「僕は貴族だぞ！」

「貴族制度って、今の日本にあったっけ？」

「公的にはないが、貴族は永遠に不滅だぞ」

「そうなの？」

「ええと……説明が難しいです」

戦後、日本で貴族制度が廃止された。

では本当に貴族がいなくなったのかといえば、元貴族の人たちがいなくなったわけではない。

没落してしまったところも多いが、今も資産家として生き残り、同じような境遇の仲間たちとおつき合いをしたり、政財界に力を持つ者もいるそうだ。

「へえ、そうなんだ」

代々平民である俺にはよくわからない話だ。

「五摂家として名前だけは有名な三千院《さんぜんいん》家ですが、今はそこまで力を持っているとは……。しかも私の実家は分家なのです。本家からはえらく嫌われていますが……」

綾乃《あやの》には冒険者の才能があり、今の彼女は日本で十本の指に入る大富豪となった。

『分家のくせに生意気な！』と、本家は思ったのかもしれない。

向こうの世界の貴族たちの間でも、そういう話はよく聞いた。

魔王による侵攻のせいで本家が没落し、分家の力が上になると、本家の連中が魔王にではなく分家に憎しみを募らせるのだ。

生産性の欠片《かけら》もないが、それが感情の生物である人間の本能なのかもしれない。

魔王に激高したところでなにもできないが、分家なら足を引っ張ることができる……情けないにも程があるけど。

そりゃあ、そんな本家は没落して当然だよな。

「で、この人は四楓院《しほういん》家の跡取りなのか……」

歴史ドラマに、そんな苗字《みょうじ》の人が出ていた記憶がある。

「えっへん！　そして、綾乃《あやの》タンの婚約者なのだ」

「そんな話は一言も聞いていませんが……」

「三千院《さんぜんいん》本家と、四楓院《しほういん》本家が決めたんだよ。たとえ政略結婚でも、僕は綾乃《あやの》タンを大切にするからねぇ」

「すげえわかりやすいな、お前」

「平民？　お前はなにを言いたいんだ？」

「つまり、逆玉《ぎゃくたま》の輿《こし》狙いなんだろう？」

三千院《さんぜんいん》家の分家というか、綾乃《あやの》が大金持ちになったので、三千院《さんぜんいん》本家と四楓院《しほういん》家が、綾乃《あやの》の資産を狙い始めたわけだ。

「平民のくせに無礼だぞ！」

「正直に言い過ぎたのは無礼かもしれないけど、それが事実じゃないか。それとも四楓院《しほういん》家って、綾乃《あやの》の個人資産が小銭に思えるほどの金持ちなのか？」

「いえ、逆に破産の危機にあります」

「そうなんだ」

綾乃《あやの》によると、四楓院《しほういん》家はダンジョン不況の影響で大きく資産を減らしてしまった。

無理な投資が祟《たた》ったらしい。

ダンジョン出現前はそこそこの資産家だったのに、時代の変化に対応しきれなかったのか。

「綾乃《あやの》タン！　僕と結婚して、四楓院《しほういん》家と三千院《さんぜんいん》家を始めとする貴族の力を取り戻すんだよ！　今が最大のチャンスだ！」

「五摂家ねぇ……。歴史の教科書の話だな」

昔は力があったのかもしれないけど、今となっては『昔は凄《すご》かった一族』でしかない。

いい加減諦めて、大人しく暮らせばいいのに……。

無駄に歴史が長いと、諦めが悪くなるんだな。

「そもそも、力を取り戻したかったら自分が頑張れば済む話だ。綾乃《あやの》が稼いだ資産をあてにしているところが全然駄目だな。四楓院《しほういん》のお坊ちゃん、お前がダンジョンに潜って稼げばいいだろう」

オカッパ眼鏡で体もヒョロヒョロ。

冒険者特性はないので、これは難しいか。

ヒモになりたかったら、せめてイケメンだったらよかったのに……。

「なにが『綾乃《あやの》タン』だよ。自分で言ってて、キモイと思わないのか？」

「そうですね、キモイです」

綾乃《あやの》も、彼のことを心の底からキモイと思ったようだ。

さらにこいつは、かなりバカっぽい。

変に言葉を濁すと、ますます勘違いするかもしれないと思ったようだ。

「僕は貴族なんだ！　野蛮な平民みたいに、汗水流して働くわけがないだろうが！」

「怠け者乙！」

いや、綾乃《あやの》も貴族の血筋だけど、冒険者としてちゃんと稼いでいるじゃないか。

口ばかり偉そうにして、お前はなんなんだよ？

「私は、四楓院《しほういん》さんと結婚しません。両親も『いい加減にしてくれ！』と、連絡が来る度に言っているではないですか」

「そうなの？」

「ええ、うちは分家で、そもそも本家以外の旧貴族の方々とおつき合いもありませんから」

「そうなんだ。綾乃《あやの》って、オカッパ四楓院《しほういん》よりもはるかに貴族らしく見えるけどな。とてもいい意味で、品があるように見える」

「良二《りょうじ》様、お褒めいただきありがとうございます。この言葉遣いは、通っていた中学校の影響ですね」

「もしかして、同じ学校の生徒たちと『ごきげんよう』って挨拶するような学校？」

「はい。私の実家は、祖父と父が会社を経営していますから」

分家で、旧貴族たちとのつき合いが薄いってことは、自分たちで財を築きあげたということかな？

じゃあ、この四楓院《しほういん》家のバカや、三千院《さんぜんいん》本家の言うことなんて聞いていられないよな。

「なにより私は、良二《りょうじ》様とおつき合いをしていますから」

そう言うと、綾乃《あやの》は俺と腕を組んできた。

「すげえ、あんな美人と。いいなぁ……」

「あの人、古谷良二《ふるやりょうじ》に次ぐ冒険者の一人って言われている三千院綾乃《さんぜんいんあやの》じゃねえ？」

「すげえ美人、スタイルもいいいし。ていうか、隣の男性は古谷良二《ふるやりょうじ》じゃないか！」

「セレブカップルやなぁ」

「二人に食ってかかっているオカッパ、なんかキモくねえ？」

「綾乃《あやの》タンとか。キモッ！」

人通りがある映画館の前なので、俺たちの正体がバレてしまった。

正直なところ『四股野郎』とか陰口を叩《たた》かれると思ったのだが、意外と好意的な評価だな。

正統派大和撫子《やまとなでしこ》である綾乃《あやの》と一緒だからかもしれない。

逆に、四楓院《しほういん》のバカはキモ男呼ばわりされていた。

確かに今の時代、そのオカッパ頭はどうかと思う。

オーダーしたと思われる外国製高級スーツを着ているけど、なんか全然似合っていないしなぁ。

体型がガリガリだからであろう。

「今の世の中で、政略結婚は流行《はや》らないでしょう。綾乃《あやの》が俺がいいと言っている以上、諦めたらどうかな？　ここは潔《いさぎよ》く退《ひ》いた方が、男としての評価が上がると思うよ」

「四楓院《しほういん》さん、私はあなたと結婚しませんから」

「くっ！」

多くの人たちが見ている前で、四楓院《しほういん》のバカは綾乃《あやの》に盛大にフラれてしまった。

だがここで諦めるとは、ちょっと思えないんだよなぁ。

なぜなら四楓院《しほういん》家は、綾乃《あやの》を嫁にしてその資産を利用できるようにするか、四楓院《しほういん》のバカがどうにか大金を獲得して借金を返すしかないからだ。

「（それにしても、投資で大きな借金を抱えるって……。どれだけバカなんだよ）」

投資ってのは、基本的にお金持ちは損をしないようにできている。

なぜなら、株式評価額が下落するなんてことは、定期的に発生するからだ。

一時的な評価額の乱高下には目を瞑《つぶ》り、安定的に成長している会社の株式を長期保有しているだけでちゃんと配当金も入ってくるし、長い目で見たらそういう会社の株式の評価額はほぼ上昇し続けているからだ。

「（おかしなレバレッジでも利《き》かせたんだろうな）」

「（四楓院《しほういん》さんは、家柄自慢のおバカさんなので……）」

この世界にダンジョンが出現した時、一時的に世界はかなりの大不況に襲われた。

特に深刻だったのは、化石燃料を取り扱う企業だ。

世界中の油田やガス田、炭田、ウラン鉱脈が消滅したので、それらを取り扱っていた企業は一気に経営危機に陥った。

だがすぐに、ダンジョンから得た魔石を原料にした魔液が世間に普及するようになると、その取り扱い方はガソリンによく似ていたので、石油会社は魔液会社にチェンジしただけだったという。

一番株価が下がった時にも手放さなかった大金持ちは、今ではさらに資産額を増やしていたのだ。

俺の古谷《ふるや》企画も、プロト1が『長期保有を目的に、将来性があって割安な株を沢山購入しておきます』と言っていたので許可している。

事実、評価額の増加と配当で、古谷《ふるや》企画はかなり儲《もう》けていた。

同時に、一定の資金を用いてデイトレーダーみたいなこともしているそうだが、こちらも確実に利益を上げている。

株やＦＸの自動売買ソフトというものがあるらしいが、高性能ゴーレムたちにやらせると、それよりも高い精度でプラスになるのだそうだ。

赤字になったらやめろと言っているが、今も続けているのを確認している。

あとは、競馬、競輪、オートレース、競艇、イギリスのブックメーカーの賭けなども、高性能ゴーレムに買わせて利益を出していた。

こうして俺は、ピケティの資本論のごとく、金持ちほど資産が増えていくという事実を実体験しているわけだ。

「それなのに、どうしてお前は投資で損害なんか出すんだよ？　ビックリするほど無能だな」

「平民のくせに生意気だぞ！」

「身分以前に、くだらない理由で借金を作ったお前が笑える」

ダンジョン出現以降、こんなくだらない理由で没落するのは四楓院《しほういん》家くらいだろう。

「当主はなにをしていたんだ？」

「彼が、勝手に投資をしたのだと思います」

「この手のバカにはよくあるよなぁ。自分に自信があるから、絶対に成功すると思ってレバレッジを利《き》かせて大損害を出し、追証《おいしょう》を求められたわけか」

「うっ！」

どうやら図星だったようだ。

「綾乃《あやの》に頼らないで、自分でなんとかするくらいの気概がないと、彼女と結婚してもらえないんじゃないか？」

「もう我慢できない！　この国を動かしてきた高貴な血筋たる僕をバカにしてぇ――――！」

こいつに気を使うのも疲れるので正直に煽《あお》っていたら、激高した四楓院《しほういん》のバカがスーツの中からナイフを取り出し、構えた。

そしてそのまま、俺に向かって走り出す。

「良二様《りょうじ》！」

「ええと……」

このまま避けてもいいのだけど、俺は四楓院《しほういん》のバカの行動を監視する、怪しげな男たちに気がついていた。

多分、このところ冒険者を陥《おとし》いれて賠償金を取り立てる、不良弁護士たちであろう。

だから俺はわざと避《よ》けず、さらにあえて体の防御力を落とし、ナイフを腹に突き立てさせた。

急所はハズれたが、ナイフは深々と俺のお腹《なか》に突き刺さっている。

さらに、刺された場所から大量に血が流れ出てきた。

「ひ――っ！」

「刺された俺が『ひぃ――！』だよ。警察！」

俺がそう叫ぶと、すぐに見物人の誰かが警察に通報してくれた。

数分で駆けつけた警察官たちが四楓院《しほういん》のバカを拘束し、奴《やつ》と組んでいた怪しげな男たちは動揺を隠せないようだ。

彼らのシナリオでは、俺が反撃して四楓院《しほういん》のバカが負傷。

過剰防衛を理由に、金を巻き上げる計画だったのだから。

「あっ、武藤《むとう》先生ですか。実は、変な男にナイフで刺されまして。ええ、しばらく療養しないといけないので、色々な後処理をお願いします」

俺は続けて、古谷《ふるや》企画の顧問弁護士である武藤《むとう》先生に電話をかけ、事後処理を頼んだ。

「綾乃《あやの》タンとの新婚生活……」

「それは無理だな。お前は刑務所生活がお似合いだよ」

借金まみれでも、元貴族で上級国民だからなぁ。

色々な力が働いて執行猶予がつくか、もしくは不起訴になるかもしれない。

だが、俺が怪我《けが》の治療で休めば、膨大な損害賠償を請求することになる。

民事訴訟になるけど、きっと武藤《むとう》先生が頑張ってくれるだろう。

「こうして四楓院《しほういん》家は、歴史の中だけの存在になるのでした」

「古谷良二《ふるやりょうじ》ぃ――――！」

「殺人未遂犯のくせに、暴れるな！」

「話なら、署でいくらでも聞いてやるから」

警察官たちによってパトカーに乗せられようとしていた四楓院《しほういん》のバカが、俺の挑発に激高していたが、ヒョロガリの彼が警察官たちを振りきれるわけもなく、そのままパトカーに乗せられ連行されていった。

「犯罪者は捕まって当然だな。日本は法治国家だから」

いくら上級国民でも、これだけの目撃者がいる中での現行犯だ。

言い逃れはできまい。

なにより、本人が思っているほど四楓院《しほういん》のバカに権力なんてないのだから。

「良二《りようじ》様、本当に大丈夫ですか？　あの……治癒魔法は使わないのですか？」

「その前に病院に行くのが先さ。すぐにデートは再開させるけど」

四楓院《しほういん》のバカには制裁を受けてもらうが、綾乃《あやの》とのデートを中止するのはもったいない。

映画だって、前から見たかったやつだから。

俺は近くの病院に行って診断書を貰《もら》った。

わざと防御力をゼロにしていたので全治三週間と診断されたが、勧められた入院はしなかった。

なぜなら……。

「すぐに治癒魔法で治るから」

俺が欲しかったのは医者が書いた診断書であり、治癒魔法があるのにいつまでも怪我《けが》なんかしていたくない。

先に怪我《けが》を治療してしまうと、四楓院《しほういん》のバカが俺に怪我《けが》をさせてないと言い張るかもしれないので、医者も共犯にしたわけだ。

実際に俺はナイフで刺され、医者もそれを確認して診断書を書いたのだから嘘《うそ》ではない。

ただ、彼は俺に治療できないので、少し複雑な表情を浮かべていた。

医者にとって、ポーションや治癒魔法とは複雑な感情を抱かせるものなのだ。

「さて、このアニメ映画。いよいよ最終作なんだよなぁ」

「感慨深いです」

「パンフレットは買いだな」

「グッズのラインナップもいいですね」

「全部欲しくなるぜ」

俺がつき合ってほしいと言うと、イザベラたちもアニメの種類によっては楽しんでいるのだけど、ちょっとマニアックなアニメを見る時には、同好の士である綾乃《あやの》につき合ってもらうのが一番だ。

二人で映画を楽しみ、ネットで探した喫茶店でコーヒーやデザートを堪能《たんのう》し、夜は冒険者特区内の高級レストランでディナーを楽しんだ。

「そういえば、明日からは表向きお休みになるんだった」

「良二《りょうじ》様は負傷していますからね」

「本当、お腹《なか》が痛くて大変だよ」

「リョウジさんの治癒魔法は、剛《たけし》さんも顔負けですね」

「負傷慣れしているのもあるからさ。とにかく、しばらくは地球のダンジョンに潜らないさ」

「岩城《いわき》理事長が、ガッカリしそうですね」

実際には休まずに、反地球《アナザーテラ》のダンジョンでレベル上げをするけど。

手に入れた品は、あとでイワキ工業に売ればいいから。

そして夕食後。

綾乃《あやの》は裏島の屋敷に泊まり、翌日から俺は四楓院《しほういん》に腹を刺されて負傷したため、冒険者業をしばらく休むことを、古谷《ふるや》企画のＨＰ上で公表した。

「もうテレビのニュースで話題になっていますね」

「本当だ」

翌朝、一夜を過ごした綾乃《あやの》と朝食をとっていると、テレビでは、四楓院《しほういん》のバカが俺を刺した事件がトップニュースとして報じられていた。

あれだけ目撃者がいたので、上級国民パワーで誤魔化すこともできないようだ。

すでにうちの顧問弁護士が、俺が休んでいる間の休業補償を求めて四楓院《しほういん》家を訴える旨《むね》を公表しており、それもニュースになっていた。

『四楓院《しほういん》家は、投資の失敗で莫大《ばくだい》な借金があるとか……』

『その四楓院《しほういん》家が、古谷良二《ふるやりょうじ》さんが休んだ日数分の休業補償を支払えると思えないのですが……』

『ですが、支払わなければ、刑事事件の裁判でも印象が悪くなるでしょう。実際に証拠の映像がこれだけ出回っていますと……』

四楓院《しほういん》のバカが、俺の腹部に思いっきりナイフを突き入れた映像が世界中に出回っていた。

今の時代、スマホで簡単に撮影できてしまうからだ。

『しかし、三千院綾乃《さんぜんいんあやの》さんが自分の奥さんにならないからと言って激高するとは……』

『かなりストーカー気質のある人物なのでしょう。四楓院《しほういん》容疑者は』

それにしても、テレビとは残酷なものだ。

せめて、四楓院《しほういん》のバカがイケメンだったらなぁ……。

上級国民扱いされ、俺の方が悪く言われるシチュエーションもあるはずだったのに、一方的に糾弾されているのだから。

「武藤《むとう》先生には一円でも多く回収してもらうとして、四楓院《しほういん》家が破産すればいいや」

破産してくれた方が、今後バカに余計なちょっかいをかけられずに済むからだ。

俺は休業中、反地球《アナザーテラ》で活動するから、実際には損失なんて出ていないしな。

「良二《りょうじ》様の力に対し、権力や家柄で対抗するのは難しいのですね」

いくら強い個人でも、国や権力者には勝てないのが普通だと思う人は多い。

それは事実だけど、ようはやりようというか、それは暴力で対抗すれば相手に陥《おとしい》れられることもあるだろう。

なにしろ向こうは、俺たち冒険者と同じ土俵で絶対に戦わないのだから。

だが逆に言えば、向こうと同じ方法で戦いつつ、冒険者としての力を暴力以外の方法で駆使すれば、いかに政治家や上級国民といえど、そう簡単に俺を潰せない。

「こっちは、ちゃんと法律を守ってこの国で生きているんだ。降りかかる火の粉を払ったまでさ、たとえ相手がどんな権力者だとしても」

御堂《みどう》の二の舞にしてやるさ。

「私は、良二《りょうじ》様についていくだけです」

「いいのか？」

「ええ、生まれがたまたまそういう家柄だっただけです。冒険者として強くなり、自分で稼いで楽しく暮らす。それでいいのだと思います。世間ではよく、『これからは個の時代』だと言っているではないですか」

「なんか聞いたことあるなぁ、それ」

個の時代ねぇ……。

今の冒険者たちが大きな力を持つ時代には、合っている考え方かもしれない。

実際問題、世界中で冒険者への批判が強くなっているからなぁ。

資源とエネルギー源の供給が冒険者たちに委ねられるようになった結果、新しい富裕層である冒険者が多数生まれ、貧富の差が広がった。

同時に、以前は富裕層で支配階級にあった人たちが没落したケースも散見される。

時代の変化と言ってしまえばそれまでだが、冒険者に対する軋轢《あつれき》が増しつつあった。

世界中に冒険者特区が作られるようになったのは、それも原因だったのだ。

一緒にいれば争いになるので、普段はなるべく分かれて暮らすため。

「できたら将来、良二《りょうじ》様の子供が産みたいです。イザベラさんたちもそう思っているはずですから、ここで我を張っても仕方がありません。これまでのやり方が通用しないのです」

確かに一夫一婦制を守っていたら、俺は四人の中の誰かを選ばないといけない。

もしくは、誰とも結婚せず、子供を残さないという選択肢もあり得た。

「良二《りょうじ》様の子供なら、きっと優れた冒険者になりますよ」

「だといいけど」

こういう存在になってしまった以上、俺が普通に暮らすのは不可能か。

俺はもう冒険者なんだと、開き直るとしよう。

「私たちなら、余裕を持って子供を育てられますから」

彼女たちは世界でトップクラスの冒険者だから、子供を何人でも育てられそうだ。

「実際、シングルマザーを選ぶ女性冒険者は多いそうです」

冒険者として活躍している女性は強いから、結婚せずに自分一人で子供を育てることぐらい余裕でできる。

夫なんていらない、という考えの人も多いそうだ。

逆に男性は、あちこちに子供を作ってしまう冒険者が増えてきているそうだけど。

だが俺は今のところ、イザベラたち以外の女性に興味ないけどね。

「私は明日以降、イザベラさんたちと富士《ふじ》の樹海ダンジョンにアタックする予定です」

「俺も今日はプロト1と細々とした仕事があるけど、明日からは反地球《アナザーテラ》だな」

「私もいつか、自力で反地球《アナザーテラ》に到達したいです」

「綾乃《あやの》なら、必ず辿《たど》り着《つ》けるさ」

綾乃《あやの》が先に屋敷を出て、俺はプロト1と仕事をしてから反地球《アナザーテラ》へと向かう。

綾乃《あやの》たちと岩城《いわき》理事長は反地球《アナザーテラ》の存在を知っているが、彼女たちは日本政府にこの情報を漏らしていなかった。

優れた冒険者が祖国に阻害されるケースが増え、冒険者特区という自治区に籠もることが増えてきたので、そこまでの義理はないということだろう。

命懸けで資源とエネルギーを確保しているのに、国や国民のせいで理不尽な目に遭うことも多いからなぁ……。

優れた冒険者なら、警戒して当然というか。

『古谷《ふるや》さん、四楓院《しほういん》家と話し合いを始めましたが、ちょっと厄介なことになったかもしれません』

「どうして？」

『なぜか三千院《さんぜんいん》本家が出てきまして、その……一度古谷《ふるや》さんと話し合いをしたいとか。なぜか三千《さんぜん》院《いん》さんも呼ばれたそうで……』

「どうして三千院《さんぜんいん》本家が？　まったく綾乃《あやの》にまで迷惑かけるなよ。彼女のことが心配だから顔を出します」

予定どおり反地球《アナザーテラ》での探索をしていたら、武藤《むとう》先生から突如連絡がきた。

四楓院《しほういん》のバカが俺を刺した件の賠償交渉の席に、なぜか三千院《さんぜんいん》本家の当主が現れ、綾乃《あやの》まで呼び出されたそうだ。

もしかしたら彼女が本家に圧力をかけられたりしているかもしれない。そんな横暴を許すことはできないのでここは俺が出向こう。

「（まったく、家柄だけ自慢の旧貴族たちには困ったものだ）」

指定された場所に向かうと、顧問弁護士の武藤《むとう》先生、三千院《さんぜんいん》本家当主を名乗る老人、それから綾《あや》乃《の》と彼女の父親が待っていた。

「このまま四楓院《しほういん》家を潰すわけにいかないのです！　五摂家は、歴史の教科書に載っているほどの名門なのだから。古谷《ふるや》君、どうせ君は冒険者なんだから、少しぐらいナイフで刺されてもどうということないだろう。四楓院《しほういん》君は無罪ってことで決着だな。当然賠償金もナシだ。あっそうだ！　綾《あや》乃《の》は四楓院《しほういん》君と結婚しなさい。これは本家からの命令だ」

「（ふ――――ん。いくら家柄がよくても、社会的常識のないバカでは困っちゃうよね）」

「（ええ、呆《あき》れるばかりです）」

「（武藤《むとう》先生、この人って、本当に三千院《さんぜんいん》本家の当主なんですか？）」

「（悲しいことですが、間違いないです）」

「大伯父さん、どうしてうちの綾乃《あやの》が、殺人未遂犯と結婚しなければいけないのですか？」

「その罪状は消える！　問題ない！」

「問題なくはないでしょう。あれだけ世間を騒がせておいて、検察が彼を無罪にすると思いますか？」

「する！　三千院《さんぜんいん》家は、多くの政治家や官僚、検察とも懇意にしているのだ！　それに、どうせ馬鹿な愚民たちは四楓院《しほういん》君の事件なんてすぐに忘れるさ」

「そうでしょうか？　だいたいおかしな話です。どうして、四楓院《しほういん》家の跡取りが起こした事件を三《さん》千院《ぜんいん》家が仲介するのですか？」

「貴き五摂家は、永遠に残さなければならないからだ」

「それにしては、五摂家の他の家はなにも言ってきませんね。そういえば、大伯父さんも、バカみたいな投資で随分と損をしたと聞きますよ。綾乃《あやの》を四楓院《しほういん》家に嫁がせることに成功したら、成功報酬でも出るんですか？」

「三千院《さんぜんいん》本家当主をバカにするのか！」

綾乃《あやの》から聞いていたとおり、三千院《さんぜんいん》本家の当主は、向こうの世界にもよくいた家柄自慢の無能だった。

四楓院《しほういん》家と同じく家が傾いており、綾乃《あやの》の資産を狙っているようだ。

本家命令ということで彼女を四楓院《しほういん》家に嫁がせ、お礼に資金援助をしてもらうつもりだったのか。

それを、心の底から侮蔑の表情を浮かべている綾乃《あやの》の父親に指摘され、三千院《さんぜんいん》本家の当主は顔を真っ赤にして怒っていた。

図星を突かれたからであろう。

「わかっていらっしゃると思いますが、これ以上言葉が過ぎますと、名誉毀損であなたを訴えることもあり得ることは了承していてください」

「三千院《さんぜんいん》本家当主であるワシが、名誉棄損だと！　ワシほど偉い人間は、誰になにを言っても名誉毀損にならないのだ！」

「……そう思われるのは勝手ですが……」

あんまりな三千院《さんぜんいん》本家の当主の態度に、武藤《むとう》先生は心の底から呆《あき》れていた。

「(歴史がある名門の当主だから、しっかりしているってこともないんだな)」

「(家柄と財力は、時に無能を覆い隠してくれますからね)」

大企業のオーナー一族にバカがいても、そう簡単に会社が潰れないのと同じ理屈か。

「とにかくお話にならないのでこれで」

「平民が！　少しぐらい稼いでいるからといっていい気になりおって！　我ら名家のネットワークを侮《あなど》るなよ！　あとで必ず後悔するからな」

「昔ならビビったかもしれないけど、今の俺は、あなたがバカみたいなこと言ったら、『バカみたいなことを言っていますね』と正直に伝えるようにしているんだ」

「下賤《げせん》な平民のくせにぃ――――！　必ずお前を潰してやる！」

「旧貴族って、こんな奴《やつ》ばかりなんですか？」

「他の三つの家は、そんなことないですけどね」

綾乃《あやの》の父親が、軽くフォローを入れた。

というか、彼は俺と綾乃《あやの》の関係を知っているはずなのに、なにも言ってこないな。

認めてくれているのか？

「とにかく、四楓院《しほういん》家の件については弁護士に一任しております。怪我《けが》をして静養中ですので、それでは失礼します」

「待て！　五摂家である三千院《さんぜんいん》本家当主の話を聞け！」

「誰が相手でも、聞けない話は聞けないんですよ。なにより時間の無駄なので」

「貴様ぁ――――！」

あまりにバカバカしいので、俺たちは三千院《さんぜんいん》本家当主の制止を無視して席を立った。

一応、今の俺は怪我《けが》の治療をしていることになっているので、これ以上彼につき合う義理もないのだから。

「(無能なのに上から目線の貴族には、異世界で慣れているからなぁ……。しかし、酷《ひど》いジジイだな)」

しかも、今の日本で貴族を名乗られてもな。

すでに廃止されたものに拘《こだわ》るなんて、いかにも老人らしいじゃないか。


『ニュースです。かつては五摂家と謳《うた》われ、戦前は公爵であった四楓院《しほういん》家と三千院《さんぜんいん》家ですが、投資の失敗などにより莫大《ばくだい》な借金を返済できず、破産することになりました』

「古い家を保つというのも大変なんだな」

「そうですね。自分の代で潰してしまうと、歴史に名が残ってしまいますから。悪い意味で」

「それは辛《つら》いかもしれないな」

俺の場合、古谷《ふるや》一族が未来永劫《えいごう》続くなんて幻想は抱いていないからな。

もし子供が生まれたとして、その能力がなければ没落してしまう。

ただそれだけのことなのだから。

四楓院《しほういん》のバカに刺された件で和解を断ったら、なぜか三千院《さんぜんいん》本家も破産してしまった。

四楓院《しほういん》家のバカはともかく、本家の年配の当主が、おかしな投資に手を出して破産すると思わなかった。

ダンジョンが出現したことが転機だったのかな？

「人間、年を取れば必ず賢くなるってもんでもないんだな」

「ええ……本家の当主は、三千院《さんぜんいん》家を五摂家のトップにしようと、色々と活動していましたので……」

「五摂家に序列なんてあるの？」

「昔はありました。当主は、それに拘《こだわ》っていたのだと思います」

「それも終わりか」

三千院《さんぜんいん》本家の当主と、あの四楓院《しほういん》家のバカにはもう打つ手がないからな。

今の時代の貴族は権力を使えないので、お金がなくなれば終わりだ。

昔と違って、その血筋にそこまで価値があるとも思えない。

綾乃《あやの》も、あまり自分の血筋を意識していないようだからな。

少なくとも、モンスター相手には通用しないのだから。

「もう終わったことです。今日は、イザベラさんたちと富士《ふじ》の樹海ダンジョン探索の日です。早く二千階層に到達してみたいです」

「みんな着実に強くなってるから大丈夫だよ」

綾乃《あやの》も、イザベラたちも、自力で反地球《アナザーテラ》に到着するのが目的となっていた。

順調に強くなっているから、大丈夫だと思うけど。

その前に、反地球《アナザーテラ》のすべてのエリアボスを倒してエリアコアを入手したいものだ。

エリアコアを持つボスは一度しか出ないので、これを手に入れた者がその土地の所有者となる。

非常にシンプルでわかりやすい、陣地取りゲームというわけだ。

綾乃《あやの》たちが反地球《アナザーテラ》に到達するのと、俺が反地球《アナザーテラ》の土地すべての支配権を得るのが先か。

それは神のみぞ知る、だな。

第12話 ▶ 古谷良二、爆殺事件

「えっ？　古谷《ふるや》企画の本社が入ったマンションが爆破された？」

「どうやらドアの外側にブービートラップが仕掛けられていたようだ。ドアを開けると、仕掛けられていた高性能爆弾が爆発する仕組みだったようで。日本ではあまりない事例だな」

「冒険者特区内でですか？　あそこは警備が厳重なはずなのに、テロだなんて……」

突然、とんでもない情報が舞い込んできた。

古谷《ふるや》企画の本社がある高級タワーマンションの一室で、爆弾が爆発したのだという。

なんでもドアに高性能爆弾が仕掛けてあり、誰かが郵便物を取りに部屋を出ようとドアを開けたら爆発する仕組みだったそうだ。

ちなみに室内にいたゴーレムたちだが、爆風で外装が少し傷ついただけで無事だったらしい。

「郵便物を取りに？　普段はゴーレムに任せていませんでしたか？」

「それが、たまたま古谷《ふるや》さんが郵便物を取りに行こうとしたようで……」

「そんな偶然って……。何者の仕業なんです？」

治安のいい日本で、しかも入れる人間が限られている冒険者特区内にある高級タワーマンションの一室に爆弾を仕掛けられる連中なんて、そんなにいないはずだ。

「東条《とうじょう》さん、古谷《ふるや》さんの監視は強化されたのでは？」

「されていたのに、こうもあっさりとやられてしまったということは、これは身内の犯行だろうなぁ……。古巣に情報を集めに行かないと……」

「公安か？　自衛隊の特殊部隊か？　反社会勢力の連中が高性能爆弾を用意して、それを仕掛けるなんてできるのですか？」

「御堂《みどう》の残党かもしれない。あとは……腐っても公家《くげ》だ……」

「三千院《さんぜんいん》本家と四楓院《しほういん》家ですか……」

共に破産してしまったが、その血筋に価値を見出《みいだ》す連中がいたということか。

「しかし、本当に古谷《ふるや》さんが爆発に巻き込まれたとしたら、いくら彼でもまず助かっていないでしょう……」

古谷《ふるや》さんが亡《な》くなったとしたら、古谷《ふるや》企画の資産はどうなるのか。

以前せっかく後藤《ごとう》が助けたのに、またも借金持ちになってベーリング海でカニを獲《と》る仕事に戻る予定だったり、刑務所にいる古谷《ふるや》さんの親戚たちが大騒ぎするな。

そして、彼らを利用する連中も現れる。

外国も彼らを利用して、古谷《ふるや》企画の膨大な資産を得ようと蠢動《しゅんどう》を始めるだろう。

「どうしたものか……」

「さっきからなんでそんなに慌ててるのかと思ったら、そういうことか……」

「そういうことって……。慌てて当然でしょう」

奥さんも子供もいない、古谷《ふるや》さんが亡《な》くなったのだ。

これから大騒ぎになるに決まっているじゃないか。

「安否を確認しようにも、スマホも繋《つな》がらないんですよ」

「スマホが爆風で壊れないわけないからなぁ……。ただ私は、古谷《ふるや》さんが自室のドアを開けたら、仕掛けてあった高性能爆弾が爆発したとは言った。だけど、それで彼がどうこうなったという話はしていないが……」

「いや、人間が爆弾の爆発の至近距離にいたら……」

間違いなく、木っ端微塵《こっぱみじん》になってしまうはずだ。

「普通の人間はそうだろうが、古谷《ふるや》さんは冒険者だから」

「あぁっ！」

そういえばそうだった。

あまりに衝撃的な報告だったので、大切なことを忘れていた。

「古谷《ふるや》さんの具合はどうなのでしょうか？」

「いや、別に怪我《けが》なんてしていないけど」

「まったくの無傷ですか？」

「彼はそういう存在だからな。ただ……」

「ただ？」

「服がすべて吹き飛ばされて、救急車と警察が駆けつけた時には素《す》っ裸《ぱだか》だったそうだ。『恥をかかされたから仕返しをしてやる！』と」

まるで、コントのような話だな。

その光景を想像したら……今は笑ってはいけない。

「なるほど。しかし……」

いくら古谷《ふるや》さんが強いとはいえ、自分の部屋に爆弾を仕掛けた犯人がわかるものなのだろうか？

「わかると言っていたし、二度と日本で普通に暮らせないように仕返ししてやる、と言っていたな。で、報道では安否不明と流すように頼まれたばかりだ」

「犯人たちを欺くためですね。ですが、仕返しとは……」

「西条《さいじょう》さんは、『仕返しなんてしたって虚《むな》しいだけです』とか古谷《ふるや》さんに忠告するか？」

「しませんよ」

爆弾で殺されかけた人に、そんな失礼なことは言えない。

どうせ言ったところで、彼は聞く耳を持ってくれないだろう。

「我々は、我々の仕事をすればいいのさ。こういうときこそ、警察や報道関係のＯＢに働いてもらわないとな」

「やることは多そうです」

幸い両隣の部屋は誰もいなかったそうで、高性能爆弾による犠牲者はゼロだった。

だが、マンションや部屋に被害がないわけではない。

古谷《ふるや》企画としては、先に彼らにお見舞いなり補償をしたほうがいいだろう。

あとは、新しい本社事務所も探さないと駄目だろうな。

同じ住所だと、同類の事件が発生しかねない。

「さあ仕事だ仕事」

「そうですね。新しい本社かぁ……」

上野公園《うえのこうえん》ダンジョン特区は狭いからなぁ。

最適な物件が見つかればいいけど……。

＊＊＊

「ひゃひゃひゃ！　良二《りょうじ》ざまあ！」

「一生かかっても使い切れない莫大《ばくだい》な資産がこれで！　俺たちは人生の勝ち組だぜ！」

「爆弾でバラバラか。下賤《げせん》な成り上がり者の末路にしては笑えるじゃないか！　歴史ある五摂家、三千院《さんぜんいん》本家の当主をバカにした罰だ！　地獄に落ちるがいい！」

「綾乃《あやの》タン、僕が君をお嫁さんにしてあげるからねぇ。待っててねぇ」

「親父《おやじ》の跡を継いで政治家になり、親父がなれなかった総理大臣になってやるぜ。高橋《たかはし》のような凡庸な男でも総理大臣が務まるんだ。俺が総理大臣になったら、日本は世界一の強国になるだろう。しかしまぁ、生意気な古谷良二《ふるやりょうじ》のガキは木っ端微塵《こっぱみじん》か。ざまあないぜ」

「……」

まだ刑務所に入っていない、古谷良二《ふるやりょうじ》のクズみたいな親戚たち。

実家の借金を返済するため、三千院綾乃《さんぜんいんあやの》と結婚しようとして失敗した四楓院実麻呂《しほういんさねまろ》。

同じく、五摂家の筆頭となるという時代錯誤な野心成就《じょうじゅ》のため、投資で作った借金を三千院綾《さんぜんいんあや》乃《の》に補塡させようとしたり、彼女に四楓院実麻呂《しほういんさねまろ》に嫁ぐよう、上から目線で命令して拒否された三《さん》千院文彦《ぜんいんふみひこ》。

そして、反社会勢力を総動員して古谷良二《ふるやりょうじ》の暗殺を目論《もくろ》んだ大物政治家御堂《みどう》のバカ息子。

彼らを見ていると、日本の将来が心配になってくるほどだ。

古谷良二《ふるやりょうじ》の親戚たちはともかく、旧貴族と、大物政治家の跡取り息子がこのざまではな。

日本人はここまで劣化したのかと。

だが、バカの方が利用しやすいのも確かだ。

「（ふふっ、東条《とうじょう》め。たまたま古谷良二《ふるやりょうじ》と関われたくらいでいい気になりやがって！　その美味《おい》しいポジションは俺のものだ）」

俺が警視庁に入った時、東条《とうじょう》よりも成績がよかったんだ。

それが古谷良二《ふるやりょうじ》のせいで……。

警察庁の連中も、東条《とうじょう》ばかり評価しやがって！

ならば、東条《とうじょう》の評価を形作っている古谷良二《ふるやりょうじ》を殺してやろうと考え、見事に成功した。

銃は高レベルの冒険者には効かないので、爆弾を用意した。

過激派や爆弾マニア、武闘派暴力団から警視庁が押収したものを上手《うま》く手に入れられたし、俺ぐらいの天才になればトラップを作るのも簡単だった。

「誰がなにを言おうと、古谷良二《ふるやりょうじ》の血縁者である俺たちが、古谷《ふるや》企画を牛耳るのが正しいんだよ」

「あいつの遺産っていくらかな？　楽しみだぜ」

「いくら冒険者として金を稼ぎ、社会で評価されているからといって、年上である俺たちに対する態度ってものがあるだろうこ。札束くらい包んで、俺たちに挨拶するのが常識なんだ」

「そうだよな、俺たちは良二《りょうじ》の親戚なんだから。俺たちを古谷《ふるや》企画の役員にして、年収百億円ぐらいで雇えっての」

「良二《りょうじ》は間違っていたから、俺たちが爆弾で木っ端微塵《こっぱみじん》にしてやったんだ。これは社会正義なんだ！」

「三千院《さんぜんいん》家は、これで復活できるぞ！」

どいつもこいつも大バカばかりで、そりゃあ古谷良二《ふるやりょうじ》が親戚づき合いをしないわけだ。

俺でもしないだろうな。

だいたい、年上を無条件で尊敬しなければいけないのであれば、まずはお前らが樹齢の長い古木を尊敬してみろってんだ。

「古谷《ふるや》企画の資産があれば、三千院《さんぜんいん》家が五摂家筆頭になる日も近い」

「綾乃《あやの》ぁ――――ン！　結婚式はどこであげようかな？」

こんな連中が、日本の旧貴族なのか……。

それは太平洋戦争で、日本はアメリカにボロ負けするよな。

「次の総理大臣は俺だな」

そして、大物政治家の息子に生まれただけの無能。

こんな連中でも、俺が成り上がるために必要な大切な駒だ。

上手《うま》く利用していかなければ。

「刑務所にいる親戚たちにも権利がありますので、そこをどう無力化するかですよ」

「殺せばいいじゃないか。どうせ社会のクズなんだから」

「刑務官を買収して毒殺しようぜ」

「さすがに毒殺はバレるだろう。囚人に報酬を出して、事故に見せかけて殺せないかな？」

「あいつらがいると、分け前が減るからな」

「一秒でも早く始末したいな。法務大臣でも買収するか？」

「それは難しいです……」

クズは、自分がどれだけクズな発言をしているのか気がつかないから怖い。

さすがの俺でも、刑務所に入っている囚人は手を出せないから、今は放置するしかない。

「三千院《さんぜんいん》家のツテで、いい弁護士を紹介しよう。古谷良二《ふるやりょうじ》の遺書があったことにすればいいんだ。遺書も奴《やつ》の筆跡を捏造《ねつぞう》すればいい。どうせ刑務所の中にいる連中はなにもできまい。それにいざとなれば、出所後に始末すればいいのだから」

「邪魔者は抹殺！　綾乃《あやの》タンとの新婚旅行はどこに行こうかな？」

「親父《おやじ》と知り合いの反社連中がまだいるから、いざとなればそいつらに消させればいいさ」

こいつらは簡単に言ってくれるな。

だが、最後の手段としてその策を用いなければならないこともあるか。

当然俺が自ら手を汚すことはなく、こいつらにやらせればいい。

そして俺は、古谷《ふるや》企画の資産を利用して、この日本のすべてを支配するのだ。

ざまあみろ！

東条《とうじょう》！

「俺たちの成功に乾杯！」

「乾杯！　年収百億円。いや、一千億円だ！」

「三千院《さんぜんいん》家の栄光のために！」

「綾乃《あやの》タンとの新居は、高級タワーマンション……いや、豪邸がいいな。綾乃《あやの》タン、僕が愛してあげるからね」

「総理大臣への第一歩だ！」

基本的に能天気だからか、全員あとがないくせに乾杯なんてしていやがる。

どこまでも能天気な連中だが、このぐらいはつき合ってやるとするか……。

「明日から、古谷《ふるや》企画掌握のため……」

「警察だ！　全員を爆弾の所持と使用、古谷良二《ふるやりょうじ》さんへの殺人未遂の罪で逮捕する！」

「「「「「「「なっ！」」」」」」」

どうして我々のアジトがバレたのだ？

ここは、俺が念入りに探した秘密の物件なのに……。

突然部屋に乱入してきた警察官たちによって、俺たちは全員拘束されてしまった。

「不当逮捕だぞ！　それに俺は警察の人間だ！　いきなり逮捕するなどおかしい！」

「……警察の人間？　だからなんだ？　バカな戯言《たわごと》を……。お前たちは、世界中に自らの罪を暴露したくせに」

「それはどういう？」

「見てみろ」

警察官が、スマホである動画を見せてくれた。

それは古谷良二《ふるやりょうじ》の動画サイトであり、なんと最新の動画に今の俺たちの密談の様子がすべて公開されていたのだ。

「爆発的に視聴回数が上がっているな。さて、これでもシラを切るのかな？」

「くっ……いったい、いつの間に……」

誰が盗撮なんて……。

全然気がつかなかった。

まさか、古谷良二《ふるやりょうじ》が？

「しかしまぁ、キャリアのエリートさんがねぇ……無駄な抵抗はせず、大人しく捕まるんだな」

「（ノンキャリのくせに生意気な！）」

その後、アジトから予備の高性能爆弾と高性能火薬、爆弾の部品なども押収され、俺たちは逮捕されてしまった。

末端の警察官のくせに、エリートである俺をバカにしやがって！

今回は大人しく捕まってやるが、出所したら必ず東条《とうじょう》と古谷良二《ふるやりょうじ》に仕返ししてやる。

＊＊＊

「というわけでして、自宅兼本社のあるマンションが、現役キャリア警察官と俺の親戚たち、そして旧貴族の方々によって爆破されて大変でした。しかしまぁ、バカってのは斜め上の行動をするから凄《すご》いよね。そんな夢みたいな未来、本当に実現すると思っていたのかな？　さてと、今日は取り調べされる人が多そうだからってわけじゃないけど、ポイズンボアの肉で『カツ丼』を作ります。今日のゲストは……」

「カツドン、作り方を習いたいです」

「美味《おい》しいよね、日本のカツドン。ボクもちょくちょく食べるよ」

「冒険者になってから、カロリーを気にせず食べられるようになったのはいいことだと思います」

「ジャパニーズ、カツドン。早く食べたいわ」

爆破事件のあと、俺は犯人たちの正体とそのアジトを『予言』で突き止め、彼らの密談を盗撮して、それを動画チャンネルに投稿した。

まさか主犯が、東条《とうじょう》さんと同期の警察キャリアだったとは驚きだったが、他にも俺の親戚たちと、綾乃《あやの》から金を取ろうとしたりストーカーをしていた旧貴族たち……俺を刺した四楓院《しほういん》がどうして娑婆《しゃば》にいるのかが不思議だったが、そこは腐っても上級国民なのか……そして先日仕返しした御堂《みどう》の息子までいたとは驚きだったけど、今ネットでは大騒ぎだ。

明日以降は、ワイドショーで大騒ぎになるだろう。

東条《とうじょう》さんによると、盗撮した動画の使用許可の依頼がテレビ局から来ているそうだけど、今回に限っては無料で使用許可を出してあげた。

各テレビ局はきっと大喜びで、テロに走った現職キャリア警察官の犯罪を報じるだろう。

俺は古谷《ふるや》企画のＨＰで、顧問弁護士である武藤《むとう》先生と相談して当《あ》たり障《さわ》りのない、かつ犯人たちを強く批判する文章をあげ、今はサブチャンネルの撮影をしていた。

コラボ企画で、イザベラ、ホンファ、綾乃《あやの》、リンダと一緒にポイズンボアのカツ丼を作る。

警察の取り調べといえばカツ丼で、犯人たちに差し入れができるわけではないが、軽い皮肉を込めた動画というわけだ。

「リョウジ君、カツが分厚いけど、火はちゃんと通るのかい？」

「心配ない。分厚いトンカツを揚げる時には、低温で揚げ始めるのがコツなのさ」

ホンファの疑問に答える俺だが、すべて事前の打ち合わせどおりである。

「油の温度を測りましょう。鍋にタップリの油を……これは、黄金米の糠《ぬか》を搾った米油を用いています。通販で購入できますよ。１００度を超えたらパン粉をつけたカツを入れ、そのまま１４０度前後で油から出る泡が小さくなるまで三～四分揚げます。そのあとひっくり返して二分ほど。残り一分半で油の温度を160度まで上げて仕上げです」

俺の説明を受けたイザベラがカツを揚げ始めるが、その腕前は手慣れたものだった。

彼女も典型的なイギリス人なので料理はさほど得意ではなかったが、レベルアップで器用さが上がっており、さらに俺に手料理を作るようになったので料理の腕前が上達していた。

「揚げ終えて油を切ったカツをカットして、今日はカツドン用の鍋がないのでフライパンで仕上げるわよ」

続けて、リンダが揚がったカツをカットし、フライパンでタマネギ、割り下と共に煮てカツ丼を作り始めた。

リンダも料理は全然だったが、今ではかなり上達している。

「カツに使う卵は、今日はデスチキンの卵だよ。ダンジョンでリョウジ君が手に入れました」

ホンファも器用に大きなモンスターの卵を割り、かき混ぜてから煮込んだカツに投入していく。

デスチキンは、上野公園《うえのこうえん》ダンジョン二百四十六階層に生息するモンスターで、肉と卵がとても美味《おい》しい。

「リョウジさん、卵は半熟ですか？　それとも、完全に固めてしまいますか？」

「半熟で」

「そういえば、ダンジョンで手に入れた卵を生で食べるとお腹《なか》を壊さないのでしょうか？」

「俺は、一度もお腹《なか》を壊したことないな。レベルアップの影響で病気にもなりにくいから絶対に大丈夫とは言えないけど、入手してすぐに食べればまずお腹《なか》は壊さないと思う」

とはいえ絶対ではないので、ここで『安全に十分に配慮していますが、ダンジョンで入手した卵の生食は危険なのでやめてください』というテロップを入れるのを忘れなかった。

あとでクレームが入ると面倒だからだ。

ただ、卵を持つモンスターの卵はドロップ品扱いなので、どれも新鮮な状態で手に入る。

ちゃんと保存してあれば、入手後一週間くらいは生食をしても安全であった。

「カツが煮えたね。これを丼によそったご飯の上にのせ、最後にミツバを散らして完成です」

「良二《りょうじ》様、お味噌汁《みそしる》を作りましたよ」

カツ丼につける味噌汁《みそしる》は、綾乃《あやの》が作ってくれた。

彼女の作る味噌汁《みそしる》は、これまた絶妙な味加減で美味《おい》しいのだ。

正直なところ、亡《な》くなった母よりも美味《おい》しいと思う。

そして和食を作る綾乃《あやの》はとても人気で、彼女は動画でもダンジョンの食材を用いて和食を作ることが多かった。

「……良二《りょうじ》様、カツ丼の蓋が閉まりませんね」

「これはボリューミーで美味《おい》しそうだ」

カツが分厚いカツ丼は蓋が閉まらないが、それが逆に映《ば》えるというものだ。

「じゃあ、みんなでいただきますか。そういえば、俺を爆殺しようとした犯人たちにカツ丼を差し入れしようとしたら、警察に断られてしまいました」

などと皮肉を挟みつつ、五人で『ポイズンボアの分厚いカツ丼』を試食し始める。

「カツが分厚いのに、お肉が柔らかくてジューシーで美味《おい》しいですね」

「デスチキンの卵が半熟でトロトロなのもいいね。今度、ボクの動画チャンネルで酢豚を作ろうかな？　オツマミ用の燻製《くんせい》チャーシューって手もあるね」

「角煮とか、同じカツ丼でも、デミグラスカツ丼とか、新潟のタレカツ丼、名古屋の味噌《みそ》カツ丼も作ってみたいです」

「今度、スペアリブをバーベキューで焼いて食べましょうよ。特性のタレは私が作るから」

コラボ動画の撮影後、イザベラたちは富士《ふじ》の樹海ダンジョンの攻略へと向かった。

あともう少しで百階層に到達できると言っていたので、みんなとの料理はそれが落ち着いたら……いやでも、あの計画をみんなに話すのが先かもしれない。

俺も反地球《アナザーテラ》のエリア掌握が順調に進んでいるし、これからまた忙しくなりそうだ。

さて結局、俺を爆殺しようとした犯人たちを盗撮した配信は、同時接続者数世界一を記録し、おかげで今回のコラボ動画の再生数もいつもより多くなっている。

我ながら意地が悪いと思うが、犯人たちに文句を言っても、彼らは資産がないので賠償請求もできない。

それならダンジョンに潜るか、動画でも撮影していた方がマシってものだ。

とはいえ、奴《やつ》らは俺のマンションのドアを爆弾で吹き飛ばした。

全額回収できなくても、有り金すべて回収させていただく。それで破産しても知ったことではない。

ああ、そうだ。

東条《とうじょう》さんの同期以外は、全員すでに破産していたんだった。

しかしまぁ、なにも失う物がない『無敵の人』には困ったものだ。

第13話 ▶アイスマンと反地球の所有者

「リョウジさん！　戦ってる姿が全然見えませんね……」

「ボクも駄目だ……。なんて素早さなんだ！　大幅にレベルが上がったのに、リョウジ君に追いついた気がしないよ」

「私たち、頑張って反地球《アナザーテラ》に到達したんですけどね……」

「リョウジが戦っているのは、南極のエリアボス『アイスマン』だったわよね？　こいつを倒せば、反地球《アナザーテラ》の所有権は……」

「頑張って反地球《アナザーテラ》に到達してみれば、すでに良二《りょうじ》がすべての支配権を手に入れていたわけか」

最初は富士《ふじ》の樹海ダンジョンの百階層への到達を目指していた私たちですが、このところ良二《りょうじ》さんの自粛騒動だの、非冒険者たちとのトラブルが連発しており、『だぁ――――！　なにかあればすぐに批判するくせに、俺がいなくなったらどうするんだ！』と、保険の意味を込めて私たちを集中的に強化してくれました。

そのおかげで早々に二千階層に到達し、そこから双子ダンジョンを経て、反地球《アナザーテラ》へと到達することができました。

他の冒険者たちは、富士《ふじ》の樹海ダンジョンの五十階層にも到達していないので、私たちはリョウジさんを除けば、冒険者の世界トップランカーというわけです。

ですが、そんな私たちをも圧倒する強さを誇るリョウジさんが、反地球《アナザーテラ》を支配していた最後のエリアボスと戦っていました。

あまりにもすさまじい戦いで、近くにいると巻き込まれてしまうので、アヤノさんの『千里眼』でかなり遠方からその様子を見守っていました。

氷の人型ゴーレム『アイスマン』はそれほど強そうに見えませんが、リョウジさんと激しい戦いを繰り広げています。

あまりに両者の戦闘スピードが速すぎて両者の動きが見えないことも多く、私たちは『強くなったはずなのに……』と大きなショックを受けていました。

「私たちはまだまだですわね」

「それは事実だけど、俺たちって良二《りょうじ》に追いつくことあるのかね？」

剛《たけし》さんの疑問はもっともですが、私たちはリョウジさんに置いていかれたくありませんから、出来る限りの努力を重ねるつもりです。

反地球《アナザーテラ》のダンジョンに住むモンスターたちはとても強いそうなので、さらにレベルを上げていくことにしましょう。

「リョウジ、大丈夫かしら？」

「私は心配していませんよ」

「アヤノ、実は私もよ。リョウジは強いから」

確かに戦っているところは見えませんけど、きっとリョウジさんが勝利するはずです。だって、彼が私たちを置いて死ぬことなんてあり得ないのですから。

「今夜は勝利のお祝いですね」

「いいね。どこのお店にしようか？　リョウジ君の好きな高級中華でいいかな」

「プレゼントを用意しましょう」

「いいわね、それ」

「俺も参加するぜ」

今は静かに、リョウジさんの勝利を待つことにしましょう。

＊＊＊

「……ここじゃないのか……」

「……」

「ゴーレムは喋《しゃべ》らないからなぁ。しかも全部氷でできているように見えるから、人工人格の位置がわからない」

反地球《アナザーテラ》で最後にエリアボスが残った南極において、俺は氷の人型ゴーレム『アイスマン』と死闘を繰り広げていた。

こいつの外見はただの氷人形なのだけど、とにかく強い。

一撃食《く》らうと、グレートドラゴンの比でないダメージを受けてしまうのだ。

このところ愛用していたホワイトメタル製の鎧《よろい》に罅《ひび》が入っており、これは熔《と》かして新しい鎧《よろい》の材料にするしかないだろう。

お腹《なか》に強烈な一撃を食《く》らった際、アバラが何本か折れ、さっきは腕が千切れかけた。

激痛に耐えながら、隙を見て治癒魔法で治療し、反撃でこちらもアイスマンに一撃入れるのだけど、氷でできているからか、体に罅《ひび》が入ろうと、手足が砕かれようと、すぐに回復してしまう。

こいつを倒すには、氷にカモフラージュしている人工人格を潰さないと駄目みたいだ。

何度も重傷を負いながら、腕、脚、頭などに一撃入れていくが、残念ながらその位置には人工人格がなかった。

アイスマンの体が、俺の返り血で赤く染まる。

「胴体か？」

しかもアイスマンは、俺の攻撃力に対応するかのように防御力を上げていく。

高速で勢いをつけながらの一撃だったのに、今度は胴体の表面に罅《ひび》を入れることしかできず、しかもすぐに回復してしまった。

「物理攻撃が駄目なら……。『終末の業火《ごうか》』！」

一番威力の高い火魔法でアイスマンを包み込むが、やはり完全には溶けない。

どうやら、アイスマンの体を構成する氷には秘密があるようだ。

「こうなれば！」

このまま戦っていてもキリがないと感じた俺は、そのままアイスマンに摑《つか》みかかった。

武器は使わず、拳でアイスマンのボディーを砕いていく。

拳の皮膚が破れ、肉や骨まで露出して血が大量に噴き出るが、俺は激痛に耐えながらアイスマンの胴体を殴り続けた。

両手が痛くて仕方がないが、ここは我慢するしかない。

これまでの速度を生かした戦闘ではなく、泥臭い乱闘でアイスマンの特殊な氷でできた体を砕いていく。

華麗な戦闘ではないが、こうでもしなければアイスマンの体を砕けなくなったからだ。

「クソッ！　このっ！」

「……」

「がはっ！」

当然だがアイスマンも殴られっ放しではなく、俺も奴《やつ》に殴られて顔は腫れ、血まみれになっていき、最後には弾《はじ》き飛《と》ばされてしまった。

南極の氷山に強く叩《たた》きつけられ、俺の呼吸が一瞬止まる。

「(……へへへ、どうやら俺の考えは正しかったようだな)」

俺がアイスマンと野蛮な殴り合いを始めたのには、もう一つ理由があった。

それは、俺の血まみれの拳で氷の体を砕かれたアイスマンがその身を回復させる時、ベットリとついた俺の血をその体に取り込むからだ。

アイスマンの氷の体の回復力は衰えていないが、体内に俺の血を取り込んで、徐々に赤い氷の体になっていく。

「（次は腕と胸のあたりか……）」

無限に近い回復力を持つアイスマンを倒すには、氷にカモフラージュしているために見えない人工人格を砕く必要があり、それを探すため、俺はわざと血まみれになりながらその身を砕いていたのだ。

「（壊れていない人工人格は、俺の血を取り込まないはず）」

人工人格の周囲にある氷が赤く染まれば、それが浮かび上がってくるという寸法だ。

「（まだ失血死はしない出血量だ。その全身を赤く染めれば、人工人格が浮かび上がるだろう）」

次は拳で、アイスマンの右腕、右肩、右胸を殴りつけ、砕けた拳から出てくる血を砕けた氷の身に塗り込めていく。

すると完全に回復をしても、俺の血を取り込んだので赤い氷となった部分が増えていった。

「（徐々に赤い氷の部分が増えているな。見つかるまでやってやる！）」

俺は拳を血まみれにしながら、今度は左腕、左肩、左胸と砕いていく。

すでに両拳はボロボロだが、この程度の負傷は過去に数えきれないほどしているので慣れていた。

「見えた！」

俺の血で赤くなった胸奥《きょうおう》の中心部に、とても小さい水晶玉に似た透明の人工人格が見えた。

「いくぞ！」

また拳で殴りかかると見せかけ、『アイテムボックス』から『デリンジャーエストック』という銘の細身の剣を取り出し、全力でアイスマンの人工人格を突く。

アイスマンの胸の中心部を貫通したエストックは、見事小さな人工人格を砕くことに成功し、アイスマンは活動を停止した。

「やはり、人工人格が弱点だったな。ふう……上手《うま》くいってよかった」

アイスマンを倒すことに成功した俺は、疲労から南極の氷原の上で膝をついてしまうが、すぐに遠くで戦いを見ていた剛《たけし》とイザベラたちが駆け寄ってきた。

「剛《たけし》、僧侶のお前が治してくれないのか？」

「このくらいの負傷なら、クリニッジたちに任せた方がいいに決まってるだろうが」

「リョウジさん、私はケンさんやアヤノさんほどではありませんが、治癒魔法が使えますから」

「リョウジ君、特性のエクストラポーションだよ」

「良二《りょうじ》様、私の治癒魔法で治してあげますから」

「リョウジ、私もいいエクストラポーションを手に入れたから」

「みんな、心配かけてすまなかった。治癒魔法とエクストラポーションのおかげでちゃんと治ったから。それよりも……」

無事に回復したので……ちょっと治癒魔法の魔力とエクストラポーションが勿体《もったい》なかったけど、それを言える雰囲気ではなかったな……活動を停止させたアイスマンが立ち尽くしている場所を探

すと、そこには最後のエリアコアが残されていた。

「これで、反地球《アナザーテラ》のすべてのエリアを開放したぞ」

これまでに獲得したエリアコアをすべて取り出すと、突然合体し一個のオーブになってしまった。

『鑑定』すると、『アースコア』と出ている。

「この反地球《アナザーテラ》の支配者である証拠。アースコアを持つ者が、反地球《アナザーテラ》においてはなによりも優先される」

具体的には、アースコアの持ち主が不利益だと判断した人間、生物、物質のすべてを排除できるみたいだ。

「惑星一個の権利ですか。知られると色々と面倒かもしれません」

「なんだけど、残念ながら……」

「リョウジさん、どうかなさいましたか？」

「いつまでも隠しきれるものではないから、どのタイミングで公表すればいいのか。そこを考えないとな」

「タイミングですか」

「それを考えるのはまだ先の話だ。疲れたから、地球の自宅に戻るとしよう」

「そうですね。今日はお祝いをしますから」

「リョウジ君が行きたがっていた高級中華のお店、予約が取れたから」

「私たちが奢《おご》りますね」

「私たちも、反地球《アナザーテラ》に辿《たど》り着《つ》けたお祝いよ。沢山食べて、血を増やさないと」

「明日からも反地球《アナザーテラ》のダンジョンに潜るから、今夜は沢山食べておくか」

無事、反地球《アナザーテラ》の各地を占拠していたエリアボスの撃破に成功し、俺は反地球《アナザーテラ》の所有者となった。

惑星一個貰《もら》っても、今のところは使い道はないけど。


『太陽を挟んだ地球の反対側には、空想の産物とされた反地球《アナザーテラ》が存在しました！　しかしながら、この反地球《アナザーテラ》にもダンジョンが存在し、さらに各大陸や地域には、その土地を守護する強大なモンスターの存在が！　古谷良二《ふるやりょうじ》の活躍に刮目《かつもく》せよ！』

「古谷《ふるや》さん、これは？」

「ちょうど更新した新しい動画のナレーションです。きっと、多くの人たちが視聴してくれますよ」

「ええと……。もう一つの地球？　初耳ですけど……」

「東条《とうじょう》さんには初めて話しましたから」

「そうなんですね……」


反地球《アナザーテラ》の存在をいつまで隠し通せるか。

最初俺の予想だと、長くてもあと十年ほどだと思っていた。

現状、イザベラたちが富士《ふじ》の樹海ダンジョンの二千階層を突破し、他の凄腕《すごうで》冒険者たちも、すでに地下百階層を突破した者が出始めている。

冒険者の成長が加速度的に進んでいる以上、十年よりも早くなる可能性の方が高かった。

そこで、もうすぐ冒険者高校を卒業となる初春……結局、あまり行かなかったなぁ……これまで撮《と》り溜《た》めていた富士《ふじ》の樹海ダンジョン地下二千階層までの攻略動画と、双子ダンジョンへと続く扉の存在。

そして、双子ダンジョンが反地球《アナザーテラ》にあり、俺が各地を守るボスモンスターを倒して無事に開放した様子を、プロト1が編集して投稿し始めたのだ。

「これも視聴回数を稼げそうだ」

「そういうレベルの問題ではないいんですけど……」

「とはいえ、他の誰かが反地球《アナザーテラ》に辿《たど》り着《つ》くまで隠していたら、それはそれで叩《たた》くくせに」

「ああ……否定できない……」

フルヤアドバイスの副社長である東条《とうじょう》さんが、珍しく頭を抱えていた。

優秀な元警察官僚だって聞いているので、きっとなんとかしてくれるはずだけど。

「国際法に則《のっと》れば、反地球《アナザーテラ》は最初の発見者である古谷《ふるや》さんのものになります。ちゃんと地図もありますしね。ですが、古谷《ふるや》さんはここまで詳細な地図を作れたんですね」

「作れました」

異世界にはろくな地図がなく、地図とは自作するものという感覚なのだ。

なので、反地球《アナザーテラ》のすべてのエリアボスを倒した俺は、この惑星の詳細な地図を作成していた。

自分の土地なので、ちゃんとすべてを把握しておかないと、と思ったからだ。

「誰がなにを言おうと、反地球《アナザーテラ》は古谷《ふるや》さんのものです。よく新しくできた島が誰のものか？　というお話がありますけど、第一発見者なのですよ。で、古谷《ふるや》さんは日本人です。よって、この反地球《アナザーテラ》は日本の領土となりました」

「それで簡単に終わればいいんだけど、そうはいかない」

「ですよねぇ」

当然日本に対し、世界各国が圧力をかけてくる。

ようするに、『お前だけズルイぞ！』、『分け前寄こせ！』という本音を隠し、国際協調だとか、世界平和のためだとか、オブラートに包んで言うわけだ。

「どうせ日本は外圧に弱いんだから、諦めたらどうです？」

「そうはいかない理由が別にあるんです……今後のために調べ物をします。一日だけ時間をください」


次の日、東条《とうじょう》さんに会うためフルヤアドバイスに向かった。

「古谷《ふるや》さん、お待たせしました」

「いったい何を調べていたんですか？」

「反地球《アナザーテラ》の話を聞いて、以前からマークしていた連中のことが気になりまして、改めて昔のツテを使い調査しました」

東条《とうじょう》さんは資料を取り出しながら続ける。

「前提ですが、反地球《アナザーテラ》は古谷《ふるや》さん個人の持ち物です。しかし、少し前から古谷《ふるや》さんの新発見を横取りしようとしている者たちがいると噂《うわさ》されていまして。その欲深な連中が、今回発見された反地球《アナザーテラ》を日本政府が取り上げてしまえばいいと関係者に話していたことがわかりました」

「は？　そんなことができるんですか？」

「暴論ですよ。しかし、あとで日本政府に払い下げさせて、自分たちが利益を得ようとしたんでしょう。明治政府に同じことをやらせて大儲《おおもう》けした、元勲《げんくん》や彼らと繋《つな》がりのある政商たちの子孫です」

明治維新で活躍した、元勲《げんくん》の子孫たちかぁ……。

確か元勲《げんくん》の中には、国有資産を格安で自分やお仲間に払い下げさせた人がいたんだっけか。

まずは、日本政府に俺から反地球《アナザーテラ》を取り上げさせる。

そのあと、美味《おい》しい土地を自分とその仲間たちに払い下げさせるわけか。

「ですが、すぐに思い直しました。連中は、強気に出られる相手にしか強気に出ない。世界各国が反地球《アナザーテラ》の分け前を寄こせと言い出し始めるであろう事実に気がつき、すぐに手を引いた」

俺個人には強気に出られるが、外国からの圧力には弱いわけか。

「で、その時に日本政府は気がついたわけです。反地球《アナザーテラ》は、古谷《ふるや》さん個人の所有の方が色々と都合がいいと。どこかの土地を寄こせと他国から要求されても、民主主義国家たる日本は、古谷《ふるや》さんから土地を奪い取れません、と言い返せますから」

「建前って、大切ですね」

「そうですね。ただ日本政府も甘くはない。一日でも早く、古谷《ふるや》さんから多くの税収が欲しいわけです」

「一日でも早く、反地球《アナザーテラ》から税収を得たいと？」

「ただ、固定資産税は凍結か、かなり安くなるでしょう。さらに、反地球《アナザーテラ》から税金を取るのは難しいので時間がかかるはずです」

「そうなんですか」

俺は、もっとがめつく税金を取るものだとばかり。

「だってそうでしょう？　今の国税庁があなたが到達したという反地球《アナザーテラ》に辿《たど》り着《つ》き、現地を調査するなどできないのですから。動画はあっても、作り物だと言われたらそれまでです」

確かに俺の反地球《アナザーテラ》の動画は、金儲《かねもう》けのための偽物《にせもの》だと騒ぐ人たちが無視できない数いるのは知っていた。

反地球《アナザーテラ》なんてあるわけがないと。

そんな彼らも動画は見てくれているので、アンチもファンのうちという状態だったけど。

「無視できない数の人たちが、『反地球《アナザーテラ》なんて存在しない！　動画は合成だ！』と批判しており、だけど実際に調査に行けないので、どうやって税金を取るのかって話です」

お役所なので、その辺はきっちりとしているんだな。

新しい島ならすぐに確認できるが、新しい惑星は想定外か。

「国税の職員たちが、自力で反地球《アナザーテラ》に到着するのは難しいでしょうね。もしそれができたら、公務員なんてやらないで冒険者になってますよ」

「宇宙開発が進めば、もしかしたら反地球《アナザーテラ》に行けるかもしれません」

「太陽を挟んで反対側でしょう？　今の日本の宇宙技術では、かなりの時間がかかるでしょうね。もしかしたら、なにかしらの税負担がある可能性も否定できませんが、それほどの負担にはならないと思います」

「よくわかりますね」

「下手に多額の課税をして、古谷《ふるや》さんが支払えないと言って物納すれば……」

日本政府の土地になった途端、外国政府からの圧力が増すわけか。

反地球《アナザーテラ》の自分の国の領地に相当すべき土地を寄こせ、とか言われそうだな。

「とにかく、法人税で納めればいいんでしょう？　色々と考えていた事業は始めますよ。土地は沢山あるから」

「それはよかった。ところで人手は？」

「いらないです。全部ゴーレムでできますから。第一、出勤できないじゃないですか」

「そういえばそうでした……。雇用は増えないかぁ……。世間からの批判は大きいかもしれません。政治家の動きに気をつけないと」

これまで誰一人として、個人で惑星一個を手に入れた人は存在しない。

東条《とうじょう》さんは元警察官僚なので、日本政府がどう出るかある程度予想できるのはいいが、人間は時に感情で法を曲げることだってある。

そこには注意しつつ、手に入れた反地球《アナザーテラ》を開発してみるか。
なぜそんなことをするかって？
開発ゲームみたいで楽しいからに決まっている。

第14話 ▶ とある冒険者の思い

「この調子で頑張れば、在学中に富士《ふじ》の樹海ダンジョンに挑めそうだな」

「そうね、油断は禁物だけど」

「さすがに、古谷良二《ふるやりょうじ》さんや、イザベラさんたちみたいな世界トップ冒険者たちには敵《かな》わないけどな」

「あまり上を見すぎてもなぁ。それに俺たちも全員Ａクラスじゃないか」


僕の名前は、三河邦宏《みかわくにひろ》。

冒険者高校の新二年生だ。

冒険者高校に入学してから一年。

僕はＡクラスとなり、クラスメイトたちとパーティを組んで順調に強くなっていき、稼げるようになったので会社も設立した。

現在の冒険者は、節税のために会社を作ることが多かった。

近年、ＡＩの普及で稼げなくなる人が出てくると言われている税理士たちも顧客確保に必死であり、全国のダンジョン特区周辺に事務所を移す税理士たちが増えているとニュースで見たな。

僕も、上野公園《うえのこうえん》ダンジョン近くに事務所がある税理士さんに仕事を頼んでいる。

冒険者は稼げるので、彼らのお金目当ての銀行、証券会社なども、冒険者特区内に支店を次々とオープンさせていた。

その造りは、冒険者特区の狭さもあって世間一般の人たちが考えるような、窓口のある銀行ではない。

海外ではメジャーだという富裕層向けの銀行で、一日にお客さんが数名しか来店しないなんて珍しくもないそうだ。

お客さんと一対一で面会して、資産をどう運用していくかを決めたりするから、ある一定以上の資産がないと口座が作れないと聞いた。

僕たちは、特に問題もなく口座を持てたけど。

冒険者特区が事実上の金融特区となっており、これを作った高橋《たかはし》総理が『格差拡大の戦犯』だと、新聞やネットで批判されることも多い。

僕にはそれが正しいのかどうかわからないけど、今の世の中が実際にこうなってしまっている以上、仕方がないと思うのだ。

それに、確かに冒険者は稼げるけど、常に死と隣り合わせでもある。

すでに冒険者高校の同級生で、亡《な》くなってしまった人たちも出ているのだから。

危険だけどお金になるが、体が資本なのでいつまでもできるわけではない。

だからこその、資産運用とも言えるのだ。

僕はそういうのが苦手なので、今は定期預金だけにしているけど。

「しかしまぁ、古谷良二《ふるやりょうじ》さんは凄《すご》いよな」

「ああ、世界一、宇宙一って感じだな」

彼は雲の上の人で、冒険者にして、動画配信者にして、投資家でもある。

他にも、最近世界中で普及しつつあるゴーレムたちを多数駆使して、様々な商売をしているのだから。

しかも、彼が設立した合同会社古谷《ふるや》企画は、現在世界一資産を持つ会社となっていた。

さらに先月、世界中があっと驚く動画を配信した。

富士《ふじ》の樹海ダンジョンの二千階層と二千一階層を繋《つな》ぐ階段の間に、もう一つの地球『反地球《アナザーテラ》』に繋《つな》がる双子ダンジョンへの入り口を発見したのだ。

そして彼は、双子ダンジョンの二千階層も突破して、ついに反地球《アナザーテラ》へと到着した。

すると、反地球《アナザーテラ》にも鉱山や油田が存在せず、地球と同じ場所にダンジョンが存在したのだ。

全部、彼が撮影した動画からのみの情報だけど。

世界中の人たちがこの動画に驚き、早速多くの国が『日本が、反地球《アナザーテラ》を独占する懸念《けねん》』を表明したけど、残念ながら現時点で反地球《アナザーテラ》に辿《たど》り着《つ》けた人は古谷良二《ふるやりょうじ》と一部の冒険者たちだけだ。

世界中には、反地球《アナザーテラ》をフェイクだと言う人たちも多い。

彼は、次々と反地球《アナザーテラ》の動画を撮影して動画投稿サイトに投稿して視聴数とインセンティブを荒稼ぎしているから、それ目当ての作り物だと思われたのだと思う。

でも、彼がそんな嘘《うそ》をつく意味がないような……。

僕も、彼と同じ冒険者だからそう思うのかもしれないけど。

ただ現時点で、日本政府ですら実際に確認していないものの所有権を、どうこう議論しても仕方がなかった。

最近日本政府は、富士《ふじ》の樹海ダンジョンを世界中の冒険者たちに開放するようになった。

世界中の国々は軍隊でダンジョン攻略ができない以上、反地球《アナザーテラ》の実在証明を自国の冒険者たちに頼るしかない。

だがさすがに、富士《ふじ》の樹海ダンジョンの二千階層を攻略できる冒険者は、最低でも十年は現れないと言われている。

その間にも彼は、反地球《アナザーテラ》の各地を守る強大なモンスターを倒して『エリアコア』を手に入れた動画、反地球《アナザーテラ》の詳細な様子を撮影した動画。そして、ついに反地球《アナザーテラ》を守っていたすべてのエリアモンスターを討伐し、『アースコア』を手に入れた様子が公開された。

そこで古谷良二《ふるやりょうじ》さんは、『反地球《アナザーテラ》はダンジョンのようなもので、すべてのエリアボスを倒し、このアースコアを手に入れた者が自由に差配できるようになる。アースコアの持ち主は、気に入らない人間や、生物、物を反地球《アナザーテラ》から追い出すことができるようだ』という事実を世界中に公表した。

これにより、ますます他国は反地球《アナザーテラ》に手が出しにくくなってしまった。

国連の所有に……などという意見も出たが、行けもしない場所を所有したところで利益を生み出すこともできず、世間には『反地球《アナザーテラ》』なんてものは空想の産物で、『古谷良二《ふるやりょうじ》が、動画の配信数を稼ぐために嘘《うそ》をついたのだ！』という意見を信じる人たちも多くて、反地球《アナザーテラ》をどうするかはまだ決まっていない。

マスコミなどで、『日本政府は古谷良二《ふるやりょうじ》の抹殺を企《たくら》んでいる。狙いは彼の資産だ！』なんて報道も出始めており、世界各国が古谷良二《ふるやりょうじ》さんに自分たちの国への移住を勧めたりと。

でも肝心の古谷《ふるや》さんは動じることなく、普段どおりの生活を送っていた。

相手が大物政治家でも、国家でも。

臆することなく、マイペースに活動できるのは凄《すご》いと思う。

多くの人たちが、古谷《ふるや》さんから利益を得ようと接近を試みているけど、彼はほとんど決まった人としか会わない。

僕も、この一年で何度か校内で見かけただけだからなぁ。

冒険者高校って、ペーパー試験の成績がよければ登校義務すら撤廃されてしまったので、なかなか同級生に会えないのだ。

「いつか、富士《ふじ》の樹海ダンジョンの二千階層に到達したいものだ」

「そうだな。しかも、二千一階層以下の攻略だって残っているんだから」

「富士《ふじ》の樹海ダンジョンって、何階層まであるんだろうな？」

「そのうち、古谷良二《ふるやりょうじ》が解明しそう」

「確かにそんな気がするな。じゃあ俺たちは、上野公園《うえのこうえん》ダンジョンのクリアを目指すかな」

「まずはそこからだよな」

古谷《ふるや》さんは、富士《ふじ》の樹海ダンジョン、反地球《アナザーテラ》にある双子ダンジョンの二千一階層以下と、反地球《アナザーテラ》にあるダンジョンの攻略に集中すると動画で言っていた。

何年かかるかわからないけど、僕たちのパーティも、いつか反地球《アナザーテラ》には到達してみたいものだ。

「僕たちも頑張ろう」

「「「おうっ！」」」

僕たちのパーティだって、古谷《ふるや》さんほどではないけど順調に強くなっている。

焦らずに頑張っていこうと思う。

第15話 ▶ 数年後に備えて

「よっしゃぁ――――！　ヒットしたぞ！」

「剛《たけし》、リールを巻け！」

「任せろ！　これは、カジキマグロかな？」

「だと思う」

「剛《たけし》君、頑張って！」


今日はお休みだ。

だが今の俺は、冒険者特区内も自由に出歩けない状態であった。

大物政治家の御堂《みどう》がその特権を利用して、多重債務者に俺をトラックで轢《ひ》き殺《ころ》させようとしたり、元公安のキャリアが、テロリストから押収《おうしゅう》した高性能爆弾を俺の部屋のドアに仕掛けたりと。

防諜《ぼうちょう》の弱さが大問題となり、すでに元の自宅ということになっている高級タワーマンションの部屋は他の冒険者に売り払っていた。

新しい本社所在地と住処《すみか》はイワキ工業の仲介で購入する予定だけど、俺には裏島があるので別に高級タワーマンションでなくても……残念ながら冒険者特区内の地価は上がり続けており、高級じゃない物件はほぼ存在しなくなってしまったそうだけど。

イザベラたちも同じマンションの部屋を売り払い、上野公園《うえのこうえん》ダンジョン特区に建設中の新築高級タワーマンションに、自宅と法人の住所を移す予定であった。

ただそこもダミーにする予定で、すでにイザベラたちは裏島にある俺の屋敷で暮らしていた。

高校を卒業したばかりなのに、四人の美少女と同棲《どうせい》とか。

またも正義大好きな週刊誌から叩《たた》かれそうだが、残念ながら彼らの能力では俺たちを取材できないので問題ない。

御堂《みどう》と元公安キャリアが俺を暗殺しようとしたことで、高橋《たかはし》首相が徹底的に対策してしまったからだ。

そんなわけで、俺たちは地球では富士《ふじ》の樹海ダンジョンを主に探索し、たまにイワキ工業から依頼されたものが手に入りやすいダンジョンに潜るだけとなった。

今日はお休みなので、反地球《アナザーテラ》のハワイ付近で魔力駆動のクルーザーを浮かべ、みんなでカジキ釣りを楽しんでいた。

「たーくん、気合を入れて巻くんだ!」

「おーーー!」

婚約者を連れた剛《たけし》の竿《さお》に魚がヒットし、彼は懸命にリールを巻いている。

剛《たけし》の婚約者は小柄な美少女で三木冬美《みきふゆみ》さんといい、剛《たけし》とは幼馴染《おさななじみ》で同じ年だそうだ。

剛《たけし》の自宅から、上野《うえの》にある進学校に通っている。

高校を卒業したので、結婚して大学に通うと聞いていた。

これで何度目かの剛《たけし》の婚約者だけど、まさに『美女と野獣』といった感じだな。

ただ三木《みき》さんは大分しっかりした女性で、剛《たけし》の方が尻に敷かれているみたいだ。

剛《たけし》みたいな人には、しっかりした奥さんがいた方がいいと思う。

俺が彼に対し、あれこれいう立場にはないけど。

「『たーくん』、もっと強く巻けばいいのに」

「あのな、ウー。俺たちが全力でリールを巻いたら、竿《さお》やリールの方が壊れてしまうんだ。加減が必要なんだよ。てか、『たーくん』言うな！」

「ごめんね、そう呼んでいいのはフユミだけなのに」

「……んなことはねえよ……」

ホンファは、剛《たけし》をからかって楽しんでいた。

俺たちはすでに、人間離れした力を持っている。

人間用の釣り道具に全力で力を込めたら、簡単に壊れてしまうのだ。

「おっと！　実は可愛《かわい》い婚約者がいたタケシをからかっている場合じゃない。大きなカジキじゃないか。リョウジ君、ボクがギャフを撃つね」

「ホンファは、ギャフ打ちをやったことがあるんだ」

「カジキ釣りなら、家族と何回かやったことがあるからね」

「さすがはうん、華僑《かきょう》の大金持ちだな」

「今となっては、リョウジの方が大金持ちじゃないか」

結果的にそうなっているが、いまいち実感はない。

元々俺は、平凡なサラリーマン家庭の子供だからな。

「これ以上釣っても食べきれないから戻ろうか？」

「そうだね」

「このカジキを捌《さば》こうぜ！」

「剛《たけし》。マグロやカジキは、下処理をしてから二〜三日冷蔵して身を熟成させないと美味《おい》しくないいんだよ」

「そうだったのか。それは知らなかった。良二《りょうじ》は詳しいんだな」

「だから、俺が三日前に釣って熟成しているカジキマグロがあるから」

「さすがは、反地球《アナザーテラ》の所有者。それはよかった。せっかく釣ったから食べてみたかったんだよ」

クルーザーがハワイの砂浜に戻ると、イザベラ、綾乃《あやの》、リンダ、岩城《いわき》理事長とその家族が、バーベキューと料理を用意して待っていた。

今のところ、俺が反地球《アナザーテラ》に入る許可を出しているメンバーはこれで全員だった。

岩城《いわき》理事長は妻帯者なので、奥さんと、息子二人がバーベキュー台の面倒を見ている。

彼の息子たちは、社会人と大学生だそうだ。

「大きいのが釣れたみたいだね。ゴーレムに任せるといいよ」

クルーザーを下りると、岩城《いわき》理事長が言った。

彼が従えていたゴーレムたちに命令すると、釣った魚を下処理し、旨味《うまみ》を出すため冷蔵庫に仕舞ってくれた。

「ゴーレムの性能が上がりましたね」

「霊石を材料とし、富士《ふじ》の樹海ダンジョンにいたゴーレム型モンスターたちの素材や仕組みを参考にした『魔導ネットワークシステム』で動いているからね」

富士《ふじ》の樹海ダンジョン千九百九十一階層〜千九百九十九階層にいたゴーレム型モンスター。

これの残骸を解析した結果、すべてが同じデータで動いていることが判明した。

霊石や他の特殊な素材を材料とした記憶媒体とアンテナにより、ゴーレム型モンスターたちは、電波とは違う別の次元にあるネットワークシステムからデータを共有し、どの個体も出現直後から巧みに戦うことが可能であった。

岩城《いわき》理事長は、このシステムをゴーレムに搭載することに成功したのだ。

おかげで、イワキ工業の新型ゴーレムは、常に魔導ネットワークシステムで経験や知識がアップデートされて性能が良くなっていった。

AIとロボットとは別のアプローチで、これからは産業の無人化が進んでいくと思われる。

ただ、作るのに霊石と、ゴーレム型モンスターの素材や残骸が必要なので、完全な普及はまだまだ先といった感じだ。

霊石もゴーレム型モンスターの素材や残骸も使っていない、初期の下級ゴーレム。

霊石のみを使った新型下級ゴーレム。

霊石と他のモンスターの素材や金属を用いた高性能ゴーレム。

そして、霊石と、今のところ富士《ふじ》の樹海ダンジョンにしかいないゴーレム型モンスターの素材や残骸から作る新型高性能ゴーレム。

色々とあるけど、新型高性能ゴーレは古谷《ふるや》企画とイワキ工業でしか運用されていなかった。

飲食店で働くゴーレムなら、霊石と従来の素材……金属、プラスチック、木材、石などを用いたもので十分だからだ。

今後は、魔導ネットワークシステムの受信ができないゴーレムだと経験がアップデートしにくいので辛《つら》い。

霊石を用いた魔導ネットワークシステム用のアンテナの製造と、魔導ネットワークシステムを運営して経験データの収集をし、その成果を他のゴーレムたちに反映させることができるイワキ工業が、世界のゴーレム市場を独占していくのは定められた未来であった。

「そのうち、独占禁止法に触れたりして」

「そこは対策しているよ。他の企業にも技術移転して、ゴーレムの製造は開始しているからね」

事前に釣って熟成しておいたカジキマグロのステーキとフライ。

焼けたモンスターのバーベキューを楽しみながら、俺と岩城《いわき》理事長は話を続けた。

「ゴーレムの本体の製造は、そんなに難しくないからね。日本のメーカーには生産能力がある。魔導ネットワークシステムに頼らない、単純な作業をこなす単体の人工人格なら霊石があれば作れるし、寂寥島《せきりょうじま》ダンジョンも大分賑《にぎ》わうようになったから」

少し前までは、霊石を獲《と》れる冒険者の数が少なかったが、今では世界的な霊石需要の高まりから、多くの冒険者が寂寥島《せきりょうじま》ダンジョンに押しかけているそうだ。

「従来のネット通信システムを使った魔導ネットワークシステムに似たものを、世界中の企業が開発しているし、すでに運用も始まっている。簡単な作業をするゴーレムなら、これで十分だしね。安価ってのもある」

低性能で安価なゴーレムと、高性能で高価なゴーレム。

経験値を全ゴーレムで共有するネットワークシステムは、低性能なネット通信と、高性能な魔導ネットワークシステムで住み分けるというわけか。

「冒険者の数と質は増えているから、俺も休みになりましたしね」

俺しか獲《と》れないような素材、資源、ドロップアイテム以外は、イワキ工業からの緊急依頼以外は受けないようにしていた。

今は反地球《アナザーテラ》のダンジョン探索とその撮影。

あとは、反地球《アナザーテラ》で始めたゴーレムを用いる農業、畜産、養殖などが忙しい。

成果が出るには時間がかかるけど、アメリカ大陸の広大な小麦畑を見ていると、心が休まるような気がするのだ。

「リョウジさん、どうして農業なのですか？」

「畜産と養殖もだね」

「ええと、万が一に備えて？」

「惑星一個規模で、大々的に農業をする必要があるのでしょうか？　裏島の分だけで十分では？」

「今の世の中、技術が進んでいるから、そうそう食糧不足にならないと思うけど。ステイツが沢山生産しているもの」

「それはそうなんだけどねぇ……」

「古谷《ふるや》君、なにか懸案事項でも？」

「実は俺、『占い師』のスキルも持っているんですよ」

ただ向こうの世界で得たスキルなので、ステータス表示はされないけど。

それを言うと、いまだに俺はレベル1のままだけどね。

「『予言』で、『命の光をもたらす星に、黒きものが広がり弱まる』と出ている」

「命の光をもたらす星は太陽で、黒きものが広がり弱まると、黒点の広がりにより、日の光が弱まるということでしょうか？」

「だと思う」

俺も、綾乃《あやの》と同じように捉えていた。

「リョウジ、今の世界は温暖化が進んでいるのよ」

「リンダさん、アメリカの研究者がどう考えているか知りませんが、これから地球は寒冷化して、ミニ氷河期になると言っている学者も少なくありません」

イザベラは、これからの地球が寒冷化する可能性があると信じてくれたようだ。

「つまりリョウジ君は、『予言』のスキルで地球が寒冷化することを予想していて、世界中で作物の不足と食糧危機が起こると考えているわけだ」

「残念ながら、俺の『予言』は外れたことがないんだ」

俺が持つジョブ『占い師』が『予言』した結果だからだ。

しかも、向こうの世界にいた頃よりもレベルは上がっている。

『予言』の精度が、上がることはあっても下がることはないのだから。

「食糧危機……食料の備蓄が必要では？」

「修平《しゅうへい》、イワキ工業が大々的にそんなことをやったら大騒ぎになってしまう。自分たちだけが飢えないように食料を隠している、などと批判されたら大変だ」

「とはいえ、うちはダンジョンから産出するモンスター食材の取引もやっているんだ。今さらな気がするけど……ようはボッタクリ価格にしない。平年と同じ値段で売ればいい」

岩城《いわき》理事長の長男で、イワキ工業の次期社長候補である修平《しゅうへい》さんの意見が正しいと思う。

どうせ俺たちがなにをしても批判したい人はいるのだから。

彼らを気にしてなにもしないよりは、先に手を打っておいた方がマシだろう。

「で、古谷《ふるや》君はなにをするのかな？」

「反地球《アナザーテラ》での食料生産は大幅に拡大しますよ」

ゴーレムがいればそんなにコストもかからないし、なにより太陽を挟んで地球の反対側にある反地球《アナザーテラ》は、寒冷化とは無縁であった。

黒点の位置が違うからな。

海産物や自然からの採集物にも、十分期待できるはずだ。

「あとは……」

「あとは？」

「食料を買い占めておこうかな？　本来、ゴミとなるものを」

俺は、休み明けから早速行動することにした。


「まだ春なのに、温暖化の影響で少し暑いような……。リョウジ君の『予言』は数年後っぽいね」

「数年後でも、今から備えておくことが重要なのさ」

「で、ボクとのデートは食料倉庫かぁ……」

「ゴミを買いに行くのさ」

「ゴミねぇ……」

岩城《いわき》理事長の紹介で、俺とホンファはとある食品メーカーの倉庫の前にいた。

ここには、食品メーカーが生産した様々な商品が仕舞われてるのだけど……。

「岩城《いわき》社長からお話は伺っております。本物の古谷良二《ふるやりょうじ》さんだ！　ホンファさんもいて豪華ですね」

俺が有名なのは今更だし、ホンファは、イザベラ、綾乃《あやの》、リンダ共に、俺を除いた世界トップ冒険者として有名であった。

俺と同じく動画配信でも稼いでいるし、俺の恋人とはいえ美少女なので人気が出て当然というか。

なお、剛《たけし》は男性なのであまり人気はなかった。

彼と結婚したい女性たちからはモテていたけど、剛《たけし》には冬美《ふゆみ》さんがいるのであまり意味はないという。

彼も、冬美《ふゆみ》さん以外の女性に興味がないタイプだからな。

「この倉庫に入っているもので全部ですけど、本当に全部引き取ってくれるのですか？」

「勿論《もちろん》」

「ええっ！　これ全部廃棄品なの？　賞味期限はまだ十分にあるけど」

「残念ながら」

日本という国は、生産、輸入、製造した食品の多くを捨てている。

食品メーカーも、生産してはみたものの、売れずに倉庫に入ったままの廃棄商品は多かった。

捨てるのにも経費がかかるので、それを専門に買い取る業者もいるのだけど、さすがに全部は不可能だ。

これを無料に近い値段で買い取り、俺が『アイテムボックス』に収納しておけば悪くならない。

数年後には、寒冷化で大半の農作物の収穫が駄目になるはずなので、今のうちに買い占めておこう。

「（まだ賞味期限が残っているのにね）」

「（ああ、半年を切るとゴミ扱いなんだって）」

食品メーカーが作った商品の多くは、賞味期限が半年を切ってしまうとほぼ商品価値がなくなる。

あとは、その手の商品を専門に安く売る店舗に買い取ってもらうか、スーパーなどでも安く仕入れて目玉商品にすることがある。

だが、誰も買い取られなければ廃棄するしかないのだ。

「勿体《もったい》ないね」

「だからさ」

事前に買い取って『収納』しておけば、永遠に悪くならないから、あとで食べることができる。

このまま廃棄処分するよりも、冷害による不作対策に用いた方が、フードロス対策にもなって地球環境にも優しいはずだ。

「全部買い取ります」

「ありがとうございます」

さすがにこの仕事ばかりやっているわけにはいかないので、あとはイワキ工業が日本中の余剰食料を買い取る仕事を引き継いでくれた。

他にも……。

「いいよ、どうせ捨てるものを買い取ってくれるのなら」

「じゃあ、これが代金だ」

「ありがとう」

「ところで、まだ捨てる予定の食料を持っている業者はいないかな？」

「いますよ」

『テレポーテーション』で某国まで移動した俺は、現地の業者の責任者と買い取り交渉を進めた。

現在、世界では四十億トンもの食料が生産されている。

この量は全人口を養うのに十分な量なのだが、現実には世界中で飢餓や貧困に苦しむ人たちが多かった。

どうしてそうなるのかといえば、生産された食料は金と需要がある国に大量に向かい、流通や消費する際に余ったものが廃棄されてしまうからだ。

世界中で廃棄される食料は二十五億トンほど。

つまり三分の一が廃棄されており、おかげで食料が行き届かず、食糧不足になる国や地域が出てしまうわけだ。

とはいえ、これを是正するのは難しいだろう。

向こうの世界でも、明日食べる物にも困っている貧民と、食べきれなくて余った食料を捨てる金持ちや貴族は存在したからだ。

そんなわけで、俺はただ捨てられるはずだった食料を買い取っていく。

みんな、捨てるにも経費がかかるという理由で、無料に近い価格で売ってくれた。

買い集めた膨大な量の食料は、俺がすべて収納している。

「リョウジさん。あなたの『アイテムボックス』は、どれくらいの量を仕舞えるのですか？」

「無限」

「無限なのですか？」

「そう、無限」

これも、異世界で勇者をやっていたおかげであろう。

他の『アイテムボックス』を使える冒険者たちには、収納限界があるのだから。

「リョウジ君は、よく『アイテムボックス』に収納したものを覚えているよね」

「ホンファ、私も多くの魔銃を『ウェポンラック』に収納しているけど、このスキルを覚えている人は、それを忘れることはないわよ」

「それは『アイテムボックス』を持つボクもだけど、リョウジ君の場合、収納量が桁違いだからさ」

「それでも覚えられるのが、『アイテムボックス』系のスキルだからさ」

ガンナーのリンダは、多くの魔銃を『アイテムボックス』と同類の『ウェポンラック』に収納してあるが、仕舞ったものを忘れることはない。

スキルなのでどんなに知力が低くても忘れないが、冒険者は少しレベルを上げると、一般でいうところの秀才レベルになってしまう。

忘れるわけがないのだ。

「廃棄食料の買い取り、反地球《アナザーテラ》での食料生産の開始。準備はしますが、数年後、寒冷化がこなければいいのに……」

「俺も綾乃《あやの》と同じ意見なんだけど、『予言』だからなぁ……」

とにかく、数年後に備えて捨てる予定の食料を買い集めておこう。

あとは、反地球《アナザーテラ》での食料生産の開始か。

高橋《たかはし》総理には、岩城《いわき》理事長から詳細を話してもらうとして、こればかりしていられないから冒険者の仕事もしないと。

「リョウジさんは、まさしくインフルエンサーですね」

「だよねぇ。そして数年後、さらに世界中の人たちからそう思われるようになる」

「私たちは、そんな良二《りょうじ》様についていくのみです」

「グランパやパパよりも、リョウジが優先ね。私たちは家族みたいなものだから」

「ありがとう」

いきなり家族を失ってしまった俺だけど、イザベラ、ホンファ、綾乃《あやの》、リンダや、剛《たけし》、岩城《いわき》理事長、西条《さいじょう》さん、東条《とうじょう》さんがいれば、これから気ままに暮らしていけるはずだ。

そのためにも、この大きく変わりつつある世界を守っていかなければ。

オマケ▶演奏系インフルエンサー？

「あら、あれはストリートピアノではありませんか」

「へえ、上野公園《うえのこうえん》ダンジョン特区にも設置されたんだね」


今日はお休みなので、上野公園《うえのこうえん》ダンジョン特区内でイザベラたちとデートをしていたんだが、とある商業ビルのエントランス付近にピアノが設置されていた。

イザベラとホンファが見つけて、ちょっと見てみることに。

いわゆるストリートピアノというもので、最近流行しているようであちこちに設置されていると、ネットニュースで見たのを思い出した。

「そういえば、ストリートピアノの演奏動画で有名なインフルエンサーがいましたね」

「男女ともに、結構な人数がいたよね。有名どころだと、レバー君とか」

「良二《りょうじ》様も知っていたんですね」

「俺は音楽にあまり興味がないけど、たまたまミーチューブのお勧め動画で紹介されていたからさ」

とはいえ、俺はその演奏動画を見たくらいかな。

いくら冒険者として稼いでも、クラシックのコンサートには行かないしなぁ。

好きなアニソン歌手のミニコンサートには行ったことあるけど。

「そういえばこの中で、ピアノが弾ける人っているのかしら？　ちなみに私は弾けないわよ。楽器全般無理！」

リンダは飛び級をして大学を卒業するくらいの秀才だけど、芸術的な素養はゼロだと言い切った。

「綾乃《あやの》は弾けそうだけどね」

「私は、お茶や生け花なら習ってきましたけど、楽器の演奏は才能がないようで……。ホンファさんは？」

「ボクに一番向かないことだと思うなぁ。ゲームなら得意だけど。イザベラは？　貴族だからバイオリンとか習ってそうだけど」

「私は早くに両親を亡《な》くして家のことで精一杯だったので……。本当は教養の一環として習った方がいいのですが、生憎《あいにく》と楽器は……。今の貴族に絶対に必要なもの、とは言い切れませんし」

四人ともお嬢さんなのに、楽器の演奏はできないのか。

現代のセレブにとって、楽器の演奏は必須ではないんだな。

「ちなみに念のために聞いておくけど、リョウジ君はピアノを弾けるのかな？」

ホンファ、あきらかに俺もピアノなんて弾けないだろうと思いながら聞いてきただろうな。

だが、実は俺は……。

「ふふん、実は弾けるよ」

そう言いつつ、俺は誰も演奏していないストリートピアノの椅子に座った。

「えっ！　リョウジ君ってピアノが弾けるの？」

「リョウジさん、音楽に興味はないって言っていませんでしたか？」

「ピアノまで弾けるんですか。良二《りょうじ》様は凄《すご》いんですね」

「リョウジ、やるう」

「あまり音楽に興味はないけど、必要だったから覚えた」

イザベラたちが褒めてくれたけど、必要だから覚えたってだけの話だ。

異世界における勇者は万能職ゆえに、様々なスキルを覚えないと勇者として強くなれないので、俺は楽器の演奏を覚えた。

ただそれだけの話だ。

「モンスターとの戦闘で、楽器の演奏なんて必要なの？」

「ホンファはゲームをやるから知ってるでしょう？　ＲＰＧには、『吟遊詩人』とか、『演奏家』のジョブがあって、歌や楽曲の演奏で戦闘中のプレイヤーが強化されたり、モンスターが弱体化したりするのを」

「そういうことね。ジョブではないけど、『吟遊詩人』、『歌手』、『演奏家』なんかのスキルがあるって聞いたことあるよ」

ただ俺は、向こうの世界ではあまり使わなかったなぁ……。

なぜなら、これらのスキルは歌や楽器の演奏で自分の戦闘力を上げられるんだけど、異世界の俺は単独行動が多かったわけで……。

強敵と戦いながら歌ったり、ましてや楽器の演奏など不可能に近い。

持続時間の問題もあるので、強敵と戦う直前に歌ったり楽曲を演奏して戦闘力を上げる必要があったのだけど、そんな都合よく強敵と戦う直前の時間がわかるわけがない。

「歌なら、戦いながら歌って戦闘力を上げられるんじゃないかって思われるけど、実際にやると息が切れて大変だから。それでも、魔力が尽きて補助魔法をかけられない時とかには重宝したんだけど、楽器は小さな笛でも片手が塞がっちゃうからね。使い方が難しいんだよ」

「使い勝手が悪いのね」

「パーティを組めば大丈夫なんだけど。とにかくスキルのおかげで、楽器の演奏はできるのさ」

リンダにそう答えつつ、『調律師』のスキルも持つ俺は、まずピアノの調子を見てから演奏を始めた。

『音感』スキルで確認するが、ピアノの演奏は久しぶりだけど腕は落ちていないようだ。

「この曲は、『エリーシアの風』ですね」

「アヤノ、この曲を知ってるの？　心が洗われるいい曲だけど」

「はい、『ファグナブルの剣』というアニメのエンディング曲で、名曲なんですよ」

俺と綾乃《あやの》が好きなアニメのエンディングテーマを即興で演奏し始めたが、楽譜がなくて即興でも間違えないのは、スキルのおかげだな。

「リョウジ君も、そのアニメが好きなんだね。リョウジ君、プロでもやれるんじゃない？」

「リョウジさん、こんな素晴らしい特技も隠していたんですね。意地悪ですわ」

「隠していたってよりも、ピアノは弾けるけど、余暇に演奏するほど好きじゃないって感じね。

リョウジは楽器演奏よりも、アニメと漫画でしょうから」

リンダの言うとおりなんだよねぇ。

俺は『演奏家』スキルのおかげで大半の楽器を演奏できるけど、モンスターと戦う時以外に歌ったり、楽器を演奏するほど好きじゃない。

今回は、本当に気まぐれで演奏しただけなのだから。

「……終わり」

「「「「「「「「パチ！　パチ！　パチ！　パチ！　パチ！　パチ！」」」」」」」」

「すげぇ！」

「古谷良二《ふるやりょうじ》って、ピアノまで弾けたんだ」

俺の演奏が終わると、いつの間にか集まっていた人たちから拍手と賞賛を受けた。

休みの日に、たまたま見つけたストリートピアノで、好きなアニソンの演奏をする。

たまにはこんな休日があってもいいだろう。

そんな風に思ってから数日後。

俺は、想定していなかった仕事を頼まれることになったのであった。


「えっ？　俺がチャリティーでピアノ演奏？」

「そうなのだ。ミーチューブの運営会社からの依頼なのだ。このところ社長は色々と批判されたから、チャリティーをやってイメージアップ作戦ってことで」

「プロト1、身も蓋もないことを言うな」

「世界のセレブたちがチャリティーをやる理由の一つに、批判避《よ》けってのがあるのは事実なのだ。成功者は妬まれるから、いい人作戦をするのだ」

「プロト1が、本音すぎて草」

先日、ストリートピアノを弾いたのが運営会社の耳にも届いたのだろうか？

「ご存知《ぞんじ》ないのですか？　リョウジさんのダンジョン探索情報『後』チャンネルに、リョウジさんが楽器を演奏したり、歌っている動画がアップされていますよ」

「えっ？　いつの間に？」

イザベラにそう教えられたので急ぎ確認すると、先日のストリートピアノではなく、俺がスキルを忘れないよう、ダンジョン内で楽器を演奏したり、歌を歌って戦闘力を高める練習をしている様子が更新されており、しかもかなりの視聴回数を稼いでいた。

「プロト1？」

「オラが編集して更新したのだ」

「お前、特に俺が戦闘力をあげる『英雄の歌』を歌っているシーンはやめろ！　恥ずかしいじゃないか！」

「そうですか？　とてもお上手ですわよ」

「上手だよね。でも、本当に歌で戦闘力が上がるんだね。ＲＰＧみたい」

「私、初めて見ました。お上手だから、恥ずかしがる必要はありませんよ」

イザベラたちに歌と楽器演奏の腕前を褒められたけど、他人に歌っているところを見られると恥ずかしい。

「社長、歌が上手《うま》かったり、音楽ができる男はモテるのだ。よかったのだ」

「あっ、うん……」

今さら、俺がモテたり、リア充になる必要性を感じなかったので、それはどうでもいいというか……。

「あと、先日のストリートピアノの動画もあるけど、弾いている楽曲が著作権に引っかかるから、許諾を得てから動画をあげる予定なのだ」

「権利関係はちゃんとしないとなぁ……って！　お前、いつ撮影してたんだよ？」

俺は、イザベラたちとプライベートの時間を過ごしていたんだが……。

「イザベラさんたちが提供してくれたのだ」

「ピアノを弾くリョウジさん、格好よかったですから」

「個人的に欲しくて、動画を撮影したんだ」

「私、たまに動画を見ていますよ」

「……まあいいんだけどね……」

恥ずかしいけど、演奏はしくじっていないはずだから。

「社長、頼むのだ」

そんなわけで俺は数日後、ミーチューブの運営会社の依頼でとあるコンサートホールに行き、そこで楽器の演奏や歌唱を行い、その様子を撮影した。

なお、これらの楽曲はすべて俺が作詞、作曲したもので、俺にこんなことができてしまうのは、すべてスキルのおかげだ。

異世界に召喚される前の俺なんて、アニソン好きのただのヲタクでしかなかったのだから。

「社長、例のチャリティー動画。好評だって運営会社からメールがきたのだ」

「それはよかった。視聴回数が多いから、失敗はないと思っていたけど」

俺がノーギャラで楽器の演奏や歌唱を行った動画は多くの視聴回数を稼ぎ、その動画についた多額のインセンティブ収入が、慈善団体に寄付されたそうだ。

他にも、チャリティーオークションに私物を出したりと、こんなモブ寄りの俺がスターみたいなことをするなんて、思えば遠くに来たものだ。

「社長に冒険者特性がなかったら、一生縁がないことなのだ」

「事実だけど、言い方！」

「まあまあなのだ。社長が即興で作った、『鼓舞の歌』や『速攻の歌』、『勝利のソナタ』なんかをダウンロード販売したら、これが結構売れたのだ」

「あんなものが売れたのか？　戦闘時に即興で作って演奏したり、歌った曲が？」

「社長の歌や曲を聴いたら、受験に合格した。就職できた。試合に勝てたって評判なのだ」

「……ああ、ちょっとは効果があるのか……」

戦闘能力を上げる歌や演奏は、俺が近くで歌ったり、演奏しているのを直接聴かなきゃ効果がないことになっている。

ところが、動画の音声や、ダウンロード購入した音源でも、少しは効果があるらしい。

「ほんのちょっとでも、歌や楽曲のおかげで知力とテンションが上がれば、普段よりも試験でいい点数を取ったり、競技でいい成績が出ることもあるのだ」

効果はほんのちょっとだけど、ゼロではない。

それに所詮は、無料で見られる動画や数百円のダウンロード曲だから、もし望みどおりの結果にならなくても、文句を言うまでもないと思われたのか。

「社長の曲、聴くと元気になるって、評判になっていたのだ」

「まあ、そういう効果もゼロじゃないけどね」

ただ、モンスターと対峙《たいじ》している時に動画や録音された音源を聴いても、ピンチを脱するのは難しいだろう。

なぜなら、演奏、歌唱系のスキルは、スキルを持つ人の歌なり楽曲の演奏を直《じか》に聴かないと、所定の効果は出ないのだから。

「そこで、また販売する楽曲と歌を作ってほしいのだ」

「無茶言うなよ」

俺の歌と楽曲は完全にスキル由来で、モンスターとの戦闘中に思いつくパターンが多いから、戦ってない時に作詞、作曲する能力はゼロに近かった。

「それなら、イザベラさんたちとダンジョンに潜って、戦いの最中に即興で歌と楽曲を作るのだ」

「お前なぁ……。イザベラたちをそんなことにつき合わせられないって……」

「よろしいですわ。私もリョウジさんの新曲を聴きたいですから」

「歌と演奏で、ボクたちの戦闘力もアップするしね。目指せ！　最下層レコード！」

「私も、良二《りょうじ》様の新曲を聴きたいです」

「リョウジ、自信を持ちなさいよ。歌が上手《うま》かったり、楽器の演奏までできるなんて、さすがよね」

「わかったよ」

そんなわけで俺は、イザベラたちと一緒にダンジョンに潜り、スキルを生かして歌や楽曲を作ってそれを動画で流したり、ダウンロード販売するようになった。

「（しかし、俺がスキルで作った歌や楽曲なんてよく売れるよなぁ）」

こうして俺に歌唱、演奏系インフルエンサーの肩書も加わり、古谷《ふるや》企画の収益の一つに、俺が作った歌と楽曲の権利収入も加わったのであった。

あとがき

なろう作家兼任カクヨム作家のＹ《ワイ》・Ａ《エー》です。

この度無事に、『異世界帰りの勇者は、ダンジョンが出現した現実世界で、インフルエンサーになって金を稼ぎます！』の第三巻を出させていただくことになりました。

このあとがきをご覧のみなさま、第三巻もご購入していただき誠にありがとうございます。

さて、この作品は現代社会にダンジョンが出現したお話ですが、もう一つ『これから先、世の中がどうなっていくのか？』的なお話も含んでおります。

世界の主役が、ダンジョンからエネルギーと資源を持ち帰れる冒険者となり、さらに動画配信で稼いだり、インフルエンサー扱いされて仕事をしたり、投資や起業をしてさらに裕福になって資本家（上位１パーセント）になる人たちが増えてきました。

そうなると、冒険者が格差の原因だと批判する人たちも出てきて、さらには冒険者の作ったゴーレムが人間の仕事を奪うなんてことも……。

ダンジョンがない現代社会でも将来起こりそうな未来を、良二《りょうじ》たちと普通の人たちはどう生きていくのか。なにがあっても我が道を行く、良二《りょうじ》の活躍を楽しんでいただけたらと思います。

最後に、この作品を購入してくれた読者の方々、素晴らしいイラストを描いてくださったぷきゅのすけ先生、担当のＹ様とＴ様、電撃の新文芸編集部のみなさま、本当にありがとうございました。

次の巻でお会いできることを祈っています。

電撃の新文芸

異世界《いせかい》帰《がえ》りの勇者《ゆうしゃ》は、ダンジョンが出現《しゅつげん》した現実世界《げんじつせかい》で、インフルエンサーになって金《かね》を稼《かせ》ぎます!3

著者／Y.A《ワイエー》

イラスト／ぷきゅのすけ

2025年1月17日　初版発行

発行者／山下直久
発行／株式会社KADOKAWA
〒102-8177　東京都千代田区富士見2-13-3
0570-002-301（ナビダイヤル）
印刷／TOPPANクロレ株式会社
製本／TOPPANクロレ株式会社

【初出】
本書は、カクヨムに掲載された『異世界帰りの勇者は、ダンジョンが出現した現実世界で、インフルエンサーになって金を稼ぎます!』を加筆・修正したものです。

ISBN978-4-04-916144-1　C0093　Printed in Japan

ファンレターあて先
〒102-8177
東京都千代田区富士見2-13-3
電撃の新文芸編集部

「Y.A先生」係
「ぷきゅのすけ先生」係

全話完全無料のWeb小説＆コミックサイト

電撃ノベコミ＋

NOVEL 完全新作からアニメ化作品のスピンオフ・異色のコラボ作品まで、作家の「書きたい」と読者の「読みたい」を繋ぐ作品を多数ラインナップ。

ここでしか読めないオリジナル作品を先行連載！

COMIC 「電撃文庫」「電撃の新文芸」から生まれた、ComicWalker掲載のコミカライズ作品をまとめてチェック。

電撃文庫＆電撃の新文芸原作のコミックを掲載！

電撃ノベコミ＋ 検索

最新情報は
公式Xをチェック！
@NovecomiPlus